KB243102

공현의 낙수에서 배로 황하로 들어가며
즉흥시를 지어 부현의 벗들에게 부치다

自鞏洛舟行入
黃河卽事寄府縣僚友

강물 낀 푸른 산 뱃길은 동쪽을 향하고
동남쪽 사이 활짝 열려 드넓은 황하로 통하네
겨울 나무는 먼 하늘 끝에 닿아 희미하고
석양은 물결 속에서 사라져 간다

來水蒼山路向東
東南山豁大河通
寒樹依微遠天外
夕陽明滅亂流中

鬼眼

귀안

귀안 6

현우 퓨전 무협 소설

초판 1쇄 찍은 날 § 2006년 1월 25일
초판 1쇄 펴낸 날 § 2006년 2월 5일

지은이 § 현우
펴낸이 § 서경석

편집장 § 문혜영
편집책임 § 최하나
편집 § 장상수 · 문정흠

펴낸곳 § 도서출판 청어람
등록번호 § 제1081-1-89호
등록일자 § 1999. 5. 31
어람번호 § 제2-0821호

주소 § 경기도 부천시 원미구 심곡1동 350-1 남성B/D 3F (우) 420-011
전화 § 032-656-4452 팩스 § 032-656-4453
http://www.chungeoram.com
E-mail § eoram99@chollian.net

ⓒ 현우, 2005

ISBN 89-5831-960-7 04810
ISBN 89-5831-577-6 (세트)

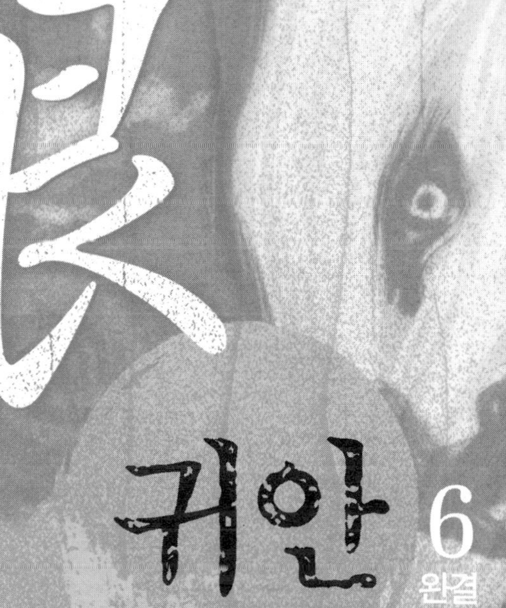

鬼眼
현우 퓨전 무협 소설
FusionOrientalHeroes
귀안
6 ▪환상(幻想)
완결
도서출판
청어람

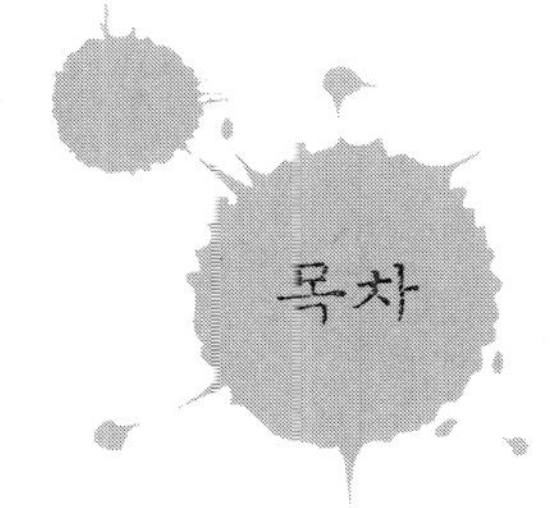

목차

제1장

짧은 반격, 긴 투쟁

석가장(石家莊)은 하북 획록현(獲麓縣)에 있는 작은 촌락에 불과하다. 마을의 이름과는 달리 석가 성(姓)을 가진 사람은 눈을 씻고 봐도 찾아볼 수가 없음에도 석가장이라는 이름이 붙은 이유는 촌락을 둘러싼 높고 낮은 산들이 온통 돌무더기에 둘러싸인 탓이었다.

농사를 지을 수 없는 가혹한 환경에 천년만년 촌락에 불과할 것 같았던 이곳, 그러나 지금에 와서 꽤나 많은 사람들이 북적이는 곳이 되어 있었다.

이렇듯 석가장이 변하기 시작한 시점은 대략 십여 년 전, 손노대라는 노인이 오고 나서의 일이었다. 지어 먹을 밭떼기 한 군데 찾아보기 힘든 이곳에 손노대는 사람들을 긁어모으기 시작했고, 인근의 야산들을 파헤치기 시작했다.

사람들은 자신들이 무엇 때문에 돌밭을 숢아내고 있는지도 모른 채, 달포에 은자 열 냥이라는 짭짤한 임금에 꾀어 너도나도 몰려들기 시작한 것이다.

캐낸 돌들은 해가 떨어지기 전에 수레에 실려 어디론가 사라졌으나 아무도 관심을 갖지 않았다. 그것들이 실상은 철광석이라는 소문이 슬그머니 돌았다가 몇몇 광부들이 시체가 되어 발견된 이후로 그 누구도 자신들이 하고 있는 일이 무엇인지 궁금해하지 않았다. 그저 입 닥치고 돌만 캐내면 은자 열 냥이 들어오는데 무어 쓸데없이 입을 놀려 명을 재촉하겠는가?

서산마루에 해가 걸리고 오늘도 석가장의 일과는 서서히 마무리되어 가고 있었다. 특히나 오늘은 일주일에 한 번씩, 그르지 않고 노임이 지급되는 날이었으므로 손노대의 허름한 객사 앞에는 들뜬 표정의 광부들이 장사진을 이루었다.

손노대는 계산이 정확하고 무척이나 빠른 사람으로, 별다른 소요 없이 오백여 명에 이르는 광부들의 주급을 모두 지급하는 데 반 시진도 걸리지 않았다. 손노대는 지급된 임금과 장부상의 지급액이 한 치도 틀림이 없자 뻣뻣하게 굳은 허리를 툭툭 치며 일어섰다.

그러다 손노대는 아까부터 저편 나뭇등걸에 앉아 있는 사내가 눈에 들어왔다. 주급을 지급하는 날이면 흔히 나타나곤 하는 근방의 건달로 보기에는 어딘가 가볍지 않은 인상의 사내였지만 손노대는 신경 쓰지 않았다.

근방에는 암영(暗影)들이 손노대도 모르는 어딘가에 숨어 있다. 명분상으로는 손노대의 호위들이라지만 실상 그들이 지키는 것은 손노대보다는 이곳 석가장 자체라 함이 옳다.

만일 고즈넉이 나뭇등걸에 앉아 있는 자가 행여 일어서기라도 한다면, 그래서 발길을 손노대가 묵고 있는 객사에 돌리기라도 한다면, 저자는 만수무강에 심대한 지장을 받게 될 것이다.

그러나 손노대는 모르는 것이 있었다. 세상에는 간혹 만수무강 따위는 전혀 관심 없는 사람이 있기도 한다는 것이며, 특히나 나무등걸에 앉아 있는 사내의 경우는 죽지 못해 환장한 축에 속하는 심각한 경우라는 것이었다.

손노대가 무심한 표정으로 돌아가 객사의 모든 창문과 출입문을 닫고 들어서려는 순간.

"두 놈이다."

별안간 등 뒤에서 들리는 음성에 손노대는 짐짓 의아한 표정을 지으며 돌아보았다.

"두 놈이 종일 노닥거리고도 임금을 받아갔다."

손노대의 안색이 찰나간 굳어졌다가 풀렸다. 사내의 말인즉슨 종일 근방의 채석장을 눈여겨보았다는 의미. 좋지 않다. 암영들이 그런 짓거리를 내버려 둘 리가 없는 것이다.

그러나 손노대는 짐짓 태평한 척했다.

"그랬소이까?"

사내가 일어선다. 손노대는 호신무공 정도는 익히고 있는 인물. 사내에게서는 별다른 기세가 느껴지지 않았지만 그렇기에 더욱 개 같은 상황으로 치닫고 있다는 정도는 안다는 말이다.

"손노대, 아니, 개경상인 이복대. 피도 눈물도 없다는 수전노치고는 꽤나 무른 사람이었군."

이복대의 얼굴이 빠르게 탈색되어졌다.

고려를 떠난 지 벌써 삼십 년이다. 떠나기 전에 이미 주변을 정리했으니 그를 알아볼 수 있는 사람은 극히 제한적이며, 자신을 알고 있는 사람은 이복대 역시 모두 알고 있었다. 그러나 창백한 안색의 사내는 아무리 기억을 더듬어도 떠오르지 않았다.

나는 모르는데 저 녀석은 나를 알고 있다? 어디까지 알고 있을까? 여기까지 왔다면 다 알고 있다고 봐야 한다.

손노대는 눈알을 굴려 주위를 살폈다.

사내 외에는 아무도 없다.

빌어먹을… 아무도 없으면 안 되는 건데… 어디엔가 숨어 있을 암영들이 언제나처럼 소리없이, 그리고 아무도 모르게 사내의 목을 가져갔어야 하는 건데…….

모두 당했다.

언제 당했을까? 사내는 내내 채굴장에서 광부들을 지켜본 모양이다. 모든 광부들의 신상을 꿰고 있는 암영들이 낯선 사내가 채굴장을 유심히 관찰하는 것을 그냥 보아 넘겼을 리가 없다.

역시 그전에 당한 게다. 사내가 아무리 대단한 인물이라 하더라도 암영들을 혼자서 감당하지는 않았을 터. 반경 몇 리 정도는 저 사내와 그의 수하들에게 완전히 장악되어 있다고 봐야 한다.

끝났다. 이곳에서의 일은…….

이복대는 한 발자국 뒤로 물러섰다.

장부를 모두 태워야 한다. 증거가 될 만한 것은 먹물 한 방울 남기지 말아야 한다. 이런 경우를 대비해서 적린(赤燐)을 이용한 기관을 침상 밑에 숨겨놓았다. 장치를 건드리기만 하면 사방으로 적린이 뿜어져 나오고, 공기 중에 노출되자마자 세차게 타오르는 죽음의 불꽃은 객사는 물론이고, 근방의 살아 숨 쉬는 생명체는 모조리 통구이로 만들 것이다.

단 세 발자국, 세 발자국만 움직이면 된다. 빌어먹을, 지척이 천 리라더니… 세 발자국 안에 생과 사, 그리고 임무의 완수 여부가 달렸다고 생각하니 도무지 발길이 떨어지지 않았다.

"여기에서 생산되는 것이 백반석(白礬石)이라지? 알루미늄인가 뭔가를 추출할 수 있는……."

숫제 꺼멓게 죽어가는 이복대의 안색.

"당신은 누구요?"

"그것을 철과 섞으면 백련정강보다 강하면서도 연철보다 가벼운 금속을 얻을 수 있다고 하더군. 들었어도 도통 무슨 소린 줄을 모르겠으니… 내가 제대로 알고 있기는 한 건가?"

이복대는 더 들을 것도 없다는 듯 몸을 홱 돌려 식탁 밑에 숨겨진 장치에 손을 뻗었다.

'됐다!'

털썩!

희색이 스쳐 간 것도 잠시. 이복대는 어안이 벙벙한 표정으로 자신의 두 팔을 일별했다. 팔꿈치 어림이 잠시 따끔하나 싶더니, 두 팔이 싱싱한 생선처럼 바닥에 떨어져 펄떡거리는 장면은 이윽고 전해지는 지독한 고통이 전해주는 현실보다는 하룻밤 꿈처럼 아득하게 느껴졌던 것이다.

잘려진 어깨에서 분수처럼 쏟아져 나오는 이복대의 피가 사방을 붉게 물들일 때까지도 이복대는 멍청한 시선으로 자신에게 다가서는 사내를 바라볼 따름.

"애쓰지 마. 피곤한 삶… 그냥 가게 놔두는 것도 나쁘지 않다. 사람은 다 죽어. 당신도, 나도, 그리고 세상 사람 모두."

맞다. 피곤했다. 고향과 가족을 버리고 이곳에 들어선 시점부터 벽에 똥칠할 때까지 살 수 있을 것이라 생각한 적은 없었다.

하지만 아직 해야 할 일들이 남아 있었다.

석가장에 몰려든 사람들. 그들은 끌어들인 잡부들일 뿐, 그들은 아무것도 모른다. 그저 한 줌 곡식이라도 얻기 위해 가족을 이끌고 몰려든 사람들일 뿐이다. 그들만이라도 살려야 하거늘…….

"나… 하나로 끝내주시오."

"거래를 하자는 것인가? 당신은 이제 나와 바꿀 것이 없는 걸로 아는데?"

"그들은 평범한 노역 잡부들일뿐이오. 본 회와는 아무 관련이 없는…….”

"그래? 빨리 좀 말해주지 그랬나. 지금쯤 석가장은 개새끼 한 마리도 살아 있지 않을 텐데 말이다."

이복대의 눈이 절망으로 물들었다. 석가장에는 여자와 아이들뿐이다. 빌어먹을, 그들은 저항할 힘조차 없었단 말이다.

"살인귀… 지옥 불에 문드러질 놈…….”

"참! 누구냐고 물었지? 내 이름은 석양동. 기억해 둬. 가까운 시일안에 지옥에서 다시 만날 이름일 테니까."

희미하고 스산한 사내의 미소.

이복대가 눈에 담은 이승의 마지막 모습이었다.

백정(白丁)이 버들잎을 물고 죽는다는 말이 있다. 천한 백정 놈은 죽을 때도 분수를 잊지 않는다는 개 같은 소리다.

특하나 근방 천 리 안에서 가장 큰 도살장을 운영하고 있는 삼정에게는 최하층민 도살꾼이라는 말은 전혀 어울리지 않았다.

매년 만 오천 근에 해당하는 최상급의 고기를 황실에 공급하고, 고관대작들이라고 해도 일주일 전에, 더군다나 은자를 바리바리 싸와서 대기해야만 신선한 고기 한 덩어리를 얻을 수 있는 도살장의 주인에게 있어서 '백정 놈'이라는 말이 가당키나 할 노릇이던가?

삼정으로 인해 백정이 '나으리' 내지는 '대인' 소리를 듣게 된 세상이 왔음에 삼정은 최하층민의 영웅이었다.

이런 까닭에 어마어마한 거부인 삼정은 부자라고 하면 일단 다리 한 마디는 꺾어놓고 보는 홍건적들이 쓸고 지나갔음에도 건재했다.

이유는 이렇다. 삼정이 운영하는 도살장의 반경 백 리에는 굶어죽는 사람이 없었다. 아니, 밥은 못 먹어도 하루 두 끼를 고깃국으로 배를 불리는 사람이 지천이었다. 이러한 인덕임에 홍건적들의 내습이 있었을 때 마을 사람들이 각기 죽창과 곡괭이를 들고 삼정의 도살장을 지켜주었던 것이다.

삼십대에 부와 명성을 얻은 삼정은 그럼에도 혼자였다. 근본이 백정임에 근방의 고관대작들이 저 딸을 선뜻 내놓기야 했겠냐마는, 어떻게 해서든 삼정과 인연을 맺으려 서출과 양녀를 들이밀었음에도 삼정은 이를 굳이 고사했다. 일부에서는 삼정이 남성으로서의 기능에 문제가 있는 것이 아니겠냐는 억측을 내놓았지만, 백정이 가정을 이루어봐야 백정 가족밖에 더 되겠느냐는 다소 서글픈 사연을 들고 나왔음에 더 이상 주변에서 그를 채근하지는 못하고 입맛만 다시고 있는 형편이었다.

그렇기에 삼정이 아침에 눈을 뜬 방 안이 언제나처럼 그 혼자뿐이라는 사실이 그에게는 꽤나 익숙한 일상이기도 했다.

삼정은 침소에서 좌정을 한 채였다. 꼭두새벽부터 무슨 해괴한 짓거리냐고 묻는 사람이 있을 터이나 이것이 하루의 피로를 풀어내는 삼정의 취침 자세라는 사실을 아는 사람은 많지 않았다. 그리고 이것이 저 멀리 반도국에서 전해져 오는 태극단공(太極丹功)이란 내공심법이라는 사실은 더 더욱.

불현듯 삼정의 눈이 번쩍 뜨였다. 작은 눈 사이로 줄기줄기 흘러나오는 현기. 평소 삼정의 모습이 결코 생육을 다루는 백정의 것이 아니었다고는 하지만 지금의 모습은 분명히 과하다.

"웬 놈들이냐!"

삼정의 신형이 앉은 자세 그대로 숫구치는가 싶더니 문을 부수고 밖으로 쏘아져 나갔다.

차자창!

여명의 푸른 기운이 감도는 너른 대전 앞마당을 수놓는 불꽃들.

"이런 니미럴!"

삼정의 손에 어느새 들린 참륙도(斬戮刀)를 근근이 막아낸 사내가 저만치 물러서며 거친 욕지거리를 내뱉었다. 그러나 삼정의 얼굴은 밝지 않았다. 참륙칠십육도를 막아낸 도법, 낯설지 않은 탓이다.

"한무도(韓武道). 일도류(一刀流)?"

반도의 군문(軍門)에서 전수되는 쌍수장도법(雙手長刀法)이다.

"내 그럴 줄 알았다. 그렇게 숨기라고 했는데."

둘러친 높다란 담을 가볍게 밟아 넘어오는 한 사내, 박경진이 낭패한 표정의 임명진을 두고 비아냥거렸다.

"그냥 백정 놈이라며? 넨장할, 배운 게 도적질이라고 내 목 떨어지게 생겼는데 하룻밤 대충 퍼다 담아놓은 전진검법 따위가 나오겠느냐는 말이다.”

삼정은 어리둥절한 표정이다. 그들의 무도와 언어. 두말할 것도 없는 고려의 것이다. 그렇다면 필경 본 회(本會)에서 파견했을 터인데, 이렇듯 은밀하고도 적대적으로 자신의 처소에 찾아온 이유가 무엇인가?

궁금증은 다음 사내를 통해 해소되었다.

“한 가지는 확실하군. 적어도 백정은 아니라는 사실.”

기척도 없이 전각의 기둥에 느긋하게 서 있던 임근홍의 음성은 싸늘하다. 반도의 무공을 쓰고, 반도의 말을 쓰는 자들이 자신을 찾아 여기까지 왔으면서도 자신에 대해 확실히 모르고 있다?

적이다.

“네놈들은 누구냐?”

“맞춰봐.”

또 다른 음성. 삼정의 안색이 딱딱하게 굳어졌다. 모습을 드러낸 세 사내의 음성이 아니다. 목소리의 주인공은 멀리 있다. 정확히는 멀리서 아주 빠르게 이곳을 향해 다가오고 있는 자의 음성이다.

의기전성. 초강자다.

끼이익.

대문이 열리고 음산한 분위기의 중년인과 노인이 들어섰다.

‘내 역할은… 여기까진가?’

삼정이 초연한 표정을 지어 보였다.

중년인의 압도적인 기백이 넘지 못할 산임을 짐작해서가 아니다. 노인이 끌고 온 몽고마의 두 배는 됨직한 한 필의 거대한 말.

삼정이 본래 백정이 아닌 것처럼 이곳은 도살장이 아니다. 이곳에서는 지난 수십 년 동안 기마의 종자 개량이 이루어졌고, 몽고마의 지구력과 서역마의 힘을 갖춘 기마를 탄생시켰다. 바로 노인의 손에 끌려 온 저 기마다.

"대단해! 내 서역에서 들어온 명마도 수없이 봐왔지만 이런 괴물은 처음이야. 대체 어떻게 이런 영물을 만들어냈는가?"

지금의 살벌한 상황에서도 호들갑스러운 노인, 마초자는 거대한 기마의 이곳저곳을 만져 보며 감탄사를 연발했다.

"어르신께서 알아주시니 저는 참으로 기쁩니다. 서역은 물론이고, 저 멀리 흑국(黑國)까지 몽땅 뒤져서 우수한 종들만으로 교배를 시켰으니까요."

삼정이 흔쾌히 답한다. 마초자는 호기심을 참지 못하는 어린애처럼 폴짝폴짝 뛰었다.

"그래그래, 대체 무슨 종을 교배시켰는가? 대량 생산에는 성공했는가? 교배종은 적어도 오대(五代)까지 지켜봐야 하는데, 돌연변이는 생기지 않던가? 이 귀여운 녀석의 이름은 어찌 지었는가?"

정신없이 쏟아내는 질문에 삼정은 그저 빙그레 웃을 따름.

"워낙에 많은 종이 섞여 있는지라… 게다가 겨를이 없어서 무슨 이름을 붙일 것인지 생각해 보지 못했습니다만……."

알려줄 수 없다는 게다. 마초자의 옆에 그림처럼 서 있던 중년인, 김성은의 입술이 슬그머니 벌어졌다.

"내놔."

삼정이 김성은을 무심한 시선으로 쳐다보았다. 무엇을 내놓으라는 것인지 알기는 어렵지 않다. 기마에 대한 자료를 요구하는 것이다.

"그놈, 참 말 짧네. 동방의 예의지국이라 하지 않았던가? 이럴 땐 제발 좀 주세요, 라고 해야 하는 것이다. 못 배운 노무 시끼야!"

"제발 좀 주세요."

거리낌도 주저함도 없다. 김성은은 본래가 그런 종류의 사람이었다. 다소 의외라는 표정의 삼정이 주위를 한 번 훑어보는가 싶더니 이내 피식 웃었다.

"싫어. 아니, 못 줘."

"그럼 넌 죽어."

비로소 분위기를 파악한 마초자의 안색이 하얗게 질렸다. 그러나 정작 삼정은 시종 편안한 신색이다. 그러나 내심도 그럴 수는 없었다.

본 회에서 파견된 암영의 무사들이 족히 이백 명은 넘었다. 고용한 낭인들도 백 명은 넘는다. 자신을 포위한 네 명의 사내에게서 풍기는 은은한 혈향. 모두 죽었다. 이들 외에도 곳곳에 모습을 숨기고 은은한 살기를 흘리고 있는 자들은 기껏해야 대여섯 정도. 그럼에도 자신이 모르는 사이 삼백 명에 이르는 무사들을 제압했다는 사실이 의미하는 바는 명백했다.

이들의 손을 벗어나는 것은 불가하다.

"여기까지 왔으면서도 모르겠나?"

"……?"

"내게 있어서 죽음은… 별게 아니야."

김성은의 신형이 안개처럼 꺼졌다. 꺼졌다 싶은 순간 십여 장이나 떨어져 있던 삼정의 팔을 금나수법으로 거칠게 잡아채는 김성은. 그러나 늦었다. 삼정의 참륙도는 주인의 목을 깊게 베고 지나간 후였다.

"이런!"

임근홍들은 재빨리 삼정의 처소에 뛰어들었다. 그의 처소에 보관되어 있을 자료들이 혹시 모를 모종의 장치에 의해 훼손되지 않을까 하는 염려 때문이었다.

채 숨이 끊어지지 않은 삼정이 그 모습을 보며 슬그머니 미소 지었다.

"크르륵, 소용… 없어… 모든… 자료는… 내 머리 속에… 있거든…….”

부글부글 끓는 소리를 뱉어놓은 것을 마지막으로 삼정의 고개가 조용히 내려앉았다. 급히 응급 치료를 하던 마초자도 고개를 절레절레 흔들어 삼정의 이승과의 인연이 다했음을 알려왔다.

조각상처럼 시종 변화가 없던 김성은의 안색이 비로소 슬쩍 비틀렸다.

"빌어먹을, 안엔 아무것도 없습니다.”

삼정의 처소에서 맥 빠진 걸음으로 나오는 임근홍의 음성에는 실망이 가득했다.

"…….”

말이 없는 김성은. 삼정의 처소에서 뒤따라 나온 박경진이 축 쳐져 있는 임근홍의 어깨를 툭 치더니 기마를 가리켰다.

"저놈이라도 끌고 가자. 빌어먹을, 저런 놈이 우리에게 백 기만 있어도 제대로 한판 붙어볼 수 있을 텐데…….”

"모두… 태워 버려.”

김성은이 한마디를 툭 던져 놓고 돌아섰다.

"귀면묵인대만 해결하면 돼. 그 이후로는 공평한 싸움이 될 테지.”

역시 허탈한 표정으로 뒤따라 나오는 임명진의 말은 전적으로 옳았다. 파악하기로 이곳을 비롯해 열세 곳의 위장 마구(馬具)에서 생산되어 한진회에 흘러들어 간 기마는 모두 천여 기. 한진회가 양성한 위장 마구는 모두 불탔으며, 생존자는 없다. 이덕패의 귀면묵인대와 같은 기병을 양성해 내려면 아마도 몇십 년은 족히 걸려야 할 것이다.

싸움은 이제부터였다.

*　　　　*　　　　*

연화는 벌써 수차례나 붓을 벼루에 적셨다. 그러나 그녀의 앞에 놓인 한지는 처음 펼쳐질 때와 다름없이 하얀 여백뿐이었다.

그녀에게 처한 상황이 무척이나 복잡다단한 이유가 손끝을 주저하게 만든 것이다. 연화는 결심이라도 한 듯, 입술을 배어 물더니 기어이 붓끝을 놀렸다.

황정 대협 전상.

그러나 더 이상 붓은 움직이지 않았다. 서신이 완성되고 황정에게 글이 전달된다면…….

분열이다.

적은 강하고, 아(我)는 필요에 의해 취합이산(聚合離散)한 위태로운 관계인 것이다. 이런 시점에서 천지밀궁과 무림연합 상호 간에 불신의 골을 만드는 행위는 필패의 지름길이다.

고민은 길어질 수 없었다.

"교주, 준비되었습니다."

무림인에게는 어울리지 않는 흉갑까지 차려입고 중무장한 여사령이 들어서서 연화에게 고개를 조아렸다. 연화는 한차례 여사령을 돌아보더니 결국 붓을 내려놓았다. 아무것도 적혀 있지 않은 서찰을 내려다보던 여사령의 표정이 착잡해졌다.

"결국 우리들… 뿐이군요."

"그렇게 됐네요."

연화가 씁쓸하게 웃음 짓더니 탁자에 기대어 세워둔 장도를 집어 들고 일어섰다.

"하는 데까지는 해봐야겠죠. 제 결정에 따라준 여 대주께 감사드려요."

"무슨 말씀을. 교주께서는 최선의 선택을 하신 겁니다."

빈말이 아니다. 여사령의 비장한 표정에는 굳은 신뢰가 담겨 있었다.

연화와 여사령이 대전을 빠져나오자 너른 대청에는 기백의 무사들이 암울한 기운을 절제하며 무겁게 서 있었다.

여사령이 단주로 있는 흑혈단은 본래 일 조에 열 명씩 총 사십 조, 사백 명의 인원으로서 천년신교에서도 가장 많은 머릿수를 자랑하는 무력 집단이었다. 주로 외당의 일을 맡다 보니 규모가 커지는 것은 당연한 일.

그러나 그것도 이제는 옛말이고, 중공산에 투입된 이십 개 조가 깡그리 몰살당했고, 남은 병력은 이십 개 조 이백 명만이 살아남았다. 엎친 데 덮친 격으로 여사령의 세력과 사이가 좋지 못했던 비검이 교를 장악했다는 소식에 육십여 명이 야반도주를 했으니, 남은 인원은 고작 백사십 명뿐이었다. 이것이 연화가 교주로 있는 천년신교의 전부였다.

연화는 착잡한 시선으로 그들을 둘러보았다. 이들이 가야 할 곳은 어쩌면… 아니, 틀림없는 사지(死地)다. 이들 중 태반은 한족 사회에서 버림받아 선택의 여지없이 천년신교에 몸담은 자들. 저들을 상대로 한

족의 긍지를 지키기 위해 목숨을 초개와 같이 버릴 것을 강요하는 일이 과연 옳은가? 오랜 번민은 아직도 결론을 내리지 못하고 있었다.

"교주."

여사령의 전음에 연화가 고개를 돌려 그를 바라보았다.

"옳다고 믿는 것은 행하십시오. 속하들은 기꺼이 교주의 믿음을 따를 것입니다."

옳은 것은 없어요. 옳다고 믿는 자만 있을 뿐이죠. 그런 자들은 결국 무고한 피를 뿌리며 부끄러운 역사를 남기게 돼요. 여 대주… 나는 내가 그런 어리석은 사람이 될까 두려운 겁니다.

연화는 가슴의 번민을 꺼내놓지 못하고 희미하게 웃어 보일 따름이었다. 그러나 누군가는 해야 할 일이다. 이대로 한진회의 손에 도성이 짓밟히게 놔둘 수는 없는 일이다. 결론은 이미 정해져 있었다.

"가시죠."

연화를 선두로 흑혈단의 무사들이 썰물처럼 빠져나가기 시작했다.

"꽤나 똑똑한 척을 하더니‥ 저 아이, 결국 세상모르는 천둥벌거숭이였던가?"

전각 지붕의 내림마루가 만들어 낸 그늘에서 마른 음성이 들려왔다.

"글쎄, 내 생각은 다른데?"

나른한 목소리. 지붕 위의 두 남녀, 야살귀와 목여염은 어둠 속으로 흩어지는 흑혈단의 무사들을 한가로운 표정으로 내려다보고 있었다.

"구파의 떨거지들에게 손을 내밀지도 않고, 백 명을 갓 넘기는 병력으로 이덕패와 그의 검은 군대에 갖서겠다는 생각이 그리 현명한 판단 같지는 않군."

“아니, 교주는 그 누구보다 냉철하고 현명해. 모르긴 해도 이덕패는 꽤나 애를 먹을걸?”

“애를 먹는다? 조금 불편하다는 것이군. 이덕패를 막지 못한다는 사실은 변함이 없는 것이고… 지금이라도 말려보지 그래?”

“말린다고 들을 여자였으면 말렸지. 더 지켜봐야지. 그녀가 어디까지 할 수 있는지. 그런데 남궁천상은 폐관수련에 들어갔다며?”

“폐관수련은 무슨. 제 놈 딸 해골을 목에 걸고 다니는 미친 영감과 안전가옥(安全家屋)에 들어갔다.”

“그래……”

목여염은 말끝을 흐리며 슬그머니 야살귀의 눈치를 살폈다. 다 알고 있다는 마냥 시선도 주지 않고 툭 던져 놓는 야살귀였다.

“그 녀석은 바로 칠보현으로 이동한다는 서신을 보내왔다.”

“……”

“석가장도 온전히 쓸어버렸더군. 미친놈처럼 사람을 죽이고 있어. 일처리 방식이 마음에 들기는 한데… 계속 그런 식이라면 곤란해져.”

애써 태연한 척하지만 급격히 흔들리는 목여염의 눈동자. 깊은 근심을 숨기지는 못했다.

목여염도 들어 알고 있다.

최근 석양동의 행동은 중공산에서 몰살당한 흑랑대 비도들에 대한 복수라 한들 분명히 지나친 감이 적지 않았다.

한진회와 어떤 식으로든 연결되어 있다면 여자와 아이는 물론이고, 풀 한 포기 남겨두지 않고 멸살하고 있는 것이다.

무엇보다 목여염의 가슴을 무겁게 짓누르는 것은 무자비한 살검을 뽑아 들기 전에 석양동은 언제나 미소를 흘린다는 소문이었다.

소견즉필사. 세상을 떠들썩하게 했던 살인귀가 부활한 것이다.

"사람이 얼마나 망가질 수 있는지 봐달라는… 일종의 투정이지. 그리고 자신을 그렇게 만든 사람에게도 그만큼의 고통을 주겠다는 것이고……."

목여염의 커다란 두 눈에 자욱하게 습기가 차 올랐다.

"그런 사람이 아니야. 그는……."

"말을 하지 그러나? 녀석의 사부라는 자는 실상 네 부친의 친구였으나, 결국 십단금 때문에 가족을 모두 죽인 원수라는 사실. 게다가 한진회의 간자였다는 사실을 말이야."

순식간에 목여염의 안색이 굳어졌다. 눈물을 훔쳐내고 야살귀를 노려보는 그녀의 눈에는 서릿발 같은 냉기가 감돈다.

"당신이 상관할 바 아니야!"

바람 소리 나게 돌아서는 곡여염, 그녀의 모습이 보이지 않자 야살귀의 마른 입술이 슬그머니 움직였다.

"그래, 내가 상관할 바는 아니지. 그게 말처럼 쉽지는 않지만 말이야……."

*   *   *

잔뜩 말라 있는 갈대 숲이 봄바람에 하늘하늘 처량하게 고갯짓을 한다.

율동에 맞춰 흔들거리는 갈대 숲의 깊은 곳.

노백도 지그시 눈을 감고 봄바람에 맞춰 흔들거리고 있었다.

노백의 호와 흡은 일각 동안 두 번만 드나들었을 뿐이다.

‘나는 바람이다. 나는 들꽃이며, 하늘의 구름이다. 나는 없다…….’

사사삭!

이질적인 기척이, 여간해서는 들리지 않을 소음이 가까워져 온다. 극도고 긴장하고 경계적인 움직임. 둘? 셋? 아직 정확하지 않다.

기다릴까? 그러나 덫을 놓고 한가하게 걸려들기를 기다릴 수만은 없다. 그러기엔 적이 너무 많은 것이다.

결정했다. 먼저 친다.

스스슥.

노백은 바람이 부는 방향으로 몸을 맡기고 수풀 사이로 흘러들었다.

노백은 슬그머니 눈을 뜨고 손끝에 느슨하게 쥔 검의 감촉을 느꼈다. 이번엔 확실히 느껴진다. 셋이다.

조바심을 가져서는 안 된다. 한 번에 한 놈씩, 후미에 처진 놈부터 먼저 잡는다.

침착하고 냉정한 눈빛이 노백의 바로 앞을 지나쳤지만 알아차리지 못했다. 노백은 그저 한줄기 갈대에 지나지 않았으므로.

두 번째 사내는 눈이 마주쳤지만 역시나 별반 놀라는 기색이 없다.

그리고 마지막 사내.

‘짧고 치명적으로!’

쉬익!

“큽!”

마지막 사내가 무너져 내렸다. 그러나 사내가 끝자락에 붙들고 늘어진 마지막 숨 넘김은 예상치 못했다. 암습은 실패다.

‘빌어먹을!’

노백은 바람처럼 내달렸다.

쉬쉬쉭!

날카로운 소성이 귓전을 따린다. 미리 생각해 둔 퇴로를 따라 갈지자(之)로 신형을 틀어보지만 뒤를 밟아오는 소성은 좀체 떨어질 기미를 보이지 않았다.

'조금만 더.'

딱히 길이라고는 없는 갈대 숲을 마구잡이로 헤치고 나아가는 듯한 노백이 갑자기 몸을 솟구쳤다. 갈대 숲 위로 뛰어오르면 단숨에 들통 나고 말 것임에도.

촤르르르!

노백의 뒤를 바짝 쫓던 두 사내는 잠시 어안이 벙벙한 표정. 이내 그들의 얼굴에는 절망의 기색이 떠올랐다.

그들을 둘러싼 갈대들이 갑자기 앞으로 무너지더니 독사의 치명적인 독아마냥 하얀 촉을 드러낸 강궁이 모습을 드러낸 것이다.

당장에라도 화살을 뱉어낸다면 벌집이 되고야 말 상황.

"청승(靑勝)!"

노백의 낭랑한 외침이 있고서야 두 사내는 억울하다는 표정을 지어 보였다.

"이건 반칙입니다. 이건 매복 훈련이잖습니까!"

사내들의 항변에도 노백은 턱도 없는 소리 말라는 듯 음충스런 웃음을 흘릴 따름이다.

"흐흐흐, 실전에서 정해진 규칙이란 없지. 게다가 이것도 매복의 일종이다. 앞뒤 없이 무턱대고 추적을 감행한 네놈들의 명백한 괘배다. 인정해라."

"노백의 말이 맞아. 실전에서는 반칙 따윈 없어."

사내들 사이로 표흘히 떨어지는 신형, 진이었다.

"대, 대장."

"반가위, 칠적심, 너희 둘은 죽었다."

노백을 추적하던 두 사내의 고개가 떨어졌다.

"그리고 노백을 비롯해……."

활을 들고 있는 무사들을 쭈욱 둘러보는 진, 잠시 난감한 기색이 그려졌다.

"…기타 등등도 모두 죽었다. 따라서 이번 대전은 백승(百勝)이다."

"무슨 말씀이십니까? 이번에는 엄연히 우리 청조의 승리입니다!"

노백과 기타 등등에 해당하는 청조의 무사들은 발끈했다. 백조는 단 한 명도 갈대 숲을 통과하지 못했으니, 그들의 항변은 충분히 정당한 것이었다.

"노백, 확실히 아무도 통과하지 못했는가?"

"분명합니다. 단 한 놈도 통과를 허용치 않았습니다."

확신에 찬 어조. 목이라도 내줄 듯이 비장하기 짝이 없었다.

"그럼 저건 뭘까?"

진이 손을 들어 가리키는 방향을 따라 노백의 시선이 이동했다.

그리고 이내 경악하고 만다.

"아부지! 식사 들고 하시어요!"

이제 대여섯 살 정도의 여자 아이가 광주리에 하나 가득 주먹밥을 머리에 이고 뒤뚱거리면서 달려오고 있는 것이었다. 여자 아이는 목에 두툼하게 흰 천을 감고 있었는데, 방한의 목적이라기보다는 의료용에 가까운 붕대로 보였다.

"조, 조심! 그러다 넘어지겠다!"

　노백의 얼굴이 순식간에 사색이 되었다. 굳이 병색이 짙은 연약한 여아의 몸이 아니더라도 아이의 머리 위에 얹어진 널찍한 광주리는 보는 이의 불안감 조성에 확실히 기여를 하고 있는 것이었다.

　"엉?!"

　아니나 다를까? 돌부리에 채인 아이의 작은 몸이 허공에 붕 뜨고 말았다. 그러나 아이의 연약한 턱이 땅바닥에 깨지고야 말 상황은 이어지지 않았다.

　먼저 일어난 일은 아이의 몸이 미풍에 실린 가랑잎마냥 부드럽게 미끄러지더니 가볍게 착지하는 장면이었고, 이어서 어지럽게 솟구쳐 오른 광주리와 주먹밥이 진의 손에 손실없이 들려 있는 것이었다.

　아이는 배를 깔고 누워 금방이라도 울음보를 터뜨릴 듯 울먹이는가 싶더니 자신을 부드러운 시선으로 내려다보고 있는 진의 눈길을 의식하고 금세 바알간 홍조를 얼굴에 그려냈다.

　"런아는 당분간 거동은 자제하라는 이 아저씨의 말을 듣지 않기로 작정을 하였나 보구나."

　내용은 질책이나 어조는 부드럽기 짝이 없다.

　"헤에, 하지만 런이는 답답한걸요?"

　선명한 보조개를 그려내며 배시시 웃는 모양이 여간 귀여운 것이 아닌 아이. 저기 거의 실성한 마냥 헐레벌떡 뛰어오고 있는 노백의 딸이었으며, 대라심천곡의 재물로 희생되었던 노련이었다.

　그러나 장내의 인물 중 헛것이나 귀신을 봤다며 눈을 까뒤집고 넘어가는 사람은 없었다. 오히려 그들의 입가에는 훈훈한 미소마저 걸려 있다. 그들이 집단 정신 이상이 아니라면 노련의 실체는 분명히 귀신은 아닌 것이다.

사연은 이렇다.

노백을 비롯한 몸이 성한 태양선교의 무사 몇 명과 진이 오양동굴의 한쪽 구석에 산처럼 쌓여 있던 아이들의 시신을 거둘 때의 일이었다.

아이들은 하나같이 피를 최대한 많이 뽑아내기 위해 경동맥이 잘려졌다. 목이 반이나 잘려 나간 채 몸에 지닌 피를 절반 이상이나 빼앗긴 아이들이 살 수 있는 가능성은 돼지가 삼 개 국어를 능수능란하게 하는 가능성보다 낮은 일이다.

"으허헉! 마, 마, 마귀닷!"

그러므로 자신에게 사정없이 쏟아지고 있는 살기 어린 시선을 감내하며 열심히 시신을 거두고 있던 대승정관이 막 다른 시신을 수습하려는 순간, 그 사이로 작은 손 하나가 불쑥 솟아오른 것을 보고 기겁한 것은 당연한 일이었다.

신앙이 없다기보다는 무신론자에 가까운 진이 마귀 따위를 운운하는 대승정관을 거의 집어 던지다시피 밀쳐 버리고 뛰어들어 시신을 헤쳤으니, 작은 손의 주인공은 이제 대여섯 살 정도의 여자 아이였다.

여자 아이 역시 목이 깊이 베였으나 아직 살아 있었다. 대라심천곡이 급박하게 돌아가자 칼질이 서툰 가려승들이 실수를 한 모양이었다. 그러나 여자 아이의 맥을 짚던 진의 안색이 참담히 일그러졌다.

"너무 늦었는가?"

이미 사 할이 넘는 피를 잃었다. 보통의 경우 삼 할의 피를 잃으면 의식을 잃고, 그 이후에는 화타가 무덤에서 걸어 나온다고 해도 살릴 수가 없는 지경이 된다. 여자 아이가 아직까지 숨이 붙어 있다는 것은 기적이나 다름없는 일이었다. 그렇다고 해서 달라질 것은 없었다. 여자 아이는 살아남은 것이 아니라 죽어가는 중인 것이다.

그때였다.

"련아? 련아야!"

노백이 뛰어들어 여자 아이를 끌어안더니 미친 듯이 울부짖었다. 여자 아이는 노백의 일점혈육, 노련이었던 것이다.

진의 얼굴에서 희색이 떠올랐다.

"노백! 살릴 수 있다."

노백은 눈물 범벅이 된 얼굴에 원망을 실어 진을 쳐다봤다. 의술에 대해선 모르되 살 수 있는 사람과 그렇지 못한 사람 정도는 구분할 수 있다. 딸아이의 몸은 이미 얼음장처럼 차가워졌고, 동공도 흐릿하게 풀려 있었다. 결코 살 수 없다. 아주 잠깐 희망이 떠올랐으나 이내 더욱 참담한 절망이 밀려들었던 것이다. 어째서 헛된 희망을 주느냔 말이다!

진은 노백의 심정을 모르는 바가 아니었지만 일일이 설명해 줄 시간은 없었다.

"확률은 반. 죽거나 산다. 어쩔 것인가?!"

이 무슨 개소린가? 사람은 다들 죽거나 산다. 이 시점에서 인생사 철학 공부나 되짚어보자는 얘기냔 말이다.

그러나 진의 이색안에는 굳은 깊음이 담겨 있었다.

수혈을 하려는 것이다. 이 시대에는 수혈이라는 개념 자체가 없었다. 수혈은 아주 먼 미래에 혈액형이라는 개념이 발견되고서야 가능했던 일인 것이다. 서로 다른 혈액끼리 섞이면 응고가 일어나고, 결국 혈관이 막혀 죽고 만다. 엄밀히 말하자면, 부모라고 해도 혈액형이 같을 확률은 삼 할이 되지 않지만 피 한 방울 섞이지 않은 생면부지의 남보다는 확률이 높다. 저대로 두면 아이는 죽는다. 시도해 볼 가치는 있는 모험이었다.

"살릴 수 있단 말입니까?"

"그대로 놔두면 반드시 죽어. 할 텐가?"

노백은 굳은 얼굴로 고개를 끄덕였다. 딸을 살릴 수 있다면 혼이라도 내놓겠다는 비장한 표정.

혈액의 응고 여부를 시험할 시간은 물론이고, 약품이 없다. 그야말로 모험을 거는 것이었다. 가장 큰 문제는 수혈의 방법이었다. 주사 바늘이 있을 리 만무하다.

이차 세계 대전 시 주사 바늘이 부족했던 일본군이 성게의 가시를 사용했다고는 하지만 이런 산중에 성게가 구해질 리도 없는 일. 그러나 진에게는 주사 바늘과 속이 빈 호스를 임시로 대체할 만한 방법이 있었다.

멸혈검경. 민초빈에 의해서 탄생된 시술이 진에게 오면서 길초삼을 고문하는 무공으로, 이제는 다시금 제 역할을 할 수 있는 것이다.

이제는 검 따위의 쇠붙이는 필요없다. 진은 노백이 아이의 팔을 잡게 했고, 그 위에 자신의 손을 얹었다.

이후 놀라운 일이 벌어졌다. 생채기 하나 없는 노백의 손바닥에서 핏물이 흥건하게 배어 나오는가 싶더니 모래에 뿌려진 물처럼 아이의 몸속으로 스며드는 것이었다.

노백의 안색이 빠르게 창백해졌다. 진이 그의 상태를 수시로 확인했지만 노백은 자신의 피를 모조리 줘버리는 한이 있더라도 아이를 살리기 전에는 절대로 멈추지 말라며 눈에 힘을 주었다.

진은 다른 한 손으로 아이의 맥을 짚었다. 한없이 느려지던 심장의 박동이 슬며시 살아나고 혈류의 속도가 증가하고 있었다. 하지만 그에 따라 벌어진 목에서 새어 나오는 피도 많아졌다. 이래서는 깨진 독에 물 붓기다. 진은 노백에게서 손을 떼고 다급하게 외쳤다.

"주사 바늘! 아니, 성게 가시가 필요해!"

멀뚱한 표정들이다. 난데없는 성게의 가시는 무어며, 이런 첩첩산중에서 성게 가시는 어디서 구한단 말인가?

"넨장할! 속이 빈 바늘이 당장 필요하단 말이다! 땡추 할배! 아이의 맥박이 뛰는 속도를 입으로 알려줘!"

무사 한 명이 그제야 번뜩 깨닫은 표정으로 다급히 뛰어나갔고, 대승정관은 노련의 손목을 잡았다. 진은 대승정관의 음성에서 귀를 떼지 않으면서도 눈에 보이지도 않을 만큼 가는 바늘을 꺼내 노련의 목에서 경동맥을 찾아 꿰매기 시작했다. 귀랑의 경우와는 또 다른 어려움이 있었지만 이제는 상단전의 무리가 확실하게 자리잡았기 때문에 노련의 손상된 내부를 선명하게 볼 수 있었고, 더욱 섬세한 시술을 할 수가 있는 것이었다.

순식간에 노련의 상처가 모두 봉합될 무렵 태양선교의 무사 한 명이 허겁지겁 뛰어와 짐승의 이빨 같은 것을 내밀었다.

"이것으로 될런지요."

적당히 가공한 독사의 독아(毒牙)다. 살을 뚫을 정도로 날카롭고 속이 비어 있으니 그야말로 적합했다.

진은 독아를 들고 온 무사를 새삼스러운 눈길로 쳐다봤다. 당연히 주사 바늘 따위는 없을 것이라 단정하고 성게의 가시를 생각한 것인데, 이런 물건이 있었다니.

"이건 어디에 쓰는 물건인고?"

"뽕 맞을 때 씁니다."

"뽀, 뽕?"

무사의 눈이 대숭정관을 향해 매섭게 돌아갔다.

"저 미친 중놈이 가려승들의 팔에 이걸 꽂고 양귀비에서 추출한 액을 주입시키죠."

정말 진이 알고 있는 그 뽕인 것이다. 진은 모르는 얘기였지만 가려승들이 한 달여 동안 자지도 않고, 먹지도 않으면서 대라천심곡을 연주할 수 있었던 것은 바로 마약의 기운을 빌었기에 가능한 일이었다.

"아주 범죄의 백과사전이구만. 저 아저씨를 어쩌면 좋니?"

누런 이빨을 드러내며 어색하게 웃는 대숭정관을 보며 진은 고개를 절레절레 흔들었다.

몇 번에 걸친 수혈이 이루어지고 나서야 노련의 숨결이 정상으로 돌아왔다. 그리고 나서도 진은 한 시진 동안이나 노련의 등에 장심을 대고 내력을 운용했다. 기력의 회복을 돕는 한편, 이상이 없는가를 점검하는 것이다.

그렇게 한 시진이 지나고 나서야 땀 범벅이 된 진이 일어섰다.

"휴우~ 이 짓을 또 하는군."

서서히 발그레한 홍조를 찾아가는 노련보다 되레 창백해진 노백이 간절함이 담긴 눈으로 진을 올려다보았다. 진은 씨익 웃었다.

"운이 좋았어. 아이의 내력 공부가 충실하지 않았다면 오래전에 죽었을 것이고, 지금도 이렇게까지 견뎌내지 못했을 거야."

이곳저곳에서 안도의 한숨 소리가 들려왔다. 주르륵, 벌겋게 출혈된 노백의 눈에서 기어이 눈물이 쏟아져 내렸다.

"주공……."

목이 메어와 말을 잇지 못하는 노백. 당장이라도 달려들어 포옹이라도 할 기백이었다.

"경고하는데… 그거 하지 마라."

진은 짐짓 정색을 하며 한 발자국 물러섰다. 태양선교 무사들의 독특한 전우애는 동료의 복수 방식 말고도 상당 부분 독특한 점이 많았는데, 또 다른 하나가 바로 '입맞춤'이었다. 언젠가 피를 나누는 전우라고 해서 실제로 피를 나누다가 줄초상을 치른 이후로 생겨났다는 믿거나 말거나 식의 구전 동화는 평생을 불구로 살 뻔했던 무사 한 명을 치료해 주고 강렬한 '혀 공격'을 받고 나서야 들을 수 있었다. 이제는 어느 정도 이들의 독특한 풍습을 이해하기는 했지만 역시 수용하기에는 상당한 무리가 따르는 방식이기도 했다.

다행히도 노백은 넙죽 엎드려 구배를 올리는 것으로 진에게 감사를 표시할 따름이었다.

노련은 빠르게 회복되어 갔다. 아비를 닮아 워낙에 건강한 체질인 탓도 있지만 진에게서 고스란히 물려받은 칠정기가 한몫 단단히 했음은 의심의 여지가 없는 일이었다.

주종의 맹세를 한 수하의 딸에게 개정대법을 아낌없이 풀어주는 주인. 이에 감복한 자들은 남았고, 그럼에도 절대 악에게 친구를 잃어 도무지 수용할 수 없다는 자들은 떠났다. 총원 오십이 명. 많다 할 수 없지만 이들이야말로 진의 진정한 버팀목이 될 것이었다.

진은 노련을 안아 들더니 손을 들어 보이며 허겁지겁 뛰어오는 노백을 저지했다.

"노백, 이번 내기는 아무도 갈대 숲을 지나가게 해서는 안 된다는 것이었다. 맞나?"

"그, 그렇습니다."

"그런데 백조의 어느 누구도 련아가 갈대 숲을 지나치는 것을 아무도 막지 않았을 뿐만 아니라 고삼, 저 친구는 친절하게 자네가 숨어 있는 위치도 알려주더군."

지적당한 고삼은 노백의 서릿발 같은 시선을 받고 움찔거리며 어색하게 웃었다.

"할 말 있나?"

"어, 없습니다."

"……."

"……?"

진은 노백을 유심한 시선으로 쳐다봤고, 노백도 멀뚱하게 서서 진을 마주 볼 따름.

"뭐 하나?"

"뭘 말입니까?"

"얼른 대."

당장에 하얗게 질려 버리는 노백과 청조의 무사들이다.

"저, 정말 하실 요량이십니까?"

"그럼 해야지, 약속인데. 백조 준비!"

여기저기서 백조의 무사들이 잔인한 미소를 흘리며 갈대를 헤치고 나왔다. 하나같이 검결지를 세운 두 손을 모은 채.

"얼른 대십시오. 지난번에는 아주 화끈했습니다. 저는 삼 일 동안 뒷간에도 못 갔지요."

반가위가 복수심에 찬 음성을 음산하게 벌여놓았다.

"아부지, 무슨 말씀이어요?"

또랑또랑한 눈을 이리저리 굴리는 노련이다. 진이 노련을 들쳐 안더니 그들을 뒤로하고 갈대 숲을 나섰다.

"아부지가 내기에 져서 벌칙을 받는 거란다."

"벌칙이요? 어떤 벌칙인데요?"

"음, 교육상 네가 알아봐야 좋을 것이 없는 벌칙이지. 우리는 가서 밥이나 먹자꾸나."

"대장을 뵈옵니다."

노백은 묘하게 허리를 비틀어 대며 진에게 읍소를 했다. '똥침'을 당해 제대로 걷지도 못할 상황일 것이니 허리를 숙이는 고난이도의 동작은 불가능한 것이다.

진이 두툼한 두루마리를 내밀자 노백이 의아한 시선을 보낸다.

"전술 훈련은 오늘로 마감이다. 오늘 이후로는 개인 전술을 다듬는다. 몇 가지 적어봤는데, 나누어 보고 건질 것이 있으면 건져 봐."

떠밀다시피 안긴 두루마리를 받아 든 노백은 진이 한 말을 곰곰이 생각하다가 이내 깜짝 놀라고 말았다. 개인 전술, 즉 무공이다. 여기에 대해 초절정고수가 몇 가지를 적어냈다고 한다.

그러므로 이 두루마리는…….

"이, 이런 절공비급을 속하들에게…….”

"뭘 가르쳐 주고 싶어도 개산초월검과 월영신공 말고는 뭐 아는 게 있어야지. 개산초월검은 어차피 쓸데도 없을 터이니 월영신공을 조금 손보고 심법을 대충 적어본 것인데, 맞지 않은 사람도 있을 테니 검토해보고 모르겠다 싶은 건 직접 와서 물어봐."

자못 감동 어린 표정과 아기 사슴처럼 반짝이는 노백의 부담스러운 눈동자를 뒤로하고 진은 헛기침을 날리며 돌아섰다.

자신들이 먹고사는 것에는 아무런 관계도 없는 일에 끌어들여 목숨을 걸자고 했음에 얼마 되지도 않은 것들을 공유하려는 것뿐이거늘, 태양선교의 무사들은 번번이 과도한 반응을 보였던 것이다.

"저, 저기……."

"글쎄, 별거 아니라니까 그러네."

"그, 그게 아니라……."

"……?"

"저는 아베스타 어는 모르는뎁쇼?"

아베… 뭐?

진도 모른다. 그렇다면 대체 무슨 소린가?

노백은 진이 의아한 표정을 지어 보이자 다시 한 번 진이 건넨 종이 뭉치 중에 한 장을 빼 들고 유심히 살펴보았다.

노백은 대승정관이 술법어(術法語)로써 아베스타 어를 쓰는 광경을 가끔 보았다. 물론 아베스탄지 아라베스큰지는 읽을 줄도, 쓸 줄도 모르지만 대충 어찌 생겼다는 것쯤은 서당 개 삼 년에 들은 풍월로 대충 안다는 뜻이다. 그러다 문득 노백은 비록 몇 글자에 불과하지만 어느 부분에서는 자신이 아베스타 어를 해석하고 있다는 사실에 경악해야 했다. 그러다 자신이 천 년에 한 번 나올까 말까 한 기재였고, 그동안은 잠재되어 있다가 이 순간에 머리가 트인 것이 아닐까 하는 얼토당토하지 않은 생각까지 하게 된 것이다.

물론 그것은 노백의 완벽한 착각이었다. 흔히 '해독 불가' 지경의 엄청난 악필을 마주하다 보면 생기는 일시적인 혼란인 것이다. 노백은 분명히 천년기재와는 거리가 멀었지만, 또한 바보도 아니었기에 이러한 사실을 비교적 빨리 깨달을 수 있었다.

"모르겠다 싶은 것은… 직접 와서 물어보도록."

어색한 헛기침을 흘리고 돌아서는 진의 뒷모습과 두루마리를 번갈아 보며 노백의 눈썹은 본인의 의지와 관계없이 꿈틀거리고 있었다.

석 달이 흘렀다.

그리고 이 석 달은 진의 일생에서 가장 긴 석 달이었다.

진은 오늘도 침상 위에 시체마냥 꼼짝도 않고 누워 있었다. 벌겋게 핏발이 올라와 있는 두 눈은 말똥말똥. 과도한 정신적 압박과 수면 부족으로 고생하는 인간 군상의 모습이 석 달 동안의 진의 상태였다.

이렇게 된 이유.

우당탕탕, 쿵쾅!

문짝이 완전히 부서지는 소리와 함께.

"대장! 대장!"

쾌락의 절정에 잠긴 들뜬 음성.

주야는 물론 시도 때도 없으며, 천재지변마저 무시하는 저돌적인 사내, 아니, 사내들 때문이었다.

반쯤 실성한 듯한 모습으로 들이닥친 사내는 정확히 일각 전에 문짝을 반쯤 부수었고, 반 시진 전에는 문틀을 부수었으며, 한 시진 전에는 문고리를 부수며 뛰어들었던 노백이다.

"여기, 여기 이 부분 말입니다. 그러니까 바로 백회를 친단 말입니까? 중간에 아무런 기맥을 거치지 않고? 기해에서 빠져나온 막대한 진기가 백회를 치면 정신 이상자가 된다고 했는데, 아니었던 겁니까? 대장은 성공했습니까? 속하가 보기엔 대장이 완전히 정상이 아닌 것 같은데, 설마 지금이 미친 상태는 아니겠죠?"

"나는 분명히 칠정기로 백회를 후들겨 팼어도 미치지 않았지만 지금은 확실히 미쳐 가고 있다."

"네?"

"석 달째다. 잠 좀 자자."

비 맞은 중처럼 끊임없이 주절대던 노백이 갑자기 젖은 사슴의 눈을 하고 진을 물끄러미 쳐다보기 시작했다.

"대장… 속하를… 주……."

낯빛이 파리해지는 진.

"노백, 제발……."

"주, 죽여어 주시옵소서! 속하가 아둔하여 대장의 심기를 어지럽히고 말았나이다. 죽음으로 이 죄를 씻어 대장의 용서를 구하겠나이다!"

냉큼 칼을 뽑아 자신의 목에 들이대는 노백이었다.

진은 반쯤 감긴 멍한 시선으로 물끄러미 바라볼 따름.

노백은 당장이라도 명줄을 따버릴 듯한 기세였으나 막상 칼을 목에 대고는 주춤거렸다.

"…안 말리십니까?"

"만약에, 이건 정말로 혹시나 하는 노파심에서 하는 말인데 네가 다시 한 번 내 방에 들이닥친다면 나는 정말 미칠 것이고, 미친 나는 네 사지를 스물네 토막 내서 피를 받아 마시고는 비 오는 날이면 동네방네 돌아다니며 마구 웃어 대겠지. 나는 말이다. 정말이지 그런 상황이 벌어지지 않기를 간절히 바라고 있다."

"편안한 밤 되십시오."

노백은 크게 미소 지으며 얼렁뚱땅 칼을 다시 집어넣더니 돌아섰다.

그렇게 문을 나서는가 싶더니.

"그런데 대장……."

"또 왜?"

"저 쥐새끼는 계속 저리 둘 생각이십니까?"

방 안에는 여전히 둘뿐이다. 노백이 실성을 하지 않은 다음에야 진과 '저 자식'은 동일 인물일 수가 없는 노릇. 그러나 진은 미소로 마주한다.

"글쎄, 꽤 뜸을 들이기는 하는군."

"제가 좀 재촉해 볼까요?"

"그것도 나쁘지 않겠지. 그간의 진전 상황도 점검할 겸. 그런데 천장에……."

진의 말이 채 끝나기도 전에 노백의 신형이 그대로 솟아오르더니 천장마저 뚫고 올라갔다.

후두두둑.

부러진 나뭇조각과 먼지가 뿌옇게 내려앉은 장내.

"…천장에 구멍은 뚫지 마라……."

늦었다. 방 안의 천장에 그야말로 황소가 드나들 만큼 커다란 구멍이 뚫린 후였다.

이것은 그야말로 순식간에 일어난 일로, 지붕 위에 납작 엎드려 동정을 살피던 복면 사내는 노택에게 멱살이 잡힐 때까지도 뭐가 어찌된 일인지 짐작조차 할 수 없었다.

"어이, 쥐새끼. 우리 대장께서 좀 보자신다."

복면 사내, 목낭적은 너무나 짧은 시간에 일어난 많은 일들을 감당하지 못해 부하가 걸린 뇌를 진정시키느라 아직 상황을 파악하지 못했다.

그러니까… 자신은 주인의 말을 진이라는 녀석에게 전하러 왔다. 먼저 눈에 띈 장면은 초토화되다시피 한 경내의 분위기와 태양선교의 떨거지들이 웬 두루마리를 들고 반쯤 실성해 있는 기묘한 장면이었다. 더욱이 그들이 진에게 '대장'이라 부르고 있는 것도 이해가 되지 않아 숨어들었다가 갑자기 지붕을 뚫고 나온 놈에게 멱살을 잡힌 상황인 것이다.

노백에게 뒷덜미를 붙들린 채 목낭적은 끌려 내려갔다. 이때까지도 어안이 벙벙한 목낭적은 노백이 이끄는 대로 무릎까지 꿇려졌다.

진은 그때까지도 천장에 뚫린 구멍을 통해서 밤하늘의 별들이 쏟아져 내리는 장관을 올려다보며 한숨을 포옥 내쉬고 있었다.

"대장, 좀 전에는 무슨 말씀이셨는지…….""

"됐다."

진은 다시 한숨을 내쉬고는 목낭적을 일별했다.

"오랜만이외다. 그래, 구경은 잘하시었소?"

여전히 어리둥절한 가운데 고개를 들어올리는 목낭적.

그는 부드러운 음성과 시선을 자신에게 흘린 자를 처음엔 잘 알아보지 못했다. 오랜만이라고 하니 분명히 본 적이 있을진데, 또한 결코 낯설지 않은 인상인데 도무지 기억이 나질 않은 것이다.

그리고 이내 그가 진이라는 녀석과 상당히 닮은 구석이 많다는 사실에 목낭적의 혼란한 머리 속은 더욱 뒤엉키고 말았다.

육 개월 전, 중공산에서 봤던 진은 꽤나 인상적이었다. 폭풍같이 몰아치던 군더더기 없는 쾌검공과 이면에 간직된 냉정함, 절정의 살수(殺手)의 냄새를 짙게 풍기던 자였다.

그런데 지금은… 호수 같다. 탈속한 승려처럼도 보이고, 세상사 별

것 있겠냐는 한량처럼도 보인다. 결코 길지 않았던 시간으로 미루어
보건대 이건 전혀 다른 사람이 되어 있는 것이다.

뭔가 이상한 기운이 감돌면 뒤돌아볼 것도 없이 도망을 나오라는 명
을 받기는 했다. 그리고 확실히 이상하기는 하다.

놈이 턱없이 약해져 있는 것이다. 전에는 목낭적이 어찌해 볼 도리
가 없는 강자였지만, 지금은 되돌아볼 가치도 없는 약골의 모습이었다.

"대장이 묻잖나?"

목낭적은 번뜩 정신을 차렸다.

순식간에 지붕에 솟아오르더니 멱살을 잡고 끌어내린 사내. 일전에
태양선교에 방문했을 때 눈에 뜨이는 녀석이 둘 있었는데, 바로 함철원
이라는 자와 이 사내였다. 노백이라 했던가? 그런데 이 사내가 이토록
강했던가?

"저 자식이 주둥이에 풀칠을 했나? 왜 이렇게 멀뚱거리기만 해? 부
대장, 제가 저놈의 입을 열어볼깝쇼?"

어느새 문틀에 기대어 서서 이죽거리는 사내를 보고 다시 한 번 흠
칫 놀라고 마는 목낭적이다. 동시에 사방에서 쏟아지는 찌르는 듯한
예기, 살기다.

'어, 어느새!'

포위됐다. 문틀의 사내 말고도 여기저기 위험한 기운이 넘실댄다.
엄밀하고 살기 짙은 포위진이다.

이 녀석들이 이 정도였던가? 태양선교에 인재들이 이토록 많았던가?

달포, 태양선교의 무사들이 평생을 축기해 온 내력을 두 배로 튕겨
놓은 기간이었다. 여기에 대승정관이 수십 년 동안 모아놓은 영약과
기감을 이용한 진의 치료, 그리고 새로운 내공 운용법이 주요하게 작용

했음은 물론이다.

특히 칠정기의 독특한 행공법이 변화의 가장 큰 밑거름이었다. 이들의 내력은 태양단심공(太陽丹心功)으로, 진의 칠정기공과는 차이가 많았지만 행공 방법에 획기적이면서도 긍정적인 변화를 줌으로써 이러한 기적이 일어나게 된 것이다.

칠정기와 태양단심공은 근본부터가 다르기 때문에 향후 진과 같은 무한진일로에 들어설 수 있을 것인지는 더 두고 볼 일이었으나, 단 한 달의 기간 동안에 이류에 머물러 있던 태양선교의 무사들이 일류를 넘어 절정고수의 초입에 들어서 있다는 것만으로도 무림사에 기록될 대사건인 것만은 분명했다.

이들의 포위를 벗어나려면 기적보다는 백 개쯤 되는 여벌의 목숨이 필요하리라. 이 무슨 귀신 놀음이란 말인가? 불과 한 달 전만 해도 태양선교의 전력은 하등 도움이 되지 않으니, 분쟁 발생 시 최초 소모 대상이라는 보고서를 보았건만…….

분명히 뭔가 잘못되고 있으나 임무는 임무다.

"주, 주인님의 전언이 계시다."

"얼씨구."

기가 막힌다는 듯한 노백의 음성. 노백은 목낭적의 멱살을 천천히 말아 쥐었다.

"네놈의 주인이라는 놈이 뭐 하는 시러배인 줄은 내 알 바 아니나, 대장에게 전할 말이 있으면 직접 와서 전하라고 일러라."

"시, 시러배?"

"그러다 애 잡겠다. 일단 무슨 이야기인지 들어는보자."

"대장, 이런 위아래 없는 후레자식들은 껍질을 홀라당 벗겨서 소금

물에 한 이틀쯤 푹 담가놓고……."

"그럴 게 아니라 내 만도로 손가락 한 마디부터 차근히 잘라내는 것이 더 먹힌다니까."

문틀에 기대 서 있던 사내도 동참한다.

"아니야. 숟가락으로 저놈의 눈구멍을 후벼파는 겁니다."

"숟가락? 왜 하필 숟가락이냐?"

"무디니까 더 아플 것 아닙니까?"

목낭적이야 얼굴이 핏기가 사라지든가 말든가 어느새 몰려든 태양선교 무사들이 두런두런 앉아서 목낭적의 처리 방식을 놓고 격론을 벌이기 시작했다. 진은 다시 한 번 이마를 짚더니 고개를 절레절레 흔들었다.

"어이, 아저씨들?"

반응이 없다.

"야, 인마!"

느닷없이 성난 폭풍처럼 들이닥치는 위엄. 이내 흔적도 없이 사라져 버렸으나 장내 사내들의 입을 일거에 봉해 버릴 만큼 압도적인 기세였다.

지나치게 짧은 시간에 너무 많은 일을 겪은 목낭적은 도무지 정신을 차릴 수가 없었다.

이 정도의 발산과 갈무리. 이건 마치… 주공을 보는 듯하다.

'그럴 리가 없어. 절대로!'

의지와 관계없이 이가 부딪쳤지만 목낭적은 애써 정신을 가다듬었다. 조금 전에 일어난 일들은 착각일 수밖에 없다. 중공산에서 놈을 놓아준 일이 불과 육 개월 전, 그 기간에는 절대로 이런 일들이 벌어질 수 없는 일이었다.

노백은 두 다리에 힘을 불끈 집어넣고 일어서서 옷매무새를 가다듬 더니 진을 향해 똑바른 눈을 마주쳤다.

"연화라는 계집이 이덕패와 맞서러 갔다. 이를테면 꽤 복잡한 방식의 자살 시도라 볼 수 있지. 그대로 두고 볼 것인가?"

"새끼, 말 참 짧네. 기왕 짧은 혓바닥 반 토막을 내놓으마!"

노백은 눈을 부라리며 칼을 빼 들었다.

"…라고 말씀하시었소."

주춤하는 노백. 뒤늦은 겸양에 만족한 탓이 아니다. 뒤통수를 싸늘하게 식히는 지독한 한기. 지금만큼은 장난칠 분위기가 아닌 것이다. 노백은 고개를 숙이며 뒤로 물러섰다.

"자세히 말하라."

음산하고 차갑기 짝이 없는 음성. 음성만으로 방광을 자극해 참을 수 없는 요기를 이끌어낸다. 이런 것이었다. 지독한 공포에 사지가 풀려 오줌을 싸는 한심한 녀석들의 심정이라는 것이… 목낭적은 재차 아랫배에 힘을 주며, 이미 심신을 제압한 공포에 벗어나려 부단히 애를 썼다.

"이, 이덕패가 철기 팔백 기를 이끌고 대도를 치러 갔소. 괴뢰교주 영연화는 반역자 여사령과 흑혈단을 이끌고 이에 맞서기 위해 대도로 향했소이다."

이덕패가 언급되는 순간, 목낭적은 불현듯 머리끝이 주뼛 일어서며 닭살이 올라오는 느낌을 받았다. 이덕패와 마주할 적에도 수그러지지 않았던 저항의 의지가 도무지 일어나지 않는다. 애써 부정해 보지만 너무나 현실적인 감각들뿐이었다.

"네놈의 주인이 이런 사실을 알려주는 이유가 무엇인가?"

"그, 그것은……."

"내가 그녀를 구하기를 바라는 것인가?"

"……."

"아니면… 내가 이덕패를 죽여주기를 바라는가?"

진은 대답을 듣지 않고 돌아앉았다. 답이라면 이미 알고 있는 것이다.

"오늘은 보내준다. 가라."

목낭적은 굳어 있었다. 본디 소식을 전한 후에 진의 뒤에 붙을 계획이었다. 해서 녀석이 무엇을 어떻게 하는지 지켜보고 주인에게 보고를 하려던 것이었다. 그리고 그것이 불가능한 일임을 알기는 어렵지 않았다. 맛을 보지 않아도 똥인지 된장인지 구분은 할 수 있다. 이건 확실히 굉장히 무서운 똥이다.

"가서 네놈의 주인에게 전하라. 벽에 똥칠할 때까지 살고 싶으면 한진회를 버리라고."

노여움은 가슴 깊숙한 곳에서 잠시 불붙었다가 맥없이 꺼져 버렸다. 어쩌면… 정말 그렇게 될지도 모른다.

'기회가 있을 때 죽였어야 했어. 너무 커버렸구나. 주공… 이번만큼은 당신의 실수입니다…….'

힘없이 돌아서는 목낭적. 어두운 숲 속으로 사라지는 목낭적의 뒷모습을 지켜보던 노백이 말했다.

"놈을 추궁하면 한진회에 대한 정보를 얻을 수 있을 것입니다. 속하가 다그쳐 볼까요?"

"놔둬. 저런 종류의 인간은 다그쳐 봐야 종내에는 사람을 꽤나 피곤하게 할 뿐이다."

고개를 끄덕이는 노백.

"그건 그렇고, 연화라는 분은……."

"노백."

"예."

"물건을 챙겨라."

"예?"

"물, 건량, 옷 등 챙길 수 있는 것은 모두 챙겨."

"그렇다면……?"

출진이다. 노백에게서 투지가 흘러나오기 시작했다.

제2장

섶을 지고 불속에 뛰어들기

거친 황해가 잠시 숨을 고르는 오월의 발해만.

일찍이 부모를 잃은 심홍은 어린 여동생과 해안가에 작은 판잣집을 지어놓고 고기를 잡으며 살아가고 있었다. 빈궁한 삶이지만 심홍은 귀여운 여동생의 일곱 번째 생일에 새 옷을 사주겠다는 작은 꿈을 실현시키기 위해 오늘도 달빛이 전부인 어두운 해안에서 연신 그물을 던지고 있었다.

그러나 한 시진 동안 그물에 걸려든 것이라고는 게 한 마리와 미역이 전부였다.

"에이."

잔뜩 실망한 표정의 심홍. 오늘은 물때가 별로인가 보다. 어찌 되었든 내일 아침 국거리는 장만됐으니 심홍은 이것으로 만족했다. 어구(漁

具)래 봐야 전 재산인 낡은 망태기와 대나무 낚싯대를 꼼꼼히 챙긴 심홍이 막 발길을 돌리려는데, 문득 이상한 느낌을 받았다. 그것은 등줄기가 순식간에 서늘해지고 머리칼이 쭈뼛 서는 오한이었는데, 먼바다 쪽에서부터 먹물이 스며들 듯 짙은 어둠이 밀려드는 듯한 착시 현상이 보였기 때문이다.

반쪽 난 달빛에 의지해 가재 눈을 뜨고 먼바다를 유심히 살펴보는 심홍. 착시가 아니었다. 바다는 진정 먹구름마냥 심홍을 향해 빠르게 다가오고 있었다.

"귀, 귀신이… 흡!"

"쉬이."

심홍이 기겁성을 터뜨리려는 찰나, 심홍의 몸이 허공에 붕 뜨는가 싶더니 커다랗고 투박한 손이 심홍의 입을 틀어막았다. 손의 주인을 올려다본 심홍은 기절하고 싶었다.

진짜 귀신이다. 쇠로 된 머리와 도깨비의 얼굴, 그리고 얼굴을 가로지르는 붉은 십자 문양. 그러나 어디에선가 밀려드는 청량한 기운이 기절은커녕 왠지 모를 상쾌한 기분까지 선사해 주었다. 지옥의 야차같이 생겨먹은 빌어먹을 귀신이 입을 틀어막고 있는 이 개 같은 상황에서.

"소리 지르지 않는다고 약속하면 놓아주마."

심홍은 급격히 고개를 끄덕거렸다. 귀신이 심홍을 모래사장에 내려놓자 그는 그대로 풀썩 주저앉아 버렸다. 귀신의 손에서 벗어나자마자 상쾌했던 기운은 온데간데없고 극도의 공포가 맥을 빼놓은 것이었다.

"겁먹을 것 없다. 이름이 뭐지?"

목각 인형마냥 표정에 변화가 없는 귀신이었지만 심홍은 언뜻 귀신이 미소를 짓고 있다는 느낌을 받았다. 덕분에 공포는 한 겹 옅어져 심홍은 가까스로 혀를 놀릴 수 있었다.

"시, 심홍."

"심홍, 좋은 이름이구나."

심홍은 느닷없이 넙죽 엎드리며 고개를 조아리기 시작했다.

"저를 죽이지 마세요. 저는 여동생이 있어요. 제가 없으면 동생은 죽고 말아요. 제발 살려주세요, 옥황상제님."

"옥황상제? 후후, 그래, 이 옥황상제가 왜 너를 죽이겠느냐? 묻는 말에 아는 대로 말하면 내가 큰 상을 주마."

죽이기는커녕 상을 준단다. 심홍은 의구심이 가득 담긴 눈을 슬그머니 들어올렸다. 귀신의 얼굴이 바뀌었다. 오른쪽 눈을 가로지르는 깊은 골이 더없이 무서운 얼굴이었지만 적어도 사람의 형상인지라, 아니, 푸근한 미소가 더없이 편안해 보이는 사내의 인상에 심홍은 두려움은 한결 거두어졌다. 이 장면을 이 사내를 아는 누군가가 보았다면 혀를 빼물고 놀라 자빠질 광경이었다.

"이 근방에 나쁜 군인 아저씨들이 있느냐?"

"나, 나쁜 군인 아저씨는 모르겠고… 때려죽일 몽고 놈들이 얼마 전에 회연곡에서 죽치고 있으면서 다을 사람들을 괴롭히고 있어요."

"맞다. 그 몽고 놈들이 나쁜 군인들이란다. 너는 혹시 그들이 몇 명이나 되는지 알고 있느냐?"

갑자기 신발을 벗는 심홍. 이내 손가락과 발가락을 활짝 펼쳐 보였다.

"이것보다 훨씬 많아요."

"……."

"마을 사람들을 이만큼 다시 세어야 할 만큼."

사전에 조사하기로 중현(中絃)이라는 해변 마을의 인구는 오십 호, 대략 이백여 명. 심홍의 엉터리 산술식이기는 하지만 어림잡아도 사천 이상의 군사라는 이야기다. 아이의 시선으로 옥황상제가 되어버린 이덕패로서는 의외였다. 많아야 천인대 두 부대 정도일 것이라는 예상과는 차이가 큰 숫자인 것이다. 직접 확인해 봐야 했다. 그때 또 다른 귀신이 이덕패에게 다가와 예를 올렸다.

"장군, 전원 상륙 완료했습니다."

"흐음, 해뜨기 전에 미리산으로 전개 후 매복한다. 정찰대는 다섯 명씩 십 조로 운영, 근방을 샅샅이 탐색하여 정보를 수집한다. 기한은 역시 일출 전. 서둘러라."

"충!"

그때서야 심홍은 먼바다에서 새까맣게 몰려드는 먹구름이 실상은 검은 갑주를 차려입은 기마대라는 것을 알 수 있었다. 새삼 두려움에 부르르 몸을 떨고 있는 심홍에게 다시금 이덕패의 부드러운 목소리가 들려왔다.

"심홍, 이 아저씨가 주는 선물이다."

심홍은 묵직한 전낭을 받아 들고 어리둥절한 모습이었다.

"이것으로 동생 맛있는 거 사 먹이고 남쪽으로 가거라. 그 나쁜 몽고 놈들을 혼내줘야 하는데 네 동생이 다치면 안 되겠지?"

"네? 네……."

뒤돌아서서 어둠 속으로 사라지는 옥황상제의 뒷모습은 거대했다. 그러나 심홍의 눈에는 옥황상제의 거대한 뒷모습이 너무나 외로워 보일 따름이었다.

어두운 숲 속의 공기는 무겁다.

"병력은 사천여 명. 요구창병과 궁전수는 물론이고, 강노까지 배치되어 있습니다. 명백한 대기마전(對騎馬戰)을 염두에 둔 부대입니다."

"강녕으로 빠지는 길목에도 역시 삼천의 병력입니다. 무장은 동일. 곳곳에 대기병용 쇠못이 설치되었음이 확인되었습니다."

"장군, 뭔가 잘못됐습니다. 이곳에 대도까지의 다섯 진공로에 총 이만 이천의 대병력이 틀어막고 있습니다. 정보가 새나간 것이 틀림없습니다."

이덕패는 커다란 장방형 바위에 앉아 척후병들이 가져온 암담한 정보를 들으면서도 지그시 눈을 감고 있을 뿐이다. 대신 이덕패의 책사 환운양이 회의를 주관했다.

"우리가 상륙 지점을 정한 것은 발해만을 지날 때의 일입니다. 정보가 새나갔다고 한들 놈들이 이토록 빠르게 병력을 전개할 수는 없는 일입니다."

"그럼 이게 대체 어찌 된 일이란 말이오? 환운 책사께서는 진공로 하나 당 천인대 하나가 고작이라고 하질 않았소이까?"

편가이는 답답한 듯 환운양을 다그쳤다. 환운양으로서도 환장할 노릇이었다. 발해만을 건너면서 받은 전서구에 의하면 북로군은 여전히 만주에 틀어박혀 있고, 한인들로 구성된 남로군은 와해된 지 오래였다.

결국 대도를 방위할 병력은 근위대 삼만뿐. 그중 절반에 가까운 병력이 하필이면 귀면묵인대의 상륙 지점을 포위하는 형국으로 배치되어 있는 것이다. 재수가 없다고 하기에는 너무나 찜찜한 구석이 많다. 근위군의 태반을 이곳에 집중시켰다는 것은 사전에 상륙 지점을 인지하고 있었다는 의미가 아니던가? 자신들도 불과 이틀 전에 결정한 상륙 지점을…….

지금까지는 운이 좋아 병력 손실이 삼십여 기에 불과했다. 그러나 이것들은 기습에 의한 것이거나 오합지졸 홍건군만을 상대했기 때문이다. 그나마 진공로에 배치된 적병력이 제일 적은 곳이 이천오백. 귀면묵인대의 다섯 배에 가깝다. 적들은 충분히 준비되어 있는 대기마전 부대다. 귀면묵인대의 능력이라면 돌파할 수도 있을 것이나 문제는 시간이다. 적 병력이 이렇듯 집중되었다면 지원 체제도 쉬이 구축될 것은 자명한 일. 결국 귀면묵인대는 대도까지 얼마가 될지도 모를 적과 싸워 나가야 한다. 쾌속 진군과 대도 입성이라는 작전 체계 전반이 수포로 돌아갈 수도 있는 것이다.

환운양의 고민은 깊어갔다.

그때 또 다른 척후조가 도착했다. 그들은 잔뜩 겁에 질려 있는 웬 노인과 함께였다. 편가이가 당장에 노한 일갈을 내질렀다.

"양민들의 눈에 뜨이지 말라 그리 일렀거늘, 이곳으로 데려오기까지 하면 어찌하란 말이더냐!"

병사는 편가이의 과민한 반응에 당황했으나 또박또박 말을 이어나갔다.

"충분히 숙지했사오나 아무래도 책사께서 직접 들어보셔야 할 듯싶어서…….”

"우리 군이 그리 허술하지 않으니 부장께서는 고정하시지요. 그래, 무엇을 들어보란 말이냐?"

병사가 끌고 온 노인을 거칠게 패대기치더니 눈알을 부라렸다.

"좀 전에 내게 했던 말을 토시 하나 빠뜨리지 말고 말씀드려라."

바들바들 떨던 노인이 더듬더듬 말문을 열기 시작했다.

"최, 최근 며칠 동안 근방에 소문이 하나 돌았습죠. 동방의 오랑캐들이 발해만에 상륙해 대도를 치려 한다는… 처음엔 아무도 믿지 않았사온데 실제로 발해만에 인접한 여러 마을이 정체불명의 기마대에게 습격을 받았고, 인근의 몽고군 진영을 급습해 많은 군인들을 죽였습지요. 하여……."

노인의 말이 이어질수록 환운양과 편가이의 표정은 더없이 굳어졌다. 그래서였다. 누군가 이미 들쑤셔 놨기 때문에 지레 겁먹은 근위군이 이곳에 몰려든 것이다.

읽혔다. 누군가 환운양의 거르 꼭대기에 올라앉아 모든 수를 읽고 있다. 도대체 누가?

한동안 생각에 잠겨 있던 환운양이 기어이 긴 한숨을 내뱉었다.

"군사를 돌려야 합니다."

숲 속 여기저기에 흩어져 있던 시선들이 일제히 환운양을 향해 쏟아졌다.

"이런 넨장할! 그깟 이만의 몽고군 때문에 군사를 돌린단 말이오!"

편가이가 뒤집어졌지만 환운양은 편가이는 안중에도 없었다. 그의 가라앉은 시선은 여전히 눈을 감고 고목처럼 움직임이 없는 이덕패에게로 향해 있었다.

"이유를 말하라."

"본 회에 문제가 생겼습니다."

지금의 현실과는 동떨어진 난데없는 이유를 들고 나오자 비로소 이덕패의 무거운 고개가 환운양으로 향했다.

"그것은 이유가 될 수 없다. 그것뿐인가?"

이미 알고 있다는 것이다. 발해만에서 벌어지는 일들은 곳곳에 뿌려진 정보원들에 의해 취합되어 보고가 되어야 했다. 그리고 그 정보들은 당연히 귀면묵인대에도 들어왔어야 했다. 그러나 발해만 일대에서 날뛰었다는 정체불명의 기마대는 물론이고, 근위대가 집결한 사실 또한 전혀 전달되지 않았다. 누군가 정보의 동맥을 잘라낸 것이다. 말할 것도 없이 천지밀궁이다.

"또 있습니다. 이제 검은 군대의 진공 방향은 대도가 아닌 고려의 성도. 개경이 되어야 합니다."

이 또한 모르지 않는다는 눈빛이다. 그러나 이덕패의 하나뿐인 눈에서는 강한 거부감이 서려 있었다.

"본 회는 이미 드러났다고 봐야 합니다. 지금 당장 고려를 접수하지 않으면 중원의 세력과 고려의 군대에게 협공을 받습니다. 둘 중 하나는 제거해야 합니다."

"그래서 고려를 먼저 쳐야 한다?"

"쉽고 빠른 길입니다."

"쉽고 빠르다……."

퍽!

환운양은 난데없는 썩은 호박을 짓뭉개는 듯한 묘한 소음이 들려오는 것에 의아해했다. 더불어 짙게 풍겨오는 피비린내와 안쓰러운 시선으로 자신을 바라보고 있는 편가이의 창백한 표정이 의미하는 바도 참으로 궁금했다.

그제야 환운양은 언제 뽑혔는지 기억도 나지 않건만 도집에 천천히 자신의 칼을 갈무리하는 이덕패가 보였다. 느릿하게 자신의 가슴께를 내려다보는 환운양. 활짝 벌어진 가슴에서는 여전히 세차게 박동질치는 심장이 훤히 드러나 있었다.

"이… 무슨……?"

"우리는 어렵고 느린 길을 간다. 왜 그래야 하는지는 저승에 가서 잘 생각해 보아라."

안다. 네놈도 나도 고려의 핏줄임을 왜 모르겠느냐. 그럼에도 고려를 쳐야 한다. 동족을 모조리 쳐죽이는 한이 있어도 고려를 쳐야 한단 말이다! 모르겠느냐, 이 무식한 칼잡이 놈아! 꿈은… 살아남은 자만이 꿀 수 있단 말이다!

환운양이 썩은 짚단처럼 맥없이 무너지는 장면을 뒤로하고 이덕패가 기마에 올랐다.

"가자."

나직한 한마디, 편가이가 물었다.

"어디로 갑니까?"

"제일 큰 놈."

목표는 사천 명의 대기마전 부대다.

그들의 싸움은 이제부터 시작이었다. 촉촉한 봄비가 숲을 감싸 안았다.

"이덕패가 과연 군사를 돌리겠습니까?"

"아니요."

연화의 너무나 간단한 답에 여사령은 머쓱한 표정이 되었다. 요새 젊은것들 말 본새가 개차반이라는 시쳇말이 있기는 하지만, 새로운 젊은 교주는 그런 차원과는 달랐다. 깊이 있는 생각과 논리적인 추론을 아주 간단하고 알기 쉽게 설명하는 재주가 있는 것이다. 그러므로 이덕패는 군사를 돌리지 않을 것이다.

연화는 이덕패의 상륙 지점을 대도와의 최단 거리인 연강과는 오백 리가 떨어진 곳인 숙평을 짚었고, 태반의 병력을 이곳에 집중시켰다. 발해만은 수천 리에 달하는 해안선이 펼쳐져 있고, 대규모 병력이 접안할 수 있는 포구도 수십 곳에 달한다.

그중의 한 곳에 불과한 숙평에 병력을 집중시키는 것은 모험이라고 뜯어 말렸지만 돌아오는 대답은 확신에 차 있었고, 명쾌했다.

"저라면 그렇게 했어요. 대도까지 거리는 다른 포구에 비해 불리하지만, 포구 안쪽으로는 조수 간만의 차이가 적고 개펄이 짧아 어촌도 발달하지 않은 곳이거든요."

"개펄이 짧으니 무거운 기마를 양륙하기도 쉽고, 개펄을 토대로 살아가는 어부들이 많지 않으니 눈을 피하기 쉽겠군요."

"대도까지 이렇다 할 장애물도 없으니 부지런을 떤다면, 닷새면 도착할 수도 있구요."

연화는 씽긋 웃어 보였다. 가지런하고 하얀 이가 몽땅 드러나 보이는 젊은 미소는 무척이나 매력적이었다. 지금도 그렇다. 시종 여유있는 모습이 산전수전 다 겪은 노강호를 보는 듯하다. 그럼에도 애늙은 이처럼 징그러워 보이지 않으니 참으로 묘한 매력을 지닌 여인이라 하지 않을 수 없었다.

여사령은 한동안 연화를 물끄러미 바라보았다. 이 어리고 총명한 여인을 계속 잡아둘 수만 있다면, 천년신교가 옛 영광을 재현하는 것은 그리 어려운 일이 아닐 것이다. 연화가 고개를 돌려 서로 눈이 마주치고 나서야 여사령은 얼굴을 붉히며 엄한 하늘을 보며 헛기침을 날릴 따름이었다.

그것도 잠시, 여사령의 얼굴이 심각해졌다.

"무슨 일이냐?"

어딘지 모를 곳에서 나지막이 흘러나오는 음성.

"움직이고 있사옵니다."

"방향은?"

"절곡. 건칠구마가 이끄는 호우대군이 주둔하고 있는 방향입니다."

"……!"

놀라는 표정으로 연화를 돌아보는 여사령. 도대체 이런 것까지 어찌 예측할 수 있었느냐는 의문이다.

"이덕패와 우리는 서로 없는 것이 있어요. 우리에겐 병력과 물자가 없지만……."

"……?"

"이덕패에겐 시간이 없죠. 손발을 끊어놓는 것보다는 머리를 자르는 것이 시간을 줄이는 데엔 효율적일 테니. 자! 그럼 우리도 슬슬 움직여 볼까요? 방어전 경험이 없는 무패(無敗)의 몽고 경기병(輕騎兵)과 연막에 싸여 있는 중기병(重騎兵) 귀면묵인대의 싸움이라… 결과가 몹시도 궁금하군요."

재차 흡족한 미소를 얼굴에 매단 여사령이 연화를 따라 여유롭게 움직였다. 죽음을 각오하고도 절망적이었던 출발이 이제는 이렇듯 여유가 생기기 시작한 것이다.

이길 수 있을지도 모른다. 교를 비검에게서 되찾고, 다시금 천하를 호령하는 천년신교를 만들 수 있을지도 모르는 일이다.

앞서가는 저 좁은 어깨가 여사령의 눈에는 태산을 받쳐 줄 만큼 든든해 보였다.

　건칠구마는 현재 자신에게 주어진 모든 상황이 짜증스럽게 짝이 없었다. 중앙군으로서 대도를 방어하는 중임이 주어진 것이 불과 육 개월 전이다. 건칠구마는 뒤늦은 감이 없지 않으나, 드디어 대원제국의 군사 행정이 제대로 돌아가고 있는 것에 만족해하며 길 가던 비렁뱅이까지 잡아 세우고 허연 쌀밥에 고깃국을 먹여 보냈더랬다.

　인생지사 새옹지마라. 옛 영화는 오간 데 없고, 지금은 지명도 처음 들어본 시골 한구석에서 야전 노숙하기를 벌써 보름째다. 아무리 생각해도 이건 좌천이다.

　최근 만주 일대에서 설친다는 귀신 어쩌고 하는 놈들이 출몰했다기에 버선발에 뛰어왔더니, 파리 날리는 어촌 부락과 피죽도 못 먹어 깡마른 늙은이들뿐이었다. 워낙에 가진 바 능력이 출중하여 개발에 기름칠 한 마냥 잘나가는 자신을 밀어내기 위한 개수작들이 아니면 무엇이겠냔 말이다.

　"빌어먹을 책상물림들! 나, 건칠이 이대로 당할 성싶더냐!"

　건칠구마는 신경질적으로 술잔을 내려놓으며 아무도 없는 자신의 막사에서 미친놈처럼 괴성을 질러 댔다.

　그때였다.

　"자앙군!"

　당장에 숨이 넘어갈 듯 거칠게 숨을 내뱉는 참모 구운장이 들이닥친 것이다. 참모 따위가 군례를 갖추지 않고 수장의 집무 처소에 뛰어드는 일은 대원제국의 군영에서는 그리 흔치 않은 경우였으므로 건칠구마는 황당하고도 어이없는 얼굴로 일그러졌다.

　"웬 호들갑이더냐! 네놈이 다리몽둥이가 하나 부러져야……."

"자, 장군! 놈들입니다!"

건칠구마는 감히 자신의 말을 끊어놓고 엄한 소리를 뱉어놓는 참모를 단죄하려다 녀석이 말하는 '놈 들이 누구일까 하는 생각에 빠졌다.

생각하고 말 것도 없다. 귀면묵갑대다.

취기가 자욱하던 건칠구마의 얼굴이 환하게 밝아졌다.

"호오~ 그 빌어먹을 놈들이 이곳에 있기는 한 모양이구나. 어디쯤에서 놈들의 행적이 발견되었다고 하더냐?"

"그, 그것이… 발견한 것이 아니오라 발견된 모양입니다. 처, 척후조와 함께 이것이 돌아왔사옵니다."

이건 또 무슨 소리인가? 재차 의문을 표시하기도 전에 구장운이 붉은 얼룩이 잔뜩 묻어 있는 서찰을 건칠구마에게 내밀었다. 건칠구마는 받아 든 서찰을 펼쳐 단숨에 읽어 내렸다. 단숨에 읽어 내리고 말 것도 없다. 서찰에는 단 두 글자뿐이다

"비켜? 비키라니? 뭘, 어디에서 비키라는 말이냐?"

"그, 그것이……."

"이런 답답한 인사를 보았나! 척후조장은 어디 있느냐? 그를 일러 직접 보고케 하라."

"그, 그것이……."

"이런 니미럴! 한 번만 더 그것 어쩌고 했다간 모가지를 따버릴겨!"

얼굴이 벌겋게 달아오른 건칠구마는 시퍼런 만도를 뽑아 치켜들기에 이르렀다. 질겁한 구운장이 바들바들 떨리는 목소리로 겨우 대답했다.

"처, 척후조장은… 보고드릴 수가 없는 상황인지라… 제가 직접 보고드리러 온 것입니다."

"이 새끼가 끝까지!"

건칠구마는 급기야 치켜든 만도를 쳐 내렸다. 구운장의 머리가 세로로 반 토막 나려는 그 찰나,

"우와왁! 살려주십시오! 척후조는 모조리 몰살당해 목이 없는 몸뚱이만 기마에 실려왔사옵니다!"

삶의 끝단에서 구운장은 되도록 처절하게 들리는 괴성으로 사실을 고했다.

"바, 방금 척후조… 저, 전원이라고 했느냐?"

만장폭포에서 떨어지던 폭포수처럼 우렁찼던 건칠구마의 목소리가 어느새 답답하게 잠겨들었다. 당당하고도 폭급한 기세를 내뿜던 그의 만도도 물먹은 볏짚마냥 수그러들었다.

"다시 묻는다. 척후조 중에 살아남는 자는 한 명도 없느냐?"

잠긴 음성에서 어느 덧 꿈틀거리는 살기가 도사리고 있었다.

"주, 죽여주십시오!"

구운장이 백면서생들 흉내나 내자고 말을 빙빙 돌린 것이 아니었다. 척후조장 건칠덕형, 어쩌다 우연히 건칠구마와 성이 같은 자가 아니다. 바로 건칠구마의 아들인 것이다.

이번 경우와 같은 쉬운 임무에 건칠덕형에게 공을 세우게 함으로써 무가의 전통을 세우게 하라는 것은 다름 아닌 책사 구운장의 조언에 의한 것이었다. 그런데 빌어먹을 건칠덕형이 첫 임무의 첫 전투에서 목이 잘려 왔다. 목만 잘린 것이 아니다. 아주 포를 떠났다. 구운장이 살기 위해서는 기적이 필요했다.

"내 칼은… 사사로운 복수를 위해 존재하는 것이 아니다. 조국의 부름을 받고 적의 심장을 도려낼 칼이니라. 그러니 너는 이만 나가도 좋다."

구운장이 슬그머니 고개를 들어올렸다. 기적이 일어났다. 홍건적의 배를 갈라 내장탕을 끓여먹던 저 잔인한 자식이 웬일로? 상관없다. 건 칠구마의 심경에 변화가 생기기 전에 눈에 안 뜨이는 것이 최선이었다. 구운장은 총총걸음으로 급하게 그의 막사에서 빠져나갔다.

한동안 말없이 앉아 있던 건칠구마가 무거운 기운을 몸에 휘감은 채 일어섰다.

"밖에 누구 없느냐?"

말 떨어지기가 무섭게 흉흉한 눈빛의 건장한 무장(武將) 한 명이 들 어섰다.

"하명이 있으신지요?"

"전군 비상. 전투 준비."

급상승하는 긴장감. 과연 몽고군의 정예다운 무서운 군기가 무장의 전신에서 일어났다.

"충!"

무장이 막 돌아서 나가려는 순간에 재차 건칠구마의 음성이 들려왔 다.

"그리고……."

"명을 받자옵니다!"

"방금 나간 새끼. 가족, 친구, 사돈에 팔촌까지 모조리 묻어버려. 하 나라도 빠뜨리면 네놈 가족으로 채워 넣는다."

"추, 충!"

구운장은 죽지 않는다. 대신 그는 그의 가족과 지인이 산 채로 묻히 는 꼴을 봐야 할 것이었다.

꽃 피는 춘삼월. 그러나 혹독한 지난겨울을 이기지 못한 척박한 벌판에는 마른 풀만 겨우겨우 끈질긴 삶을 연명하고 있을 뿐이다.

두두두두!

그나마 한줄기 남은 생을 거대한 흑색 기마의 말굽에 철저하게 짓밟혀 나갔다.

선두에 선 가마. 이덕패가 고삐를 당기고 오른손을 들어 보이자 하나처럼 움직이던 기마대가 일제히 멈춰 섰다.

왼쪽으로는 얕은 둔덕, 오른쪽은 깎아지르는 절벽이다. 그 사이로 난 소로는 기마가 어깨를 맞대고서야 두 필이나 이동할 수 있을 지경이었다. 미리 파악한 바, 절벽 위의 공간은 매우 협소하여 많은 수의 군사가 포진해 있을 가능성은 극히 희박했다. 그러나 소수의 정예가 매복 공격을 한다면 대군을 붙들어놓을 수도 있으며, 물론 당하는 입장에서는 지옥이 될 지형이었다.

이덕패가 느릿하게 고개를 들어 절벽 위를 주시했다. 슬슬 지루함이 느껴질 무렵,

피이이익!

절벽 위에서 기이한 곡성이 흘러나오는가 싶더니 이덕패의 삼 장 전방의 지면에 화살이 박혔다. 선발대가 쏘아 보낸 효시(嚆矢). 매복한 적은 정리됐다.

귀면묵인대는 다시 진군했다. 공격을 당한다면 치명적인 피해를 당할 수밖에 없는 좁은 소로를 지나는 것은 군대의 자질에 관계없이 공포심을 안겨주기 마련.

그러나 귀면묵인대는 한가한 예식 행렬이라도 따라나서는 마냥 한 치의 동요도, 서두르는 기색도 없다. 엄중하고 무거운 군기(軍氣)만이

그들을 맴돌고 있을 따름. 그들은 아는 것이다. 지금부터는 양쪽 척후조들 간의 신경전이 아닌 진짜 싸움인 것을.

그렇기에 오십 장여 떨어진 얕은 둔덕의 수풀에서 번쩍이던 두 쌍의 눈이 번뜩이고 있음을 귀면묵인대의 척후조도 파악하지 못하고 있었다.

"모든 것이 예정대로입니다. 그건 그렇고, 듣던 것보다 훨씬 끔찍한 녀석들이군요. 겨우 팔백의 군세가 이 정도의 위용을 풍기니……."

여사령이 잔뜩 질려 있는 음성을 속삭이듯 뱉어놓았다. 질문이 아니었으므로 답을 기대한 것은 아니었다. 좀 전부터 말을 잃고 무겁게 가라앉아 있는 연화의 심경이 궁금했기에 괜스레 한마디 던져 본 것이다.

그러나 연화는 흑요석처럼 까맣게 빛나는 눈동자를 귀면묵인대의 마지막 기마가 사라질 때까지 고정하고 있을 따름이었다. 그러다 불쑥 내뱉는 한마디.

"없어요."

그야말로 난데없는 소리였다. 주어와 동사가 없으니 무엇이 없다는 소리인지 여사령으로서는 알 길이 없었다.

"귀면묵인대 중 몇이 사라졌어요."

더욱 의문이 가득한 눈동자를 굴리는 여사령.

"그것을 어찌……."

여전히 심각한 표정일 뿐, 여사령의 의문을 풀어줄 생각은 없는 듯 연화는 전음의 효과를 증폭시키는 묵음호각(默音號角)을 불러 댈 뿐이다.

잠시 후, 소리없는 그림자 하나가 연화와 여사령이 숨어 있는 수풀 속으로 흘러들어 왔다. 흑혈단 제일조장 천마진이다.

“교주를 뵈옵니다.”

“총 칠백이십구 기. 맞습니까?”

무심했던 천마진의 눈이 일순 다른 빛을 띠었다. 은잠술이 가장 능한 이십 명의 대원이 인근에 숨어 통과하는 기마를 일일이 셈했고, 총수에 대한 결론을 내린 것이 촌각도 되지 않았다. 어린 교주가 그런 사실을 이미 알고 있으니 놀라지 않을 수 없었던 것이다.

“협곡을 통과한 기마를 말씀하신 것이라면 틀림이 없사옵니다.”

“상륙 시 총 병력은 칠백육십 기. 그렇다면 서른 기의 기병대가 사라졌군요. 지금 즉시 전 단원을 동원해 행적을 쫓아주세요. 조우하더라도 무조건 회피하셔야 합니다. 재차 말씀드리지만 어떠한 형태의 교전도 불허합니다.”

천마진의 눈이 또 다른 빛을 띠었다. 겨우 삼십 기의 기마대를 무조건 피하라는 연화의 명이 무사로서의 자존심을 건드린 모양.

흑혈단으로 말하자면, 과거 연화와 진에게 좋지 않은 추억을 가진 사내들이다. 특히 천마진은 당시 등 뒤에서 진에게 암격을 당해 달포 동안이나 이승과 저승을 오락가락해야 하는, 결코 다시 겪어보고 싶지 않은 경험을 해야 했다. 그런 악연을 가진 꼬마 계집이 어느 날 불쑥 나타나 교주 행세를 하는 모양새가 달가울 리가 없었다. 흑혈단은 여사령에게 절대 신뢰를 보내는 것이지 어린 계집의 명령을 듣고 있는 상황이 그다지 탐탁지 않다는 게 사실에 가까웠다.

명이 끝났음에도 냉막한 얼굴로 우두커니 서 있는 천마진을 보고는 여사령이 눈을 부라렸다.

“교주님의 명을 듣지 못했더냐! 냉큼 수행치 못할꼬!”

“복명!”

수풀의 그늘 속으로 스며들 듯 사라지는 천마진과 연화를 힐끔거리는 여사령이었다. 그 역시 흑혈단 대원들의 심정을 짐작하고 있는 바, 연화는 총명한 두뇌와 빠른 결단력을 가지고 있었지만 아무래도 어린 탓인지 무리를 통제하는 강력한 장악력에는 손색이 있었다.

"휴우~ 제 능력이 모자라 여 개주께서 고초가 심하시네요."

"저 녀석들이 교주님과 하루만 같이 지내게 된다면, 교주께서는 꽤나 불편해지실 것입니다."

"……?"

"하늘도 시샘할 총명함과 출중한 무공, 그리고 눈부신 미모에 반해 서로 기꺼이 목숨을 바치겠노라 소란을 피울 테니까요. 하하하."

터무니없이 크게 웃어젖히는 여사령을 두고 연화 역시 희미한 미소를 지어 보였다. 여사령의 작위적인 대소처럼 연화의 미소도 속이 비어 있었다.

'저들을 보호해야 할 제가… 결국 사지로 몰아넣고 말았네요. 이번 싸움은… 정말 자신이 없어요.'

'우리는 도구입니다. 아껴 써야 하지만, 못 쓰게 되고 짐이 되는 순간이 오면 과감히 버려야 하는 소모품일 따름. 무릇 난세의 영웅이란 버릴 것과 버릴 때를 아는 자입니다. 저는 기꺼이 교주의 도구가 되어 드릴 것입니다.'

서로의 속내를 숨기는 대소와 미소는 한동안 계속 이어졌다.

부지런한 농부들은 벌써부터 논에 물을 댈 준비를 하며 부산한 봄을 시작했을 터이다. 그러나 인근의 하천이 범람하여 유입된 모래와 돌무더기에 묻힌 논은 최근 몇 년 동안의 농심(農心)만큼이나 깊은 시름을 안은 채 말라비틀어져 있었다.

대기는 건조하고, 사위는 거대한 먹구름이 만들어낸 그늘로 뒤덮여 있었다. 건칠구마는 이런 날씨를 좋아했다. 갑옷은 바짝 말려져 있고, 사타구니도 건조하여 움직이기 수월했으며, 잘 별러진 칼의 예기를 방해할 습기도 없다.

"후흐흡, 푸우우~"

건칠구마는 지그시 눈을 감고 숨을 길게 들이쉬었다. 팽팽한 긴장감이 사지를 옥죄는 기분도 썩 나쁘지 않다. 전투는 아직 벌어지지 않았지만 벌써부터 자욱한 피 냄새가 심장을 두드린다.

건칠구마는 서서히 눈을 떴다. 저 멀리 하늘과 맞닿아 있는 지평선의 빼곡하게 메우고 있는 검은 군대는 건칠구마에게 새로운 생기를 불어넣고 있었다.

움칠대는 거대한 군기(軍氣). 이것만으로도 폭도들에 지나지 않은 홍건적 따위와는 비교도 할 수 없는 존재다. 싸움이란 저런 녀석들과 해야 감칠맛이 나는 것이다.

건칠구마는 끓어오르는 피를 눌러 담으며 그의 옆에 선 천부장 홀무기에게 물었다.

"파발은?"

"발 빠르고 날랜 놈들을 골라 지난밤에 보냈습니다. 명왕의 남로군이 곧 당도할 것이며, 부마군이 이미 퇴로를 차단했다는 소식이 지금 막 들려왔습니다."

흡족한 미소를 짓는 건칠구마. 물경 일만 오천에 이르는 대군이다. 겨우 팔백의 기마대로 대도를 노린다는 미친놈들에게는 과한 숫자이며, 대원제국의 천군으로서 심히 자존심이 상하기는 했다. 그러나 저

들의 위력을 익히 들어온 바, 뒷 사정을 계산하지 않고 마음껏 싸울 수
있기에 언짢지는 않았다.

"시작하지."

"하, 하나 명왕께서 기다리시라는 분부가……."

"모르겠나? 저 녀석들은 이미 실패했다."

"속하가 아둔하여……."

"보름 전에 이곳에서 설쳤던 놈들은 저 녀석들이 아니다. 저놈들의 내
부에 배신자가 있거나 아니면 우리가 모르는 적이 있는 것이겠지. 굳이
이곳에 상륙을 감행한 이유는 우리의 뒤통수를 치려는 의도였을 터. 하
지만 이제 저들의 뒤로는 바다뿐이고, 앞으로는 만 오천의 대군이 있다.
그러므로 저놈들이 우리와 정면으로 부딪치려 하는 것은 마지막 발악일
뿐이다. 목표를 잃은 군사는 차려진 밥상이지. 먼저 먹는 놈이 임자다."

"그렇다 하여도 궁지에 몰린 쥐는 고양이를 문다고 하였습니다. 피
해를 최소화하려면 역시 지원군을 기다리는 쪽이……."

"쥐가 고양이의 콧잔등을 문다고 해서 쥐가 고양이를 이긴다는 뜻은
아니다. 그것이 바로 야생의 법칙이다. 시작해!"

"충!"

훌무기가 오른손을 높이 치켜 올렸다.

뿌우, 뿌우.

짧은 고동 소리 두 번. 넓게 산개한 기병들 사이로 커다란 수레에 실
린 강노(剛弩)와 방패수들이 빠져나와 앞으로 나섰다.

뿌우.

짧게 한 번.

끼기기깅!

윗도리를 벗어 젖힌 건장한 노수(弩手)들이 힘겹게 쇠뇌를 장전하기 시작하자 대기에 팽배한 살기는 급기야 폭발의 지경에 이르렀다.

"대기!"

"궁수우~ 대기이!"

건칠구마의 나직하지만 자신감 넘치는 어조와 홀무기의 들뜨고 웅 엄한 복명복창이 묘한 대조를 이루며 넓게 퍼져 나갔다.

"일번 노. 방전!"

"일번 노! 방전하라!"

투웅!

뭉툭한 현의 소음을 뿌리며 화살보다는 창에 가까운 강전이 하늘을 가르더니 선두에 선 귀면묵인대의 십 장여 앞 땅에 깊숙이 박혀들었다.

그러나 귀면묵인대는 움직이지 않았다. 굳건히 박힌 천년고목(千年 古木)처럼 미동조차 없다.

"호오! 버티겠다? 그럼 불러내 주지. 부장!"

"네!"

"대궁전(對弓戰)은 지금부터 자네가 맡는다. 뭔가 보여주기 바란다."

"실망시키지 않겠습니다."

홀무기가 붉은 기를 뽑아 들고 말고삐를 당겨 강노가 도열해 있는 전방으로 튀어나갔다.

"전 노수는 오십 보 전진하… 헙!"

힘차게 말을 부리며 뛰쳐나가던 홀무기가 명을 채 마치지 못하고 답 답한 신음을 내뱉었다. 그러나 홀무기의 기마는 탈 없이 강노들이 대 기하고 있는 곳으로 가벼운 걸음으로 나갈 뿐이다. 강노들이 도열한 곳에 이르러서도 홀무기의 기마가 멈추지 않고 그렇게 계속……

흔들흔들, 기마의 움직임도 어색하기 짝이 없다. 급기야 멈춰 서더니 한가롭게 풀을 뜯기 시작한다. 그제야 기마 위의 홀무기의 신형이 스르르 무너져 내리기 시작했다.

털썩!

배를 하늘로 향한 채 널브러진 홀무기의 가슴에는 어느새 작은 구멍이 뚫려 있었고, 그곳에서 소량의 피가 흘러나오고 있었다. 웅성웅성, 마른하늘에 날벼락 맞은 마냥 의문의 죽임을 당한 홀무기를 두고 병사들 사이에서 작은 소요가 일었다.

"흐음."

여기 있는 사천의 병사 중 아무도 보지 못했지만 건칠구마는 보았다. 홀무기의 가슴을 뚫고 완전히 박혀 버린 것은 귀면묵인대가 있는 방향에서 날아온 검은 빗살이었다. 그렇다. 봤다고는 하지만 그것뿐이다.

사거리가 천 보가 넘는 강노가 미치지 못한 거리다. 그런데 저쪽에서 날린 눈에 보이지도 않을 만큼 작고 빠른 무엇이 날아와 흉갑을 완전히 관통하여 몸에 깊숙이 박혀 버렸다? 그제야 건칠구마는 뭔가가 생각났고, 서늘한 기운이 등줄기를 타고 흐르는 것을 느껴야 했다.

"고려전!"

짧은 화살을 통아에 넣고 쏘는 고려의 무기로, 사거리가 질릴 정도로 길고 눈으로 좇을 수 없을 만큼 빠-르다는 얘기를 들은 적이 있었다. 그러나 이러한 장점이 고려전의 가장 큰 단점이기도 했다. 움직이는 말 위에서 운영하기에는 너무나 복잡한 방전 방식인 것이다. 험준한 산이 굽이쳐 있는 반도국 고려의 보병이나 쓸 만한 무기이지 대규모 경기병을 운용하는 몽고군에게는 큰 의미가 없는 물건이기도 한 것이다.

들기로 귀면묵인대는 알보병은 한 명도 달고 다니지 않는 기병대라
고 했다. 강노 따위가 있을 리 없으니 필경 고려 각궁으로 쏘아 보냈다
는 소린데, 기병들이 고려전을 운용한다는 말인가?

방정맞은 불안감이 건칠구마의 아랫배를 지그시 자극하기 시작했
다. 그리고 기우로 끝나기를 바라는 건칠구마의 바람을 철저하게 짓뭉
개는 지옥의 소음은 그때부터 시작되었다.

쉬쉬쉬쉬쉭! 후두두두!

"컥!"

"크억!"

"으억!"

보이지 않는다. 공간을 수없이 갈라오는 날카로운 파공음뿐이었다.
전방에 나섰던 궁수들과 노수들은 순식간에 벌집이 되어 나뒹굴었으
며, 고통에 찬 비명을 질러 대기 시작했다.

쉐애액! 텁!

정확히 자신의 미간을 향해 날아오던 빗살을 잡아챈 건칠구마의 안
색이 꺼멓게 죽었다. 잡아 든 고려전이 책에서 봤던 것과는 달리 몸통
에 상어 지느러미 같은 네 개의 돌기가 있어서 이것이 사거리를 비약
적으로 늘렸을 것이라는 사실도 아니요, 자신의 미간을 노리는 기가 막
힌 솜씨에 놀란 것도 아니다.

화살을 잡아챈 손에 전해진 충격, 내력이다. 도검이 살상력을 발휘
할 때엔 언제나 손에 잡혀 있기에 설사 전설의 검기(劍氣)를 일으킨다
해도 이해할 수 있다. 그러나 화살은 궁수의 손을 떠난 순간 내력의 끈
이 끊어지고 만다. 그래서 이기어검술(以氣馭劍術)을 구사하는 녀석들
을 인간의 분류에서 제외하는 것이다.

화살을 받아 든 순간 뒤통수까지 전해지는 충격. 미약하지만 분명히 내력이다. 적장의 솜씨인가? 그러나 적장이 아니라면… 일개 병사가 날린 고려전이라면?

"으아악!"

혼란에 휩싸여 있는 사이 건칠구마의 옆으로 단말마의 비명을 지르는 물체가 휙 지나갔다. 아랫배를 관통당하고도 고려전의 엄청난 힘에 몸이 딸려 나간 노수였다.

"이, 이런! 각 부장들은 빨리 정비해! 야, 이 새끼야, 움직여! 가만히 서서 꼬치가 되고 싶은 게냐!"

건칠구마의 창노한 일성이 있고서야 적의 신병이기의 무지막지한 성능에 넋을 놓고 있었던 천부장과 백부장들이 정신을 차렸다.

"방패수는 전면으로! 궁수는 방전하여 대응하라!"

과연 훈련도가 높은 몽고군의 정예. 제 몸집의 두 배는 되는 듯한 거대한 방패를 서너 명이 엮어 전면에 나서고, 몇몇 살아남은 강노는 빠르게 장전되어 응전하기 시작했다.

후두두두둑!

투웅! 투웅!

고려전은 기름을 먹이고 옻칠을 한 방패를 뚫지 못하고 떨어져 내렸고, 방패들 사이에서 틈틈이 방전된 강전은 능히 귀면묵인대가 포진한 진영까지 날아들었다.

방탄력이 우수한 철갑으로 무장한 귀면묵인대라 할지라도 몽둥이에 가까운 강전에 직격을 당한다면 무사할 수는 없는 노릇, 결국 말 위에서 고려전을 날리던 귀면묵인대의 기병들은 대열에서 벗어났고, 몽고 진영의 피해는 급격하게 줄어들기 시작했다.

한결 자신감을 되찾은 건칠구마가 일성을 내질렀다.

"방패수 백 보 전진! 강노수 오십 보 전진! 기병대는 출진 준비하라!"

느릿하지만 체계적인 움직임. 몽고군은 하나의 생명체처럼 꿈틀거리며 귀면묵인대와의 거리를 서서히 좁혀 나갔다.

활이란 근본적으로 원거리 무기. 거리가 가까워지면 별 무소용인 법이다. 방패수로 화살을 방어하면서 거리를 좁히고, 이후 세 배에 이르는 기병을 투입하여 전투를 끝내는 것. 기본적이지만 효과적인 전투 방식이다.

제아무리 만주 땅에서 날고 기었다던 귀면묵인대이지만 그간의 전투는 주로 급습에 의한 것이었으며, 상대하는 병력도 오합지졸에 가까웠다. 그러나 건칠구마의 군대는 그들과는 차원이 다른 중앙 정예군이며, 지금은 전력을 모조리 드러내 놓고 자웅을 가리는 정규전이다. 네 배에 가까운 숫자의 차이를 극복하는 것은 책에서나 가능한 일인 것이다.

'이 싸움은 끝났다.'

비로소 건칠구마는 고려전의 충격에서 완전히 벗어났다. 건칠구마는 허리춤의 장군검을 빼 들어 하늘로 치켜 올렸다.

"총원! 돌격 앞으로!"

"와아아아!"

천마진의 두 눈이 찢어질 듯 부릅떠졌다. 자신의 입술을 반이나 잘라 낼 만큼 깨물고 있었지만 천마진은 고통을 느끼지 못했다.

주르륵.

핏물이 안구에 차 올라 눈앞이 흐릿해지고, 턱 끝에 방울진 핏물이 마침내 물줄기처럼 흘러내리그 있음에도 그것조차 느껴지지 않았다.

험한 꼴 많이 봐온 직업인 탓에 어지간히 무던한 신경을 가진 그로서도 육신에서 전해지는 통증 따위가 대수롭지 않을 만큼, 지금 그의 눈앞에서 벌어지고 있는 참상은 견뎌내기 힘든 것이었다.

도망쳐야 한다. 당장 발을 돌려 이곳을 빠져나가서… 빌어먹을 누구에겐가 알려야 한다.

그러나 본능에 충실한 그의 육신은 당장에 뛰쳐나가 전우를 해체 분시하고 있는 저들을 응징하라며 비명을 질러 댔다.

어린 교주의 명을 받고 흑혈단의 거의 전부이다시피 한 인원이 인근의 탐색에 들어갔다. 이 조가 흔적을 발견했다는 소식은 얼마 지나지 않아서 들어왔다. 정면으로 맞서지 말라는 충고가 언짢기는 했지만 그것은 명을 내렸던 사람에 대한 반감이지, 그 타당성에 대한 거부감은 아니었다. 이덕패의 금황도법이라면 꿈에서 보는 것이라도 되도록 사양하고 싶은 천마진이었다.

어쨌든 흑혈단 전원이 은밀하게 흔적을 추적해 나갔다. 뒷모습을 눈에 담을 필요는 없다. 무리에서 떨어져 따로 행동하고 있는 이유만을 알아내면 그만이다. 그러나 그러한 의도는 뜻을 이룰 수 없었다.

열 필의 기마가 숲 한가운터에 있는 웅덩이를 주위로 엉덩이를 붙여 버린 것이었다. 한쪽에서는 피 튀는 전투를 벌이고 있는데, 거기에서 떨어져 나온 열 놈은 한가하게 마실 나왔다? 뭔가 잘못됐다.

이런 느낌이 들었을 때 재빨리 빠져나왔다면… 만에 하나라도 동료들을 구해낼 수 있었을지도 몰랐다. 그러나 천마진은 본능의 외침을 애써 외면하고 웅덩이에 접근했다. 그리고 보았다. 웅덩이 주위로 삼

삼오오 모여 노닥거리고 있는 것은 사람이 아니었다. 전갑이다. 투구
와 흉갑과 견갑 안에는 허망한 바람만 들락거리는 빈 공간과 삐죽 튀
어나온 마른 볏짚이 채워져 사람 흉내를 내고 있었다.

'빌어먹을!'

함정이다.

"흡."

"컥."

그 순간 사방에서 들려오는 답답한 비음, 그리고 옅은 혈향. 천마진
은 그 자리에서 굳어졌다. 지금껏 귀면묵인대를 흑혈단이 추적하고 있
었다는 것은 어디까지나 흑혈단의 착각이었던 것이다.

피비린내가 짙어짐에 따라 산발적으로 들려오던 비음은 빠르게 사
라졌다. 그리고 정적.

전멸이다. 추적에 가담한 기백이 넘는 흑혈단원들이 겨우 수십 명의
귀면묵인대의 포위망을 벗어나지 못하고 궤멸된 것이다.

천마진은 무릎 높이만큼 자라난 수풀에 누워 숨을 죽이고 여전히 움
직이지 않았다. 이곳은 귀면묵인대가 구축한 포위망의 중앙. 이를 테
면 등잔 밑이다. 가장 위험한 곳이면서 가장 안전한 장소인 것이다. 적
어도 아직까지는……

'놈들은 기마를 가지러 다시 돌아온다. 포위망은 그때 무너질 것이
다. 조금씩… 아주 조금씩 움직이는 거다. 천마진, 넌 할 수 있어.'

귀식대법을 극성으로 전개한 채 천마진은 조금씩 뒤로 움직이기 시
작했다.

그때,

드르륵… 드르륵.

생명체의 살갗이 바닥에 쓸리는 거북한 소음과 함께 한층 짙은 피 냄새가 풍겨왔다. 자신이 살기 위해서는 그래서 안 된다는 것을 알지만 천마진은 고개를 들었다. 그리고 보았다. 건장한 사내의 손에 짐승처럼 끌려오는 삼 조장… 이름이 주홍이라 했던가?

주홍은 누런 신경 줄기들과 붉은 근육들이 면발처럼 흐느적거리는 가운데 허연 정강이뼈가 드러나 있었다. 뇌호혈에는 굵은 강침이 박혀 흔들거리고 있다. 저 지경인데도 살아 있는 이유다. 해파리처럼 흐느적거리는 턱과 완전히 잘려 나간 혀는 극통을 덜어줄 신음마저 차단했다. 주홍이 할 수 있는 일은 극도의 공포가 실린 두 눈동자를 이리저리 휘둘러 대는 것뿐이었다.

사내는 허리춤에서 꼬챙이같이 끝이 뾰족한 비수를 꺼내 들더니 주홍의 배에 가져다 댔다.

"다시 묻는다. 계집은 어디에 있느냐?"

턱을 부수고 혀까지 뽑아놓은 자에게 묻는다. 잠시 기다리던 사내가 다시 입을 열었다.

"사람은 신체의 삼분지 이가 떨어져 나가도 살 수 있다. 보겠느냐?"

사내는 주홍의 배를 동그랗게 도려내고 드러냈다. 주홍은 산 채로 갈리는 자신의 배와 적나라하게 드러난 장기를 내려다보며 공포의 극한에서 떨어 댔다.

그만 해라… 빌어먹을, 그만 하란 말이다.

사내가 묻는 대상은 주홍이 아니라 자신이다. 그는 죽는 것에도 크나큰 차이가 있다는 것을 보여준 것이다. 교주가 있는 곳을 대던 고통 없이 죽을 터이지만 함구하면 해체분시를 당한다.

천마진은 순식간에 귀식대법을 풀고 사내가 주홍의 장기를 적출하는 것을 마지막으로 목도하고 몸을 돌렸다.

몸을 돌리자마자 전력을 기울여 내달리기 시작한 천마진의 뇌리에는 오직 한 가지 생각뿐이었다.

교주를 살린다. 빌어먹을, 첫사랑에 성공만 했다면 그만한 딸이 있을 터이지만… 주먹만한 그 계집에게 동료 몇이 불수의 몸이 되고 말았지만… 그래도 복수를 기대할 수 있는 능력을 가진 자는 그녀뿐이다.

등 뒤에서 살갖을 여미는 지독한 살기가 느껴진다. 입장이 바뀌었다. 이제는 저들이 추격자다.

천마진은 독질려를 한 움큼 빼 앞뒤 없이 뿌려 대고 단숨에 칠 장여를 날아올랐다.

찰나의 간격으로 그의 발밑을 날카로운 예기가 쓸고 지나갔다.

쉬쉭!

소리는 그 다음이다.

장송의 잔가지 위로 올라서자마자 튕기듯 자리를 벗어났다.

파바박!

곁가지가 두부처럼 잘려져 부산하게 떨어져 내린다.

지면에 착지한 천마진은 다시 솟구쳐 올랐다. 불에 데인 듯한 극통이 오른쪽 어깨를 후리고 지나갔다.

쉭!

역시 소리는 그 다음이었다. 오른팔은 벌써 기능을 잃고 거추장스럽게 덜렁거리기 시작했다. 기력이 급속하게 빠지고 몸이 둔해지자 놓칠세라 섬뜩한 한기가 재차 등 뒤로 몰려들었다.

버럭 몸을 돌려 번개같은 좌수검을 가로 긋는 천마진.

어두운 송림의 허공에 옅은 혈화가 피어오른다.

베었다.

본래 천마진이 좌검수인 줄은 몰랐던 놈의 실수다. 확실한 죽음을 확인할 겨를도 없이 천마진은 다시 칠 장여 밖으로 몸을 날렸다.

한참을 내달리던 천마진은 투견마냥 집요하게 따라붙던 살기가 사라졌음을 확인하고 멈춰서 나무를 짚고 거친 숨을 내뱉었다. 그가 달아나는 방향은 교주가 있는 곳과는 정반대다. 똑똑한 척, 잘난 척을 해왔으니 눈치를 채고 피하는 것은 제 놈 몫이다. 천마진은 시간을 벌어주려던 것뿐이었다.

한숨 돌렸지만 추격은 재개될 것이었다. 천마진은 크게 숨을 들이마시고 재차 용천혈로 진기를 밀어 넣어 몸을 뽑아냈다.

그러나 그것은 천마진의 의도와 의지가 만들어낸 상상일 뿐이었다. 몸은 그의 의지를 배반하고 일 장을 떠오르다가 날개 잃은 새처럼 지면에 곤두박질쳤다.

쾅!

등 한복판에서 전해진 엄청난 굉음이 뇌리를 뒤흔든 것은 천마진이 두툼하게 쌓인 썩은 낙엽에 얼굴을 파묻고 나서의 일이었다.

끝났다. 빌어먹을⋯⋯.

"이런 개 샹노무 새끼! 내 팔목을 끊어놔?! 네놈은 백 토막으로 회를 쳐놓으마!"

꼴리는 대로 해라, 미친 백정 놈아.

등줄기에서 불로 지지는 듯한 통증과 함께 한기가 감도는 쇠꼬챙이가 근육을 파고드는가 싶더니 척추 뼈를 자극하기 시작했다.

놈은 바로 등 뒤에 있다. 천마진은 사내는 절대로 볼 수 없을 미소를 입에 걸고 전신의 혈을 모두 터뜨려 버렸다. 약간의 화약과 함께…….

쿠과광!

천지가 뒤집히는 굉음과 함께 하늘로 솟구치는 먼지 기둥.

삼천의 기병대가 넓게 산개하여 돌진하는 장면은 그야말로 일대 장관이다.

그러나 그때까지도 귀면묵인대는 일렬로 늘어선 대열에서 한 발자국도 움직이지 않았다. 괴성을 울리며 득달처럼 달려드는 몽고군과 호수처럼 잔잔하기 만한 귀면묵인대는 마치 전혀 다른 공간에 있는 것 같았다.

"저 녀석들… 대체 무슨 생각일까요?"

전장에서 멀찍이 떨어져 있는 둔덕의 수풀에 숨어 상황을 지켜보고 있던 여사령은 귀면묵인대의 행동을 도무지 이해할 수 없었다. 이런 개활지에서 전면전을 감수하겠다는 시도부터가 잘못이다. 배수의 진을 치기에는 지형적인 이점이 전혀 없는 것이다. 보급도 추가적인 병력의 충원도 기대할 수 없는 상황. 그저 멍청하게 서서 달려드는 몽고군을 바라보는 꼴이 모든 것을 포기한 것처럼도 보였다.

"이상해요."

"제 말이……."

여사령은 연화를 돌아보려다 말 뒤끝을 흐렸다. 누가 봐도 이상한 장면을 두고 굳이 그것을 상기시켜 주는 생산성 없는 말이라곤 일절 내뱉지 않은 연화인 탓도 있지만, 무엇보다 연화는 정작 전장에는 시선을 두지 않고 뭔가 골똘히 생각에 빠져 있는 듯한 모양새였기 때문이다. 여사령은 슬슬 마음의 준비를 했다. 저런 표정을 지어 보이고 나서 그녀에게 나오는 말은 항상 충격적이고 암담한 내용들이었으므로.

"이덕패의 녹림천하문은 지난 십여 년 동안 몽고군의 병기창을 털었다고 했죠?"

지금 상황에서 난데없이 녹림천하문의 도적질이 나오는가? 여사령은 얼떨결에 대답했다.

"그, 그렇사옵니다."

"도검을 훔치기는 했지만 주로 화약이 사라졌고요?"

"맞습니다."

"없어진 화약이 천오백 근에 달한다고 하지 않았나요?"

"그렇지요."

"그럼 그 많은 화약은 대체 어디로 간 거죠?"

여사령의 안색이 순식간에 굳어지더니 다시금 전장을 향해 시선을 돌렸다.

"서, 설마……."

"설마가 아닐 것 같군요."

연화가 손가락으로 귀면묵인대를 가리켰다.

이제 건칠구마의 기병과 귀면묵인대의 거리는 불과 백 장여. 귀면묵인대가 맞서서 움직이지 않는다면, 건칠구마의 몽고기병대의 초기 충격파에 대열이 와해되고 말 정도의 거리였다.

그러나 귀면묵인대는 다시 화살을 활에 얹고 있었다. 설사 칠백 대의 화살이 일발 필살의 기적을 보인다고 해도 남은 이천오백여 기병대의 충격파는 고스란히 감당해야 할 것임에도 한가하게 화살이나 얹고 있는 것이다.

둘 중 하나다. 귀면묵인대가 진정 전투를 포기했거나, 활에 얹은 저

막대기는 화살이 아닌 게다.

전장의 상황을 지켜보던 건칠구마의 입가에 미소가 걸렸다.
이 싸움은 이겼다.
참으로 막막하여 화살이라도 쏘아볼 모양인데, 마지막 발악이라고 하기에는 너무나 소심하지 않은가?
저들이 하나같이 신궁(神弓)의 자질을 지녔다고 해도 빠르게 움직이는 기병을 화살로 떨구기는 참으로 어려울뿐더러, 설사 일선을 제압한다고 해도 재사격할 시간은 없으니 저대로는 기마에 들이받쳐 나동그라지기 십상인 것이다.
지금은 활이 아니라 기창을 빼 들고 맞부딪쳐야 그나마 네놈들이 좀 더 오래 살 확률이 있다는 말이다!
"크하하하!"
건칠구마는 터져 나오는 웃음을 가눌 길이 없었다. 그러나…….
쿠콰쾅!
건칠구마의 대소는 엄청난 폭음에 묻혀 버렸다. 그의 웃음 띤 얼굴도 잿빛으로 변해 버린 것도 순식간.
쿠구구, 쿠쾅!
이어지는 폭음과 섬광, 다름 아닌 돌격하는 몽고기병의 진영에서 솟구치고 있는 화염이다.
"뭐……?!"
그때서야 건칠구마는 볼 수 있었다.
귀면묵갑대의 화살이다. 화살이 방전되고 나면 어김없이 대지에 거대한 불기둥이 솟아오르고, 기마와 기병이 형편없이 나동그라졌다. 직격당한 기병은 산산이 부서져 피륙 자체가 파편이 되어 근방을 초토화시킨다.

쿠과광! 쿠구구구…….

온통 불바다다. 흐르는 피는 오직 몽고군의 것들뿐이었다. 전장은 순식간에 화염의 지옥으로 변하고 말았다.

있을 수 없는 일이다. 강전도 아니고, 갈대나 대나무로 만든 일곱 자 길이의 화살대다. 저기에 화약을 매달아 봐야 기껏해야 폭죽 정도의 위력일 터. 그러나 현실은 달랐다. 화살 한 대가 흡사 마차 한 대분의 화약이 일시에 터져 나가는 엄청난 위력을 보인다.

"사, 산개하라… 산개기를 올리란 말이다!"

건칠구마보다 더 놀랐을 참모들은 그의 창노한 일성이 떨어지고 나서야 검은 깃발을 올렸다.

그러나 별 무소용. 화살은 직격으로 날아오는 것뿐만이 아니었다.

완만한 곡선을 이루며 공중에서 폭발하는 화살에 의해 근방의 기병들이 고통에 찬 비명을 지르며 피범벅이 되어 굴러떨어졌다. 모래알보다 작은 파편들이 살갗을 갈가리 찢어버린 것이다.

뭉쳐도 죽고 흩어져도 죽는다. 질풍처럼 돌격하던 몽고기병은 대혼란에 빠져 버렸다. 대열은 붕괴됐고, 병사들은 공포에 허우적댄다. 시작도 하기 전에 패착이다.

"우회 기동! 멈추지 마라! 거리를 주면 아니 되느니! 붙으면 천둥 화살을 쓰지 못할 것이니라!"

천부장 이나르추크는 필사적으로 병사들을 독려했으나, 오히려 그의 명령을 들은 병사들은 더욱 극심한 공포에 빠져들고 말았다.

천둥 화살… 귀면묵인대는 천둥을 부린다.

저들은 하늘의 군대다!

천둥 화살의 공격은 멈춰졌으나 돌격한 기병의 반수 이상이 칼 한 번 뽑아보지 못하고 숯덩이가 됐다.

"으으으……."

터지고 부서진 전우의 시신이 산처럼 쌓이고, 살아남은 자들의 돌격은 멈춰졌다. 절반이 넘는 병력이 사라졌다. 더 이상의 압도적인 숫자의 우위도 없는 것이다.

불같이 솟구치던 전의는 이제 그들에게서 찾아볼 수 없었다.

조직된 이래 서장을 넘어 서역까지 단 한 번도 돌격을 멈추어본 역사가 없는 무적의 몽고기병대가 슬금슬금 물러나기 시작했다.

귀면묵인대의 중앙에서 경쾌한 발걸음의 기마 한 필이 선두로 나와 빙그르르 돌더니 앞발을 차올리며 길게 울부짖는다.

붉은 귀면갑, 필경 이덕패이리라.

퍼르륵.

이덕패의 손에 들린 거대한 홍기(紅旗)가 대기를 찢어발기는 듯한 파찰음을 내며 하늘을 향해 솟아오르고, 이내 그의 귀면갑 안에서 짓누르듯 터져 나오는 일성.

"거어~ 창(擧槍)!"

척척척척!

일렬로 도열한 귀면묵인대는 하나의 생명체처럼 일제히 기다란 기창을 내민다.

"파~쇄~진(破碎陣)!"

두두두두!

이덕패를 필두로 중앙이 솟구치고 양 날개가 뒤로 접힌다. 순식간에 만들어진 첨자(尖字)의 진형. 귀면묵인대는 그 자체로 거대한 창이 된 것이다.

쿠우우우.

대기는 불타는 군기로 들끓어 오르기 시작했다.

서서히 뒤로 물러서던 몽고의 기병. 급기야 말을 돌려 전력으로 내빼는 자도 하나둘 생기기 시작했다.

"대원제국의 기병대는 오직 돌격뿐이다! 등을 보이는 자는 처단하리라!"

곳곳에 포진된 십부장과 백부장들이 말머리를 돌리는 자들을 가차없이 베어버렸다. 이러지도 저러지도 못하는 몽고기병들은 그저 우왕좌왕. 그들에게 있어서 앞과 뒤는 모두 죽음에 가로막혀 있는 것이었다.

선봉의 귀면묵인대 입에서 나와 창공을 가르는 뚜렷한 일성이 메아리쳤다.

"총원! 돌격 앞으로!"

두두두두두!

지축에서 전해지는 진동은 기마를 거쳐 안장과 요추를 거쳐 마침내 가슴에까지 전해졌다. 진동은 전율이 되고, 전율은 공포라는 이름으로 각인된다.

귀면묵인대와의 거리가 가까워짐에 따라 이나르추크의 눈도 커졌다.

처음엔 귀면묵인대의 체구가 유난히 작은 자들인 줄로만 알았다.

아니다. 그들의 체구는 오히려 몽고 병사들보다 컸다. 그것은 몽고마의 두 배는 됨직한 거대한 귀면묵인대의 흑기마로 인한 착시였을 뿐이다.

그야말로 압도적인 군기.

"도, 돌격… 하라! 빌어먹을! 돌격하란 말이다!"

이나르추크는 본능을 외면하고 말 배를 찼다. 명예는 비굴한 본능을 배반했을 때에야 성취가 가능하다는 그의 아버지의 말을 따른 것이다.

파쇄진의 날카로운 창 끝. 귀면묵인대의 선두 기마의 미간을 향해 창을 들어 올려 겨냥하는 이나르추크다.

"으아아앗!"

퍽!

이나르추크의 몸은 기마와 함께 터져 나가 사방에 뿌려졌다.

몽고기병의 일세 명에. 일번 창(一番槍)이 이덕패와 조우한 결과다.

머리와 가슴만 남아 멀리 패대기쳐진 이나르추크.

"비… 빌어먹을… 명… 예… 라니……."

빠각!

이나르추크가 세상에서 마지막으로 본 것은 거대한 말굽이 눈앞에 덮쳐 오는 장면이었다.

선봉장 이나르추크의 허무한 죽음.

몽고기병은 이제 모두 등을 보이며 달아나기 시작했다. 지휘관들은 더 이상 그들을 막지 못했으며, 심지어 그들 역시 고삐를 채 말머리를 돌리기 시작했다.

그들의 뒷걸음질에는 체계도 군율도 없었다. 전투에서 가장 많은 희생을 부르는 때는 바로 어느 한쪽의 후퇴에서 야기된다.

그저 꽁무니를 빼는 것에 불과한 몽고군은 더 이상 대원제국의 천군의 모습을 찾아볼 수 없다. 그들은 이제 먹이 사슬의 최하단에 서 있는 손쉬운 먹잇감에 불과한 것이다.

귀면묵인대의 기마는 마갑을 두르고도 몽고마보다 두 배는 빨랐다. 기마와 기병이 통째로 갈리고, 기창은 기병의 머리를 꿰뚫었다. 중심을 잃고 넘어지는 기병은 어김없이 귀면묵인대의 거대한 흑기(黑騎)의 말굽에 곤죽이 되어 터져 나갔다.

화선지에 번지는 먹물처럼 귀면묵인대는 몽고기병들을 완전히 압도했으며, 삼켜 버렸다.

"크아악!"

"사, 살려줘. 난 죽고 싶지 않다!"

"엄니!"

섬뜩한 비명이 대기를 메우고 핏물이 대지를 타고 흘러내렸다.

"이런… 넨장할……."

여사령은 자신이 교주를 앞에 두고 욕지거리를 내뱉고 있다는 사실은 솔직히 말해서 안중에도 없었다. 그저 가슴이 한없이 답답해지는 가운데 되는 대로 뱉어야 했고, 어쩌다 보니 처음에 나오는 게 쌍소리였을 뿐이다.

비록 이런 식의 본격적인 전투에 참가해 본 경험은 없지만 나름대로 강호의 진탕 속에서 잔뼈가 굵었다고 자신했다.

외당을 맡다 보니 구역 내에서 일어난 살인 사건은 지금껏 먹어치운 밥그릇 수보다 많았다. 언젠가 동고의 기병들이 홍건적을 숨겨주었다고 해서 작은 마을 하나를 하룻밤 사이에 지워 버리는 기막힌 꼴도 그가 경험한 인생사에서 심심찮게 발생하는 단편일 뿐이었다.

그럼에도 세상 오래 살고 볼 일이라는 말은 참으로 맞다. 대지에 널브러진 시신은 모두 몽고군의 것이다. 어쩌다 발에 걸려 실수로 넘어질 법도 하건만 쓰러진 귀면묵인대는 단 한 명도 보이질 않는다.

특하나 선두에 선 이덕패, 일신의 무예가 작금 강호를 평정할 정도라 했건만 그는 진형의 한 부분을 맡고 있을 뿐이다.

그가 자신의 무위를 믿고 따로 행동한다면, 자칫 진형이 붕괴될 수도 있음에 철저한 군사적 움직임을 보이는 것이다.

이들의 훈련도 상상의 범위를 한참이나 상회하고 있었다.

천하를 일통한 강성한 몽고기병들이 오합지졸의 농민군만도 못하게 보이는 이 장면. 아무도 믿어주지 않을 것이다. 직접 보고 있으면서도 도무지 믿지 못하겠으니까…….

변화는 그때 일어났다.

단 한 마리도 살려 보내지 않을 것처럼 참륙의 장을 연출하던 호랑이 떼들—빌어먹을 호랑이가 떼로 몰려 다닌다는 소리는 들어보지 못했지만 확실히 들개 떼와는 도무지 어울리지 않으니…—이 돌연 멈춰 섰다.

쐐기형의 진형이 다시 한 번 꿈틀거리는가 싶더니 서서히 둥글게 말려간다.

원형방진(圓形防陣).

여사령은 머리 속은 드디어 뒤죽박죽이 되고 말았다. 그대로 돌진했더라면 사상자 한 명 없이 네 배에 가까운 몽고의 병력을 전멸시켰다는 기막힌 전사(戰史)가 만들어졌을 것이다.

그런데 난데없는 방어진이라니…….

다행히도 여사령은 자신을 멍청하게 낳아준 부모를 원망하며 머리채를 쥐어뜯을 필요는 없었다.

"왔군요. 불 속에 뛰어드려는 부나방들이……."

연화의 몽환적인 음성의 끝을 잇는 음산한 뿔고동 소리가 울려 퍼졌다.

고삐를 잡은 건칠구마의 손이 부르르 떨렸다.

완패다. 단 한 기의 적기병도 떨구지 못한 치욕스러운 패배다.

이로써 공을 세워 중앙 정계로 나가려 했던 자신의 꿈도 완전히 물거품이 된 것이었다.

겁에 질린 표정으로 자신의 옆을 스쳐 도망가는 병사들도 건칠구마는 막지 않았다. 저들은 사기가 떨어진 것이 아니다. 너무나 강한 적을 두고 전의가 소멸됐다. 붙들어본들 무용지물인 것이다.

무슨 이유인지 갑자기 귀면묵인대가 도륙을 멈추고 진형을 바꾸었다. 언뜻 방어진인 것도 같지만 저들의 신병이기와 거기에 어우러진 신출귀몰한 전략을 미루어볼 때 아마도 또 다른 수작을 부리는 걸 게다. 이미 전장은 정리됐다. 방진을 펼치든, 넨장맞을 학익진을 펼치든 그것은 거의 전부이다시피 한 병력을 잃어버린 건칠구마에게는 아무런 의미가 없는 짓거리인 것이다.

망연자실한 표정으로 그저 귀면묵인대의 기묘한 행동을 지켜볼 때즈음,

쉬익!

"크억!"

우측을 스쳐 달아나던 병사 한 명이 답답한 비음을 흘리며 말에서 거꾸러졌다. 화살은 병사의 이마에 깊숙이 박혔다. 귀면묵인대의 방향이 아닌, 바로 건칠구마의 뒤에서 날아든 화살인 것이다.

'포위된 것은 저들이 아니라 우리였던가?'

팔백 기도 되지 않는 귀면묵인대가 병력을 나눌 여력이 없다는 당연한 사실을 상기하지 못할 만큼 건칠구마의 이성은 마비되어 있었다.

뿌우~ 뿌우~ 뿌우~

멍청한 표정으로 병사의 시신을 내려다보고 있던 건칠구마의 정신을 번쩍 깨우는 뿔고동 소리가 길게 세 번 울렸다.

전장이 되고 있는 곳은 바다로 뚫린 좁다란 협곡을 제외한다면 분지에 가까운 형세.

둘러싼 낮은 둔덕 위로 몇 개의 깃발이 펄럭이며 솟아나는가 싶더니 이내 하나둘 또 다른 기병대가 모습을 드러내기 시작했다.

"저, 저건!"

건칠구마는 재빨리 고개를 돌려 뒤를 바라보았다.

일견해도 기천을 헤아리는 기병대와 그 기병대가 호위하고 있는 거대한 가마 행렬, 그리고 그 옆으로 나란히 도열해 천천히 다가오고 있는 기수에는 박쥐의 날개를 단 붉은 말이 새겨진 화려한 기장이 성난 바람에 나부끼고 있다.

명왕천군(明王天君)!

명왕 오르캄차이, 어느 날 혜성처럼 나타나 난전으로 치달고 있는 권력 쟁탈전에서 순식간에 두각을 드러낸 의문의 사나이다.

소문에는 이대 칸이었던 오고타이의 직계 자손이라는 소문도 들리고, 혹은 현 칸이 숨겨놓았던 자식이라는 소문도 제법 신빙성있게 떠돌아다녔다.

무엇이 진실이건 소문에 의하면 명왕이 권력을 완전히 장악하게 된다면 원제국은 앞으로 백 년을 더 유지할 수 있을 것이라 하였으니, 과연 그 군세(軍勢)의 무게와 위엄은 보는 이의 가슴을 위축시키기에 충분했다.

건칠구마는 천천히 기마에서 내렸다. 터덜터덜, 오르캄차이가 머물러 있을 것으로 추정되는 가마를 향한 그의 걸음은 맥이 빠져 있었다.

털썩!

오르캄차이의 가마 옆에 무릎을 박고 앉아버린 건칠구마.

"시간을 벌라고만 했거늘. 너는 성질이 급한 아이인 게로구나."

수많은 부하들이 죽어간 전장에서 듣고 있기에는 지나치게 한가로운 음성이다. 아니, 그것보다는 너무나 젊은 음성이다.

무릎의 옷깃을 말아 쥐는 건칠구마의 주먹이 부르르 떨렸다.

아이라니… 빌어먹을 불혹을 넘긴 지가 언젠데…….

"너의 그 치욕에 의한 분노는 적을 향한 것이더냐? 아니면…….."

주위의 공기가 순식간에 싸늘하게 식어버렸다.

"나를 향한 것이더냐?"

짙은 차양 속 오르캄차이는 건칠구마의 속내를 손바닥 보듯 들여다보고 있는 것이다.

"그, 그럴 리가……."

"후후, 맞다. 네놈이 그럴 리가 없지. 대원제국의 천병 삼천을 반 시진도 되지 않아 몽땅 말아먹은 늠이라면 응당 적을 향한 분노간이 남아 있을 테지."

오금이 저릴 지경의 부끄러움과 분노를 넘어선 허망이 건칠구마의 전신을 휘감았다.

이내 입술을 질끈 깨문 건칠구가.

"소장에게 일번 창을 맡겨주십시오. 기필코 적장의 목을 가져오겠나이다."

"적장의 목이라… 네놈에게 그럴 능력이 있을런지 나는 확신할 수가 없구나. 기왕 백의종군을 하겠다면 저 뒤로 빠져 밥이나 지어 올려라. 먼 길을 왔더니 몹시도 출출하구나."

일평생 들어본 적 없는 모욕적인 언사를 듣고도 건칠구마는 아무런 말도 할 수 없었다.

장수에게 밥을 지으라 한다. 군인에게 명예를 버리라 한다.

목숨을 원하는 것이다.

건칠구마는 벌떡 일어서 북쪽을 향해 고개를 깊이 숙였다. 칸이 있는 곳이다.

"천상천하 유일지존 대칸! 만세 만세 만만세!"

오랜 세월 건칠구마와 전장을 누비던 그의 칼이 주인의 심장을 부수고 등 뒤로 튀어나왔다.

연화는 명왕과 그의 군대가 도착하고부터 말을 잃었다.

뭔가 이상하다.

명왕군이 뿜어 대는 엄중하고도 폭발적인 군기가 분명히 의외인 상황이기도 했지만, 진정 이상한 부분은 바로 귀면묵인대의 반응이었다.

긴장하고 있다.

세 배가 넘는 몽고기병대를 단 한 명의 사상자도 없이 깡그리 부숴 버린 말도 안 되는 녀석들이었건만, 지금의 그들에게서는 극도의 긴장감이 느껴지고 있었다. 순간순간 동요의 기색도 비친다.

연화는 다시 명왕군 쪽에 시선을 돌려 유심히 관찰했다.

현 몽고군의 복색과 드문드문 다른 점이 있기는 하지만 전형적인 몽고 경기병의 군장이었다. 강성하고 굳건한 군기는 건칠구마의 군대와 사뭇 다른 느낌도 있지만, 이들 역시 몽고의 정예병인 것을 감안한 다면 딱히 특이점은 발견되지 않았다.

그러는 사이 어느새 싸움은 시작됐다.

명왕이 머물러 있는 가마에서는 아무런 동향이 없건만 귀면묵인대를 중심에 두고 둔덕을 빙 둘러 포진해 있던 몽고의 기병들이 완만한 경사를 타고 파도처럼 밀려들었다. 아마도 전투의 지휘관은 따로 있는 모양.

놀라운 일은 그때부터 발생했다.

피유유.

쿵쾅! 쿠구궁! 쾅쾅!

귀면묵인대가 또다시 작약과 파편을 내장한 화살을 쏘아대는가 싶었는데, 폭발은 귀면묵인대가 원형진을 형성하고 있는 대열에서 피어오른다. 그토록 강성함을 자랑하던 귀면묵인대의 기마와 기병들이 개울가 개구리마냥 튀어오르더니 바닥에 내팽개쳐졌다.

"뭐……?"

여사령은 더 이상 생각하기를 포기했다. 경사면을 까맣게 메우고 엄청난 속도로 돌격해 내려오는 명왕군의 뒤로 거대한 통나무 같은 것들이 하얀 연기를 피워내고 있는 것이었다. 화포다.

화포라면 알고 있다. 그러나 화포가 쏘아대는 저것은 무엇인가? 기껏해야 돌덩이나 쇠질려를 눌러 담아 쏘는 것이 화포다. 그런데 터지고 폭발한다. 대체 뭘 쏘고 있는 것이란 말이냐!

그리고 이번에도 여사령의 혼란스러운 머리 속을 연화가 정리해 주었다.

"화탄이에요."

그래, 화탄. 그런데 대체 화탄이 뭐냔 말입니다! 여사령이 환장하겠다는 표정을 지어 보이자 연화가 다시 설명을 이었다.

"커다란 쇠구슬에 화약을 가득 집어넣고 화포로 쏘는 겁니다. 벽력문에서도 제작에 실패했다고 하던데… 그렇지도 않은 모양이군요."

말을 마친 연화의 얼굴이 어두워졌다. 달리 표현하자면 명왕의 군대, 즉 몽고군은 화탄 개발에 성공했다는 의미였다.

쿠구궁! 쿵쾅!

지금도 귀면묵인대는 화탄에 의해 막대한 피해를 입고 있으므로.

상황의 반전이다. 불과 반각 전에 건칠구마의 기병에게 사용했던 전술로 귀면묵인대가 당하고 있는 것이다.

그러나 귀면묵인대는 건칠구마의 기병과는 차원이 다른 군대였다.

"파산진(破散陣)!"

이덕패의 낭랑한 외침과 함께 원형진이 순식간에 흐드러지게 퍼지는가 싶더니 수십 개의 덩어리로 쪼개졌다. 쪼개졌다 싶은 순간 사방팔방으로 굉장한 속도로 퍼져 나가는 귀면묵인대.

"난전 입수! 병기 선택 자유! 적을 섬멸하라!"

상호 돌격의 속도만큼이나 귀면묵인대와 명왕군은 순식간에 한데 섞이고 말았다.

실로 기막히게 빠른 판단. 화포장들은 더 이상 목표를 찾을 수 없게 된 것이다.

단병 접전이라면 귀면묵인대가 절대적으로 우세할 상황. 그러나 귀면묵인대는 삼사십 명 단위의 편제로 찢겨져 나갔고, 명왕군은 어림잡아도 일만에 가까운 대군이어서 딱히 구분할 만한 마디가 보이지도 않는다. 쉽게 계산한다고 해도 귀면묵인대는 한 명 당 열대여섯 명의 명왕군을 상대해야 한다는 말이다.

"이런 세상에… 이건 마치…….'

여사령의 입이 떡 벌어지고 말았다. 여사령의 집은 대대로 양봉(養蜂)을 가업으로 삼고 있었다. 만일 빌어먹을 몽고 놈들이 수확량의 구할을 상납하라는 터무니없는 요구에 아버지가 홧병으로 돌아가지만 않았다면, 여사령은 손에는 칼 다신 꿀단지가 들려 있었을지도 모른다.

어쨌든 양봉을 하다 보면 어쩌다 한 번씩 내려와 벌통을 깡그리 부쉬놓고 꿀을 도둑질하는 곰이 여간 귀찮은 것이 아니다. 그러나 양봉업자들이 진정으로 두려워하는 것은 곰이 아니었다. 적어도 그놈들은 벌을 먹지는 않으니까. 벌을 몰살시키고 애벌레를 훔쳐 가는 말벌이야말로 진정한 재앙인 것이다.

말벌은 강력한 턱으로 꿀벌들의 머리를 순식간에 잘라 버린다. 이에 대항하는 꿀벌의 유일한 구기는 바로 압도적인 숫자다. 거대한 말벌을 에워싸고 체온으로 쩌 죽이는, 다소 황당한 작전을 쓰는 것이다.

그럼에도 불구하고 말벌 수십 마리의 습격에 꿀벌은 수만 마리가 떼죽임을 당함으로써 전멸에 가까운 타격을 입고 만다.

지금의 귀면묵인대와 명왕군을 보노라면 말벌과 꿀벌의 싸움과 다를 바가 없었다.

거대한 기마 한 필이 땅딸막한 기마 수십 필 속을 종횡무진 휘젓고 있다. 그러나 현격한 덩치와 무력의 차이에도 불구하고 명왕군은 결코 물러섬이 없이 귀면묵인대를 에워싸고 공격을 퍼부었다.

명왕군의 시체는 산처럼 쌓여갔다. 그러나 싸움의 양상은 말벌과 꿀벌의 그것과는 달랐다.

귀면묵인대도 하나둘씩 쓰러져 나가기 시작한 것이다.

귀면묵인대가 하나같이 절세신공을 익힌 고수이고, 기마술에 능한 자들이라 하더라도 진기가 화수분일 수는 없는 노릇.

철저한 차륜전으로, 호랑이를 공격하는 사냥개들마냥 극악스러운 집요함으로 명왕군은 귀면묵인대를 쓰러뜨리고 있는 것이었다.

저런 자들이었다니… 저토록 강한 자들이라니…….

여사령은 자신도 모르게 사지를 부르르 떨었다. 저런 자들이 군세를 더욱 키운다면, 한족이 나라를 되찾는 일은 하늘이 두 쪽 나도 불가능한 일일 것만 같았다.

"오지 않는군요."

역시나 뜻 모를 소리를 툭 던져 놓는 연화다. 이제는 여사령도 포기하고 연화의 다음 말을 조용히 기다렸다.

그러나 연화는 말없이 전혀 엉뚱한 방향으로 잔뜩 젖어 있는 시선을 기울이고 있을 뿐이었다. 그제야 여사령은 가슴이 덜컥 내려앉은 불안감을 느꼈다.

연화의 시선이 향해 있는 곳. 흑혈단이 따로 떨어져 나간 귀면묵인대를 추적하기 위해 나선 방향이다.

해는 벌써 서산마루에 걸쳐져 있는 시간이다. 추적에 실패하면 뒤돌아볼 것도 없이 되돌아오라고 제한한 시간이 벌써 한 시진이나 지난 것이다.

그 순간 갑자기 연화에게서 무서운 기운이 피어나기 시작했다. 살기다. 그리고 여사령의 심장은 다시 한 번 떨어져 내렸다.

어두운 수풀 속에서 붉은 노을이 비추는 밖으로 차츰 모습을 드러내는 형상.

실로 대단한 기파를 뿜어 대며 천천히 일렬로 퍼져 나오는 기마 수십 기였다.

다른 것도 있다. 바람에 실려 오는 짙은 피비린내.

여사령의 두 눈에 핏발이 서렸다.

모두 죽었다. 흑혈단은… 이제 세상에 존재하는 흑혈단은 오직 자신 하나뿐인 것이다.

"정신 차리세요. 아직 우리의 싸움이 끝난 것이 아닙니다."

침착한 연화의 음성에 여사령은 번뜩 정신을 차렸다.

맞다. 아직 끝난 것은 아무것도 없다. 지금 당장은 살아남아야 복수를 하든, 후일을 도모하든 수가 생기는 것이다.

"길을 열겠습니다."

여사령이 청강장검을 뽑아 들었다.

그때,

"그러든지."

진득한 암울함이 담긴 음성은 타로 윗전에서 들려왔다.

그제야 연화와 여사령은 무지막지한 기파가 등 뒤에 도사리고 있음을 감지했다.

천천히 몸을 돌리는 연화와 여사령.

그곳에 있었다. 노을 진 석양을 배경으로 엄청난 크기의 기마와 한 손에 창을 든 기병의 거대하고 검디검은 화상(畵像)이…….

이토록 큰 기마가 이리도 가까이 오는 동안 어째서 몰랐을까? 더군다나 원하지 않은 떨림을 선사하는 무지막지한 투기가 덕지덕지 흘러나오는 이런 인물임에…….

"다, 당신은……?"

이 정도의 거력. 다른 누구일 스 없다. 이덕패 외에는…….

그렇다면 이덕패의 갑주와 귀면갑을 쓴 전장의 저자는 누구인가?

의문은 이덕패의 입을 통해 풀렸다.

"제일 중대장인가? 저 녀석, 꽤나 잘해주었군."

이덕패는 연화와 여사령을 보고 있지도 않았다. 그는 등을 돌린 채 우두커니 전장을 내려다보고 있을 따름이다. 숫제 연화와 여사령의 존재를 완전히 무시하고 있는 듯한 모양새.

그러나 완전히 무방비인 그의 등에서는 감히 도전할 엄두가 나지 않는 음산하고도 무서운 기운이 줄줄 새어 나오고 있었다.

"기회를 만들어보겠습니다. 몸을 빼십시오."

그간의 총명한 운신이 무색하게도 멍청히 서 있는 연화는 여사령의 전음이 뜻하는 바를 얼른 알아듣지 못했다. 그만큼 이덕패의 존재감은 다른 모든 생각을 정지시켜 버린 것이었다.

비로소 여사령의 생각을 알게 된 연화.

"안 돼욧!"

"차앗!"

연화의 비명에 가까운 경호성을 발하기도 전, 여사령의 신형이 솟아 올랐다.

사령분일검(四靈噴溢劍). 극쾌의 일초가 희뿌연 섬광을 안고 이덕패의 뇌호혈(腦戶穴)을 향해 최단거리로 뻗어나간다.

쐐애액!

사령분일검은 그 속도만큼이나 흉맹한 기세로 이덕패이 뇌호혈에 틀어박히는 듯했다.

끼이익.

그러나 여사령의 검은 이덕패의 투구에 한 줄의 생체기만을 남긴 채 힘없이 미끄러져 내렸다.

불신의 시선으로 자신의 아랫배를 내려다보는 여사령.

창날까지 새까만 기창은 여사령의 아랫배에 깊숙이 틀어박혀 있었다. 이덕패는 등을 보인 채 여전히 전장을 주시하고 있을 따름. 단지 그의 손에 거꾸로 들린 기창이 쥐어져 있을 뿐이다.

여사령은 기창이 자신의 뱃가죽을 뚫고 내장을 헤집은 후 옆구리로 빠져나올 때까지도 꼼짝할 수 없었다. 그리고 마침내 꼬치가 꿰인 채로 들어 올려질 때까지도…….

여사령은 기창을 두 손으로 붙잡고 몸을 빼내려 했다. 그러나 마음처럼 되지 않는다.

"허엇."

벌어진 이 사이로 진기가 새어나가는 소리가 들려오고 빠르게 기운이 흐트러졌으며, 급격히 시야가 흐려졌다.

"놓아줘!"

연화가 도를 빼 들고 몸을 솟구쳤다. 동시에 푸르스름한 안개를 내뿜으며 그녀의 몸이 급속하게 호전했다. 수라파천도법 청운호피풍검의 일초. 무지막지한 경기를 품은 일도가 이덕패의 기창을 쳐 내렸다.

깡!

단박에 튕겨 나가는 도.

주저없는 연환격이 펼쳐지고, 연화의 도가 노리는 곳은 기창을 잡은 이덕패의 손이었다.

"헛!"

그러나 도가 손목에 이르기도 전에 연화는 간담이 서늘해지는 충격을 받았고, 그 결과로 엄밀한 투로가 비틀려 버렸다.

이덕패가 한 것이라고는 전장을 향해 있던 시선을 거두고 연화를 향해 고개를 돌린 것뿐이거늘.

아니다. 이덕패가 한 것은 많다. 그의 한쪽 눈에서 발산된 지독한 정기가 연화가 이루어낸 정, 기, 신의 조화를 붕괴시켜 버렸고, 팽배한 투기를 눌러 버렸다. 그저 눈빛 하나만으로…….

연화는 허공을 밟고 몸을 뒤로 빼냈다.

푸악!

이덕패의 어깨가 잠시 움찔하는가 싶더니 용수철처럼 주욱 늘어나 연화의 목을 노리고 뻗어왔다.

쉬쉬쉭!

질겁한 연화가 재차 도막을 펼치며 틈틈이 공세를 집어넣어 반격한다.

그물망처럼 엄밀한 도막 속. 그러나 이덕패의 팔은 검막을 헤치고 연화의 도를 타고 넘어왔다.

늦었다.

도를 버리고 월영신공의 퇴법을 이덕패의 안면을 향해 날리는 연화.

깡!

텁!

연화의 우각은 정확히 이덕패의 안면에 꽂혔다.

그러나 발끝의 감각이 말해준다. 실패다.

더불어 이덕패에게 맥줄을 잡혔으니 완패다.

실로 많은 것이 오고 갔으나 모든 것은 연화가 한 번 도약한 사이에 일어난 일이었다. 무공을 모르는 이가 지켜봤다면 연화가 제 발로 뛰어올라 이덕패에게 맥줄을 잡혀준 모양새였을 만큼이나 빠른 손속의 교환이었다.

"꺼어억."

허공에 뜬 발은 바둥바둥, 연화의 얼굴은 순식간에 파리해지고 이마에서는 핏발이 불거졌다.

"계집, 그만하면 됐다."

"끄어어억."

이덕패가 악력을 풀자 긴 숨을 내뱉고 흐물흐물 늘어지는 연화다.

"저… 사람… 살려줘……."

여사령은 여전히 이덕패의 기창에 꼬치가 꿰어 대롱대롱 매달려 있었다. 부들부들 사지를 떨어 대는 여사령.

좋지 않다. 저대로라면 죽고 만다.

귀면갑 안, 이덕패의 하나뿐인 눈에 이채가 서렸다.

"눈물 나는 인류애군. 하나, 남 걱정할 때가 아니지 않던가?"

"…이 모든 것… 내가 꾸민 거야… 저 사람은… 살려줘… 제발……."

잠시 물끄러미 연화를 바라보는 이덕패.

"크하하하하!"

느닷없이 웃어젖히더니 기창을 털어 여사령을 저만치 떨구어 버렸다. 바닥에 내팽개쳐진 여사령에게서 움직임은 감지되지 않았다.

마음은 당장 달려가서 여사령을 구하고 싶지만 몸이 말을 듣지 않았다. 자꾸 힘이 빠지고 진기가 흩어지고 있었다. 그사이 마혈마저 잡힌 모양.

아련히 들려오는 이덕패의 음성도 꿈결 같기만 하다.

"한 가지 말해주지. 이건 너가 꾸민 일이 아니다. 넌 예쁘긴 하지만 그렇게 대단한 인물은 되지 못해. 크크크."

아니라고? 그럼 누가…….

아득해진 정신 속에서도 번뜩 스치고 간 한줄기 섬광.

그제야 연화는 자신과 여사령이 숨어 있는 방향에서는 명왕군이 왜 나타나지 않았을까, 하는 의문이 떠올랐다.

이덕패의 신위를 보건대 흑혈단이 가진 숫자의 우위는 아무런 의미가 없었을 터. 굳이 귀면묵인대 서른 기를 따로 빼내어 자신들을 처리하려 했을까?

퇴로를 뚫은 것이다. 저 숲 속에는 흑혈단원들 말고도 무수한 시신들이 널브러져 있을 것이다. 말할 것도 없이 명왕군이다.

전장이 된 분지는 명왕군에 완벽하게 포위되어 있는 듯 보이지만 구멍이 생겼다.

바로 이곳에…….

우물 안 개구리였다. 자신의 머리와 능력을 지나치게 과신한 불찰이다. 결국 흑혈단과 연화는 이 커다란 거짓 놀음에 조연의 역할도 하지 못한 것이다.

"더 놀아주고 싶다만, 할 일이 있어서 말이다."

연화의 맥줄을 쥔 이덕패의 오른손에 다시 힘이 들어갔다.

그때.

죽은 듯 꼼짝 않던 여사령이 벼락같이 몸을 일으키더니 이덕패에게 날아들었다.

"……!"

그야말로 급작스러운 상황. 한 손에는 기창을, 다른 한 손으로는 연화의 목을 쥐고 있던 이덕패는 꼼짝없이 여사령에게 붙들리고 말았다.

연화를 저만치 던져 버리고서야 여유가 생긴 이덕패의 오른손이 개구리마냥 달라붙어 있는 여사령의 옆구리를 파고들었다.

"크으윽, 교주… 어서……!"

이덕패의 우장이 여사령의 등을 비집고 나왔다. 그러나 여사령은 초인적인 힘으로 이덕패를 물고 늘어졌다. 이것만큼은 이덕패라도 적잖이 당황한 모양.

"계집을 잡아!"

"…네놈 걱정이나 해라……."

비릿하게 웃는 여사령. 그의 신형이 하얗게 달아오르는가 싶더니,

"……!"

쿠과광!

여사령의 뼈와 살점이 파편이 되어 장내를 휩쓸었다.

폭멸공. 흑혈단 최후의 비기를 펼친 것이다.

폭풍에 휘말려 저만치 튕겨 나간 연화는 겨우 몸을 일으키더니 부르르 떨리는 손으로 여사령의 장검을 집어 들었다.

그가 남긴 마지막 유품.

"싫어……."

싫다. 대체 무엇 때문에 자신을 위해 목숨을 버리는가? 한족, 나라, 역사… 이런 것 따위가 대체 무어길래…….

"이거… 정말 짜증나게 하는군."

폭발에 휘말린 먼지구름이 가라앉지 않은 가운데 들려오는 음울한 음성. 연화는 하얗게 질려 버렸다.

이덕패다. 그는 자신에게 집중된 폭멸공의 폭염 속에서도 죽지 않은 것이다. 죽지 않은 정도가 아니다. 먼지 구름 속에서 피어나는 가공할

기세. 여사령이 죽음을 담보로 펼친 폭멸공은 공연히 그의 투기만 자극했을 뿐이었다.

덜덜덜덜, 연화의 사지가 벼락 맞은 개구리처럼 떨어 대기 시작했다. 인간 같지 않은 이덕패에 대한 공포가 아니다. 당장에 달려가 이덕패의 목을 베고 심장을 부숴 버리고 싶은 욕망이 격동을 이끌어낸 것이다.

그러나 그럴 수 없다. 그리해서는 안 된다.

살아야 한다. 여사령의 죽음으로 벌어준 시간을 이대로 흘려 보낼 수는 없었다.

입술을 배어 물고 뒤돌아 송림을 향해 신형을 날리는 연화.

푸아악!

폭풍에 휘말려 낙마(落馬)해 정신을 차리지 못하고 있던 귀면묵인대 한 명이 청운회피풍검에 재차 휩쓸려 몇 걸음이나 물러서더니 비틀거렸다.

쉬쉬쉭!

이어지는 연환격. 개산초월의 사류검이 충격에서 채 벗어나지 못한 기병을 몰아붙였다.

사방에 뿌려지는 혈화. 갑주가 보호하지 못하는 관절에는 어김없이 사류검이 스며들었고, 기병은 기어이 무너지고 말았다.

그야말로 순식간에 일어난 일. 비로소 정신을 차린 나머지 귀면묵인대가 연화를 포위하려고 했지만 연화는 이미 어두운 송림 속으로 사라진 후였다.

"이런 일을… 또 당하는군."

화염에 그슬리고 피륙의 파편을 뒤집어쓴 이덕패는 대자(大字)로 누워 기가 막힌다는 듯 읊조렸다.

십여 년 전, 진과의 처음 만남에서도 잠시의 방심으로 눈 하나를 잃었음에 또다시 비슷한 일을 겪은 자신이 한심하다는 어조다.

"괜찮으십니까?"

편가이가 다급히 뛰어와 이덕패를 부축해 일으켰다. 연화의 짐작대로 여사령의 폭멸공은 이덕패에게 생채기 하나도 남기지 못했다.

폭발로 인한 화염과 파편의 대부분은 갑주가 막아냈고, 틈새를 비집고 들어온 것들도 이덕패의 극황방탄기를 뚫지 못한 것이다. 그러나 폭발의 충격에 떠밀린 것까지는 어쩌지 못하고 꼴사납게 처박혔으니 썩 좋은 모양새는 아니었다.

편가이는 이덕패에게서 발산되는 음산하고 냉한 기운에 저도 모르게 몸서리쳤다. 그 역시 이덕패가 한쪽 눈을 잃었을 당시 옆을 지키고 있었고, 그 이후에 일어난 일들도 또렷하게 기억하고 있었던 것이다.

하지만 이덕패의 반응은 이전과는 사뭇 달랐다. 이제 그 역시 오십을 넘긴 나이. 순간의 분노로 이성을 잃고 당면한 사안을 그르칠 혈기방장(血氣方壯)한 청춘이 아닌 것이다.

"계집은?"

"날래고 똘똘한 열 명을 뒤쫓아 보냈으니 멀리 가지는 못할 것입니다."

이덕패는 고개를 끄덕이더니 갑주에 덕지덕지 붙은 살점들을 털어내고 기마의 고삐를 잡아챘다.

털썩!

폭멸공의 충격에서도 어째 멀쩡하다 싶더니 손이 닿자마자 이덕패의 흑마가 맥없이 무너져 버렸다.

"……."

또다시 데워지는 밀도 높은 대기. 편가이조차 온전히 감당키 어려운 무지막지한 살기였다.

"산 채로 잡아와라."

"보, 복명!"

이덕패는 결국 연화에게 주인을 잃은 기마 위에 올라야 했다.

이내 이덕패의 시선이 멀리 떨어져 있는 명왕의 가마를 향해 고정되었다.

"저게 명왕의 전차인가?"

이덕패가 가리키는 곳. 일견 가마로 보일 수 있는 전차의 주위로 각종 기수(旗手)와 호위 기병이 퍼져 있어 멀리서도 한눈에 들어왔다.

"그러하옵니다."

이덕패의 하나뿐인 안광이 시리고 시린 기운을 발하기 시작했다.

이덕패는 말라비틀어진 피가 덕지덕지 붙어 있는 기창을 가볍게 던져 올리더니 손을 바꿔 잡았다. 투창이라도 할 모양새. 백 장도 넘게 떨어진 명왕의 가마를 향해서였다.

패애애액!

순간 이덕패의 손에서 기창이 사라지는가 싶더니 공기를 찢어발기는 굉장한 소음이 명왕의 가마를 향해 길게 이어졌다.

기창에 담긴 막대한 내력과 파찰음을 감지하고 날랜 호휘병들이 몸을 날렸으나 그들을 모두 관통해 버린다. 보고서도 믿지 못할 광경.

그리고도 한 치 흐트러짐 없는 검은 직선이 눈 한 번 깜빡일 시간을 열 번쯤 쪼갠 시간보다 빨리 명왕의 전차에 꽂혔다.

와지끈! 쿠과광!

천 근의 화약을 품은 마냥 명왕의 전차를 비롯해 반경 오 장여를 휩쓸어 버리는 어마어마한 광경. 주위를 감싸고 있던 몽고기병들이 이십여 기나 널브러져 있을 지경이다.

전차에 타고 있던 자는 결코 살아남을 수 없었을 터. 그러나 이덕패의 드러난 외눈은 가라앉았다.

그의 시선이 따라가는 곳. 명왕 천군기의 깃대 위다.

그리고 그곳에 미풍에 따라 하늘거리는 옷자락을 흩날리며 한 사내가 우뚝 서 있었다.

비검이…….

명왕을 죽이고, 그가 명왕의 행세를 하였는가?

아니다. 주위의 군사들은 비검의 표홀한 자태를 보고도 전혀 동요하는 바가 없다.

명왕이 바로 비검인 것이다.

그렇다. 이덕패의 말대로다. ° 모든 것은 연화의 계략이 아닌 것이다. 그녀 역시 이덕패와 비검이 만든 장기판에서 졸(卒)이 되어 움직여 줬을 따름이다.

"부장!"

바짝 군기를 올린 편가이가 이덕패의 옆에 붙는다.

"명을 받자옵니다."

"작전을 종결한다. 정리하라."

"충!"

편가이는 기마를 깎아지르는 절벽의 끝자락으로 몰아가더니 힘찬 일갈을 내질렀다.

"처형장 작전 종료! 전군 반전하라!"

전장을 일시에 관통하는 쩌렁쩌렁한 음파가 귀면묵인대는 물론 명왕군의 시선마저도 붙잡았다.

동시에 편가이를 선두로 남은 귀면묵인대의 병사들이 말을 몰아 벼락같이 내달리더니 절벽을 뛰어오른다.

참으로 무모하다는 생각이 채 가시기도 전,

히이이잉!

"뭐? 으, 으아악!"

"크억!"

일곱 필의 기마는 명왕군의 머리 위로 떨어져 내렸고, 명왕군 기병 십여 기가 통째로 터져 나갔다.

그들을 완충대로 활용한 과감한 전술과 뛰어난 신위.

새로 투입된 이십여 기마는 곧바로 종횡무진 전장을 휩쓸었다. 이들로 말하자면, 귀면묵인대 안에서도 기마술과 무공이 서열 삼십 위에 해당하는 자들. 그 압도적인 무력에 명왕군의 기병 삼십여 기가 순식간에 무너져 내렸다.

푸아악!

무시무시한 경기가 휩쓸고 간 자리에는 혈운(血雲)이 자욱하게 피어오르고, 이들의 주위에 있던 명왕군은 추풍낙엽처럼 떨어져 나간다.

그중에서도 편가이들과 다른 방향으로 쏘아져 나가는 한 필의 기마가 보여주는 신위는 가히 성난 태풍과도 같다.

파바바박!

이덕패, 그의 손에 들린 기창이 휘둘러질 때마다 예닐곱의 명왕군들이 부서져 나간다.

"죽어랏!"

용맹한 명왕군 기병이 기다란 언월도를 흉맹하게 휘둘러 오지만.

위잉, 퍼버벅!

귀가 멍멍해지는 기묘한 파장과 함께 그와 그의 기마는 이덕패에 이르기도 전에 한 덩이 핏덩이가 되어 사방에 뿌려졌다.

수백의 기병대가 그를 가로막지만 그들의 운명은 한결같다.

형편없이 나뒹구는 기병대의 모습은 갈가리 찢겨져 온전한 것이 없었다.

명왕군의 기병대를 차근히 도륙하며 전진하는 이덕패의 기마술은 여유롭기만 하다.

푸아악!

단 일격에 무너져 내리는 여섯 기의 기마. 재차 이격을 뽑아내니 우회하던 세 기의 기병대의 말과 기병이 통째로 갈라졌다.

이덕패가 지나온 길에는 벌써 기백의 명왕군의 시체가 뿌려졌다.

그러함에도 그의 기창에서 줄기줄기 새어 나오는 섬뜩한 기운은 시간이 지날수록 흉맹함을 더해갈 따름.

푸아악!

슬쩍 휘두른 기창에 기마와 기병의 목이 동시에 꿰뚫리고,

위이잉!

다른 한 손을 그저 펴 보임에도 천 근의 바위에 들이 받친 마냥 곤죽이 되어 터져 나간다.

이덕패의 작은 움직임 하나하나는 곧 명왕군의 죽음을 부르는 춤사위였다.

관운장이 무덤을 박차고 나온다 한들 이 정도일까?

그야말로 전장의 무신(武神), 악마다.

단 한 필의 기마를 두고 수백에 이르는 군사가 우왕좌왕하는 사이 학살되고 말았다.

"괴물… 괴물이다……."

누군가의 침음성. 명왕군은 감히 맞서지 못하고 주춤주춤 물러서기 시작했다.

학살은 멈춰졌다. 더 이상 이덕패의 앞을 막는 병사가 없는 것이다.

또각, 또각, 또각.

아직도 삼 일 밤낮을 싸울 수 있다는 듯, 이덕패의 기마는 경쾌한 발걸음으로 나아갈 따름.

저기 저곳, 바로 비검이 있는 곳이었다.

"마, 막아라! 호위대군은 무얼 하느냐! 저자를 막으란……."

"두어라."

낮고 침착한 음성이 호위대장의 머리 위를 스치고 지나갔다.

그야말로 한 마리 백초처럼 우아한 자태. 날아오른 비검이 주인을 잃은 기마 위에 안착했다.

"우와와와!"

비검의 놀라운 신위에 이덕패에게 짓눌렸던 명왕군의 사기가 재차 달아올랐다.

쿠르르르르.

그러나 그들의 군기는 이내 태산이 무너져 내리는 듯한 엄청난 압력에 다시 눌러 담아졌다.

심지어 멀리 서로의 생사를 놓고 분투하고 있던 귀면묵인대와 명왕군의 시선마저 잡아끄는 엄청난 투기였다.

공간마저 일그러져 보이는 구시무시한 기파, 이덕패다.

"귀찮군."

천천히 들어올리는 우장.

푸아악!

이덕패의 우장에서 파급된 공간의 파문이 거대한 해일이 되어 비검에게 날아들었다.

퍽!

비검이 휘두르는 일수에 이덕패가 쏘아 보낸 파문은 흩어져 버렸다.

이덕패의 무시무시한 경기를 가벼운 일수를 휘둘러 파훼해 버린 장면. 그러나 명왕군의 환호는 없었다.

이덕패와 비검의 사이에 길게 이어지는 길. 그곳에 시루의 콩나물처럼 빼곡하던 명왕군은 피곤죽이 되어 널브러져 있는 장면을 목도하였으니 환호란 있을 수 없는 것이다.

주위의 군사들은 물러섰다.

누구의 명에 의한 것이 아닌, 죽음의 공포에 대한 발로일지언정 이덕패와 비검의 공간이 마련된 것이다.

"처형장 작전? 후후, 이번엔… 내가 당한 것인가?"

귀면묵인대와 이덕패에게 수많은 군사를 잃었으니 마음이 편할 리 없음에도 비검의 음성은 의외로 차분하다. 놀라운 평정심. 이덕패는 대답이 없다.

"그랬군. 대도 점령 따위는 애초에 관심이 없었어. 궁극적인 목표는 나의 주력 군사를 이곳에서 소진시키는 것. 아직은 내가 좀 더 필요할 것이라 생각했는데… 원로원의 망령 난 늙은이들이 이런 결정을 내렸을 것 같지는 않고… 회주의 생각인가?"

지금껏 견지해 왔던 주인의 호칭을 버리고 회주라 부른다. 동등한, 혹은 적에 대한 호칭. 확실한 배신이다.

그리고 비검의 입장에서 그것은 배신이 아니었다.

배신(背信). 즉, 믿음을 저버린다는 의미로 본다면 말이다. 비검은 한진회를 믿은 적이 없으니 애초에 배신이라는 말이 성립되지 않는 것이다.

한진회는 중원을 정벌하여 통치할 생각 따위는 처음부터 하지 않았다. 그것이 가능했던 민족과 역사는 없었고, 한진회 역시 자신들의 능력을 과신하지 않았다.

욕심을 버리면 일은 쉬워진다.

저 멀리 오호십육국의 혼란했던 시절처럼 갈가리 찢어져 각자의 욕심을 채우며 그렇게 오랜 시간 소모적인 다툼으로 얼룩져 갈 때, 고려를 기반으로 요동을 실질적으로 점령, 통치하고 국력을 키운다. 후일 중원이 일통되어 하나의 국가가 되더라도 침범할 엄두를 내지 못할 강성대국을 만든다.

한진회는 모용왕국, 남궁, 후송, 호라즘, 서장 등등… 수많은 국가들은 나름의 체제를 정비하고 확고한 권력 기반을 갖출 때까지 지원할 것이다.

분열이 완전히 고착화될 때까지.

이십세기에 한반도가 강대국의 이해집산에 따라 반 토막 나고, 다시 통일이 되기까지 흘려야 했던 피와 희생을 그대로 돌려주겠다는 심산이었다.

모용왕국이라니…….

일개 가문으로 몰락하고 만 모용족의 역사가 어떠했는지는 누구보다 잘 알고 있던 비검이다.

고구려라는 강성한 국가와 수와 당이라는 강대국에 농락당한 그 처절한 역사. 비검은 그런 역사를 되풀이할 마음은 전혀 없었다.

중원이 완전히 정복됐던 역사는 없다고? 한이 그러했고, 수가 그러했으며, 당이, 송과 금이, 원이 이 땅에 세운 나라는 무엇이란 말인가?

이 나라들은 영원하지 않았지만 분명히 존재했다.

어차피 역사는 돌고 도는 것이며, 왕조는 탄생과 소멸을 반복하는 것이다.

그 긴 역사의 한 장에 모용이 들어설 것이다. 동이의 오랑캐들에게 이용만 당하다가 흔적도 없이 사라질 나라 따위는 개나 줘라.

굳이 정복하고 적을 죽여 없애는 피칠을 하지 않아도 된다.

한 줌도 안 되는 몽골의 오랑캐를 저들의 초원으로 되돌려 보내고 그 자리를 모용이 차지하면 되는 일이다.

한진회에서의 비검으로, 원의 황궁에서는 명왕으로 살아온 이유다.

칠흑의 갑주 위에 자신의 꿈을 이루어줄 명왕군의 수없이 많은 피를 빨아들인 남자.

꿈을 이루기 위해서는 먼저 넘어야 하는 산이었다.

"이덕패, 당신과 나. 이 정도면 꽤나 악연이로군."

귀면갑 안의 이덕패의 눈이 히죽 웃었다.

그러나 역시나 그의 입은 무겁게 닫혀 있을 뿐이다.

"처형장이라… 누군가는 반드시 죽어야 하는 장소지."

치솟는 살기, 붉은 기운이 비검의 전신을 감싸고 고운 머릿결이 하늘로 치솟아 너울댄다. 차츰 붉어지는가 싶더니 마침내 동공마저 사라져 버리고 벌겋게 번들거리는 혈안.

스르릉.

악마적 형상으로 변하는 비검을 덤덤하게 지켜보던 이덕패가 안장에 매달려 있는 커다란 칼을 뽑아 들었다.

은은한 금빛 도신. 예전 귀랑과의 일전에서 깨져 버린 금배대도와는 형상이 같되 한층 예리하고 단단하게 정련된 보도였다.

마침내 이덕패의 입이 열렸다. 그러나 비검을 향한 말이 아니다.

"미친 개 한 마리 잡으려고 만들었더니만… 미친놈 피를 먼저 맛보게 생겼구나."

우우웅.

금배대도는 화답하듯 음산하게 울어 댔다.

히이이잉!

이덕패의 마음을 아는 듯, 기마가 힘차게 앞발을 들어올리는 것으로 서전을 알린다. 이내 무서운 속도로 비검을 향해 쏘아져 가기 시작했다.

한편, 전장은 또 다른 상황으로 치닫고 있었다.

압도적인 무력임에도 현격한 숫자의 차이를 극복하지 못하며 한 명, 한 명씩 무너져 내렸던 귀면묵인대. 그들의 군기가 다시금 불타오르기 시작한 것이다.

이유는 오직 한 가지, 그들의 주인이 돌아왔다는 것이다.

과연 이덕패의 기마 한 기가 보여준 무적의 신위.

전장을 지배하며 종횡무진 적들을 공포로 몰아넣어 버렸다.

예정된 죽음 앞에 필사적이던 그들에게 삶의 희망이 불어넣어진 것에 다름 아닌 바.

지금 이 순간, 배신자 비검과 일전을 치르고 있는 자신들의 주인은 반드시 승리할 것이다.

주인 앞에 부끄럽지 않은 종복이 되리라!

편가이는 낭랑한 목소리로 외쳤다.

"첨성진!"

흩어졌던 귀면묵인대가 삼삼오오 모여들고, 삼삼오오 모여든 집단 몇 개가 다시 뭉친다. 그 길을 가로막는 명왕군은 속절없이 무너져 내리고, 마침내 살아남은 귀면묵인대 이백여 명이 한데 모여 거대한 군락을 형성했다.

지체없이 이어지는 군령.

"파쇄진! 북서향 전개! 돌격!"

두두두두!

챙! 퍽!

병기를 맞댄 명왕군의 저항이 이전과는 확연한 차이를 보였다.

이덕패라는 전장의 무신이 명왕군의 사기와 심력을 갉아먹은 탓인지, 명왕군의 저하된 사기만큼 귀면묵인대의 사기는 하늘을 찔렀다.

도무지 자신들에 비해 도합 열 배가 넘는 경기병대와 비검의 최정에 명왕군을 상대로 두 시진이나 싸워왔다고 믿어지지가 않을 지경.

인간의 능력을 뛰어넘는 투지다.

두려움을 모르던 명왕군도 질린 표정이 되어 손이 무디어지고 주춤주춤 물러서는 자들도 생긴다.

엄밀한 포위망에 균열이 생기고, 그 사이를 비집고 거침없이 질주하는 그들.

혈로(血路)가 활로(活路)가 되고 귀면묵인대가 지나는 곳이 곧 길이 된다.

"전군 반전! 병기 선택 자유! 돌격 앞으로!"

정신없는 군령 속에서도 귀면묵인대는 순식간에 대열을 정비하는가 싶더니 어느새 성난 폭풍처럼 명왕군을 몰아쳤다.

이백여 기병대가 휩쓸고 지나간 자리에는 오직 명왕군의 시체뿐이다.

귀면묵인대의 압도적인 무력과 동료의 처참한 시신을 온몸으로 체득해야 했던 명왕군에게서 서서히 동요가 일기 시작한다.

이미 오백여 기의 귀면묵인대를 들판에 뉘였던 자신들의 능력에 대한 의심을 하기 시작한 것이다.

그들의 이성을 마비시킨 악마. 다름 아닌 공포다.

짓쳐 드는 귀면묵인대의 기파에 질린 병사 한두 명이 등을 보이기 시작했다. 한 번 시작된 동요는 일파만파, 걷잡을 수 없이 커졌다.

이백여 기의 기마대에게 아직도 오천이 넘게 남은 명왕군이 쫓기는 기막힌 상황이 연출되고 있는 것이다.

편가이의 입가에 미소가 걸렸다.

이 전투의 궁극적인 목표가 달성된 것이다.

저들은 더 이상 비검이 키운 무적의 명왕군이 아니다. 겁에 질린 오합지졸일 뿐.

"전군 반전! 오색기(五色旗) 발(發)!"

퇴각 명령이다.

편가이의 옆에 서 있던 기수병의 얼굴에 억울함이 실린다.

생사고락을 같이했던 수많은 전우가 쓰러졌다. 이제 막 승기를 잡은 시점에서 전우에 대한 복수를 멈추라는 명을 동조하기는 쉽지 않은 모양이었다.

“우리는 승리했다. 전우의 죽음은 이미 충분한 가치를 찾았다. 이젠 살아남는 것이 우리의 임무다.”

지엄한 군율로 조율되는 군대라 하나, 그의 얼굴에 나타난 불만을 이해하지 못할 편가이는 아니었다.

기수병은 곧 수긍했고, 귀면묵인대는 멈춰 섰다.

쿠르르릉!

저 멀리 얕은 둔덕 위의 하늘은 구름 한 점 없음에도 번쩍거리고 있었다. 그곳을 향한 편가이의 눈이 흥분으로 가득 찼다.

저기에 그들이 있다.

무적의 무신 이덕패와 전설의 파뢰혈검의 계승자가…….

군장(軍將)의 임무를 잠시 잊고 그들의 승부를 보고 싶을 정도로 강한 충동이 이는 것은 어쩔 수 없는 무인의 피가 흐르기 때문인가?

그러나 아니 될 말.

“전군 퇴각!”

귀면묵인대는 이덕패를 남겨두고 돌아섰다.

돌아온다고 했으니 이덕패는 돌아올 것이다.

이덕패를 향한 그들의 믿음은 절대적인 것이었다.

반전, 그리고 반전

"대협! 부디 목숨만은 살려주십시오!"

"……"

진은 눈물, 콧물로 범벅된 얼굴로 은자 상자를 내미는 중년의 사내를 앞에 두고 그야말로 환장하기 직전이었다.

시끄러운 시절임에 수십에 가까운 무리가, 더군다나 하나같이 결코 평범하지 않은 인상의 사내들이 병장기를 휴대하고 다니는 것이 이목을 집중시키는 것은 당연한지라 열 명씩 조를 나누어 달리 길을 나섰다.

특히나 진은 길잡이로 노백과 노련만을 대동해 혼자 움직이고 있는 와중에 벌써 다섯 번째나 이와 같은 일을 당하고 있는 것이다.

밥술이나 뜨자고 들어서는 객잔의 주인마다 진의 얼굴을 보고는 낯이 순식간에 잿빛이 되어 울부짖는 것이다.

처음엔 워낙에 험악한 노백의 얼굴을 보고 객잔의 주인들이 지레 겁을 먹은 것이라고 생각했다.

그런데 아니다.

오늘은 노련에게 새옷을 사 입힌다고 노백은 근처 포목점에 가고 없다. 그런데도 객점 주인의 반응은 지금까지와 다를 바가 없었다.

내 얼굴이 그렇게 무섭게 생겼냐는 말이다!

제아무리 흉하고 추하다고 한들 찡그리는 정도의 반응을 보이는 것도 적잖은 실례이거늘, 하물며 이리도 곱상한 얼굴을 보면서 이게 웬 경기 수준의 발작인가?

이것뿐만이 아니다.

도무지 이해할 수 없는 사람들의 이러한 반응이 괴이하고 언짢기는 했지만, 피차 피곤해지는 것이 귀찮고 싫어서 노숙하기로 하고 이목을 피해 다녔다.

그런데 웬 빌어먹을 놈이 밤마다 꽹과리를 쳐댄다. 꽹과리 비슷한 그 무엇이 아닌 진짜 꽹과리 말이다.

꽹과리라는 물건은 감상하고자 하는 의지와 마음의 여유를 가지고 있을 때에는 굉장히 박력있는 음률을 선사하지만, 한밤중 노곤한 심신을 뉘이고 잠을 청하려 하는 사람에겐 살인의 충동을 일으키는 묘한 이중성을 가진 악기다.

진 일행은 밤마다 울려 퍼지는 꽹과리 소리 때문에 벌써 열흘째 한숨도 자지 못했다. 특히나 기껏 살려놓은 딸내미가 말라죽게 생겼다고 하여 노백은 신경쇠약에 걸릴 지경이었다.

그런 잔인한 짓을 한 놈을 잡아다 조져 버리면 되지 않겠냐고?

잡았다. 꽹과리로 죽을 때까지 패주려고도 했다.

그런데 이게 웬걸. 꽹과리를 두드렸던 사람은… 진과 노백이 절대로 때릴 수 없는 사람이었다.

땡글땡글 커다랗고 순진한 눈을 반짝이는 아이들이었던 것이다.

왜 이런 일을 하느냐 물으면 어떤 아저씨가 맛있는 거 사 먹을 돈을 주고 시켰다고 한다. 그 아저씨가 누구냐고 물으면 앙증맞은 고개를 도리도리.

잘 타일러서 보내고 나면 다음날은 다른 아이가 꽹과리를 쳐댄다. 심지어 어젯밤에는 근방의 동네 꼬마들이 몽땅 몰려와 합주(合奏)를 해 대기도 했다.

언놈이 진을 말려 죽이기로 작정한 모양이었다.

진은 비 맞은 강아지마냥 부들부들 떨고 있는 객잔의 주인에게 되도록 선하게 보이는 미소를 활짝 지어 보였다.

"우와왁! 나으리, 이것이 제가 가진 전부입니다. 집에는 여우 같은 마누라와 토끼 같은 자식들이 즐비합니다. 제가 죽으면 그 불쌍한 것들을 누가 돌본단 말입니까?! 우어어엉……!"

열흘 동안 한숨도 자지 못해 벌겋게 충혈된 눈에는 자녹안이 박혀 있고, 눈 밑은 짙은 음영이 드리워져 있는데다 진의 송곳니는 유난히 길다. 진은 선의의 미소를 보인다고 하는 것이었으나 객잔 주인이 아닌 누가 봐도 식사를 앞둔 악귀의 모습이었던 것이다.

"이런 빌어먹을……."

진은 되지도 않은 착한 사람 흉내를 그만두기로 했다. 모름지기 성격대로 살아가야 삶이 피곤하지 않는 법이다.

진은 검지와 중지를 세워 지붕을 지탱하고 있는 나무기둥에 박아 넣었다. 흡사 석고를 손가락으로 발라낸 마냥 나무기둥에는 두 개의 선명한 손가락 구멍이 뚫렸다.

여기에 보통 사람이 겨우 견딜 정도의 적당한 살기를 흘려대자 객잔 주인은 급기야 바지에 오줌을 지리고 말았다.

"내가 묻는 말에 이실직고하지 않으면 네놈의 목이 이 나무기둥보다 단단하지 않다는 것을 내 분명히 확인시켜 줄 것이다."

그때부터 객잔 주인이 뱉어낸 비사는 대충 이러했다.

작년 여름에 윗동네 과부댁, 첨미미를 만나기는 했으나 그것은 그 여자가 꼬리를 쳤기 때문이며, 자신은 전혀, 털끝만큼도 관심이 없었으나 그날따라 술이 과했던데다 느닷없이 치마끈을 풀어헤치고 육탄 공세를 퍼부은 통에 어쩔 수 없이 하룻밤을 보냈다. 그러나 되짚어보면 그날 밤의 기억은 전혀 없으며, 아마도 첨미미가 돈을 뜯어내려고 한바탕 연극을 한 게 아닌가 싶다. 그래서 그 이후로는 단 한 번도 만나지 않았으며, 눈길 한 번 준 적도 없다는 것이다.

이 말을 들으면서 진은 진정 검결지를 객잔 주인의 두툼한 목줄기에 틀어박고 싶은 충동을 느꼈으나 이어지는 이야기에 잠시 더 들어보기로 했다.

"목 어르신의 노여움은 지극히 정상적이시고, 참으로 타당하시나 다시 한 번 갱생의 기회를 주시면 저는 여생을 남을 돕는 데 쓸 것을 귀안마검(鬼眼魔劍) 대협께 맹세를 하나이다. 흑흑흑."

"목 어르신? 또 귀안마검은 누구더냐?"

또다시 움찔대더니 낯빛이 창백해져 버린 주인장은 섧게도 울어 젖혔다. 그제야 진은 귀안마검이라는 절대 비호감스러운 별호를 가진 자가 누군지 알았다.

귀신 눈깔을 가진 칼잡이, 바로 자신인 것이다.

진은 한숨을 포옥 내쉬었다. 누군가 분명한 의도를 가지고 전언을 남긴 것이리라.

"뚝! 알았으니 울지만 말고 목 어르신이 누구인지만 말해보아라."

한줄기 삶의 희망을 엿보았던지 주인장이 퉁퉁 부은 눈을 들어올렸다.

"귀안… 대협을 고용하신…….."

"날 고용해? 누가?"

"목 어르신이…….."

"아, 그러게 목 어르신이 누구냐고?"

"대, 대협을 고용하신…….."

"이런 쓥!"

가슴이 터질 것만 같다. 이래서야 대화가 되지 않는다.

그러다 문득 스쳐 가는 한 명의 얼굴.

"혹여, 이렇게 생긴 녀석이 아니던가?"

진은 먼지가 수북한 마룻바닥에 젓가락으로 인물화 한 폭을 그리기 시작했다. 마침내 완성된 진이 그린 그림을 보던 주인장 왈,

"이, 이게 뭡니까?"

"……."

악필이 그림을 잘 그릴 가능성은 머리 좋은 애가 얼굴 예쁘고 성격까지 좋을 가능성보다 현저히 낮다.

진은 초상화를 그린다고 그린 것이었지만 주인장이 보기에는 형이상학적인 정신 세계를 표현한 관념도로 보였던 것이다.

"…당신이 그려보도록. 그 목 아무개라는 녀석."

주인장이 젓가락을 받아 들고 몇 번을 끼적거리더니 진의 눈이 점차

싸늘하게 식어가기 시작했다.

역시나 목낭적이다.

아이들을 동원해 밤잠을 설치게 하고, 귀안마검이라는 흉측한 별호를 퍼뜨려 객잔에 발을 붙이지 못하게 한 녀석도 목낭적이었던 것이다.

녀석이 어째서 이런 유치한 행적을 보이는가? 늙어 죽는 것보다야 빠르겠지만 이런 방법으로 사람을 죽이기에는 시간과 노력이 너무 많이 필요하지 않겠는가?

목낭적은 그저 바보인가? 아니다. 두 번에 걸쳐 만난 목낭적의 눈에는 분명히 깊은 총기가 담겨 있었다.

그렇다면?

서두르라는 것이다. 차분하게 잠자고 먹을 시간 따위는 없다는 의미다.

진의 얼굴이 다급해졌다.

"그자를 언제 만났지?"

"이, 이틀 전이옵니다."

"또 다른 얘기는? 무슨 장소 같은 것은 말하지 않았나?"

"청부대금 중 잔금을 받으시려면 소현(小現)으로 오시라는……."

"소현이 어딘가?"

"동쪽으로 반나절을 가시다 보면 작은 어촌 마을이 보이실 겁니다."

"흐음, 얼마 후면 험상궂은 아저씨와 예쁘장한 여자 아이가 들를 것이다. 지금 내게 했던 말을 그 친구에게 똑같이 해주도록."

핏!

진은 안개처럼 꺼져 버렸다.

분명히 눈앞에 있던 사람이 갑자기 사라져 버린 것이다.

"귀안마검이 아니라……."

귀신이다.

객잔의 주인장은 눈을 뒤집어 까고 그대로 넘어가 버렸다.

파바박!

연화의 신형이 남긴 희뿌연 잔상을 관통한 화살이 나무에 깊이 틀어박혔다.

그러나 번번이 고려전이 헛물을 켠 것은 아니다.

쉬익!

"까악!"

어깨에 관통해 멈춘 고려전. 단말마의 비명을 지른 연화가 달려가는 속도를 이기지 못하고 나동그라졌다.

그러나 지체할 여유 따위는 없었다. 연화는 지면에 쌍장을 뿌리며 신형을 허공으로 뽑아 올렸다.

쉬쉬쉭!

연화가 머물렀던 공간에 불쑥 환도가 솟아나더니 곧바로 연화를 따라 솟구쳐 올랐다. 단병전의 거리까지 좁혀진 것이다.

땅땅땅!

연화도 반격하자 환도와 장검이 허공에서 얽히며 요란한 금속성을 만들었다. 의외로 몸을 돌려 반격하자 귀면묵인대의 검수는 당황한 듯, 손이 어지러워지기 시작했다.

"합!"

도, 검을 구애받지 않은 수라파천도법의 파천일단세가 무서운 기세로 병사의 머리에 떨어질 찰나,

위잉.

연화의 등 뒤로 날카로운 예기가 쏟아져 왔다. 이대로 진행한다면 병사의 머리는 반쪽 날 것이나, 등 뒤의 암격에 연화도 온전치는 못할 터.

빙글 몸을 돌려 연화는 등 뒤의 검수를 찔러갔다.

등을 노려 일검을 찔러오던 귀면묵인대의 병사는 예상치 못한 공격에 질겁하며 검을 쳐내고는 두 걸음 물러섰다.

'기회!'

연화의 상황 판단은 정확하고 빨랐다. 물러서다 보면 허점은 생기기 마련. 비록 눈 깜짝할 사이에 지나지 않더라도 실전에서는 이 시간이 삶과 죽음을 가른다.

연화의 검이 돌연 변화를 일으켰다. 상식적인 도법의 투로를 벗어나 세 번의 변화를 머금고 뒤로 물러선 병사의 전곡혈을 찔러 들어간 것이다.

땅!

첫 번째를 쳐낸 검수. 순간 연화의 검에서 변화가 사라지고 극쾌가 실렸다.

귀면갑의 눈구멍 사이로 검수의 눈이 흔들리는 순간,

쩔걱.

섬뜩한 가죽이 갈리는 소리와 함께 검수의 목에서 피가 솟구쳤다.

"이런 쳐죽일 년!"

거친 욕지거리와 함께 사방에서 허공을 가르는 칼바람이 날아들었다.

용수철처럼 튀어오르는 연화. 네 방향에서 쏟아진 칼 그림자가 연화를 따라 솟아오르더니 허공에서 갈 곳 없던 연화를 휩쓸고 지나갔다.

"……!"

그러나 네 방향의 칼이 형성한 궤적은 허망한 허공만 갈랐을 따름. 네 명의 검수가 당황하기도 전, 환도가 그려낸 백광의 잔상 사이로 연화의 얼굴이 불쑥 나타났다.

와작 하는 소리와 함께 또 한 명의 검수가 피를 뿌리며 저만치 날아가 구겨졌다. 부서진 귀면갑의 파편이 얼굴에 틀어박힌 검수는 몇 차례 부르르 떨더니 축 늘어져 버렸다.

그러나,

피슉!

"악!"

연화는 불로 지지는 듯한 극통에 고통에 찬 비명을 내지르며 너풀너풀 떨어져 내렸다. 그녀를 뒤쫓던 열 명의 귀면묵인대 가운데 네 명의 검수만을 염두에 두었던 불찰이다.

그 와중에도 놓치지 않은 검으로 버티며 일어서려 하지만 비틀비틀, 결국 왈칵 각혈 한 덩어리마저 뱉어놓고 마는 연화다.

내상이다. 경락이 요동치며 의지와 상관없이 진행된 떨림은 턱을 거쳐 손끝에, 그리고 마침내 온몸으로 전달되기 시작했다.

'여 아저씨… 미안해요……. 제 능력은… 여기까진가 보네요…….'

철컥철컥.

철갑이 부딪치는 거북한 쇳소리에 연화는 자꾸 묻혀 들어가는 고개를 힘겹게 뽑아 올렸다.

치잉.

눈부시게 새하얀 광채가 눈앞에서 뿌옇게 번지는 것을 마지막으로 연화는 눈을 감아버렸다.

그러나 그것뿐이다. 예상했던 칼날의 서늘한 감촉도, 살을 파고들어 근육과 뼈를 가르는 죽음의 과정은 일어나지 않았다.

연화는 슬그머니 눈을 떴다. 먼저 시야에 들어온 것은 미간에 멈춰선 하얀 도신이 아니라 귀면갑과 투구를 벗은 사내의 누런 이였다.

음충스럽기 짝이 없는 미소.

이마에 겨눠졌던 환도가 슬그머니 내려가더니 연화의 가슴 앞섶을 갈라놓았다.

"꺄아악!"

벌어진 옷깃을 부여잡고 물러서는 연화. 그러나 뒤는 소나무에 막혀 있었다.

"가, 가까이 오지 마!"

연화는 한 손으로 장검을 치켜들었지만 누런 이의 검수의 발길질 한 번에 놓쳐 버리고 말았다.

"일소대장(一小隊長), 생포하라는 명이셨다."

귀면묵인대의 칠소대장(七小隊長) 이막수가 일소대장, 곽치를 막아섰다.

"나도 분명히 들었어. 그래서 난 이 빌어먹을 년을 죽일 생각이 눈곱만큼도 없다. 그저 내 뚤뚤이가 워낙에 굶어놔서 먹이 좀 주려고 그런다."

"일소대장!"

곽치를 제지하려던 이막수는 다른 귀면묵인대의 검수들에게 각히고 말았다.

"그냥 둬."

이막수를 막아선 다른 귀면묵인대의 눈빛. 그저 정욕을 채우려는 것이 아니다. 앞서 연화에게 죽임을 당한 전우에 대한 복수다.

빡!

곽치의 주먹이 연화의 얼굴을 파고들었고, 연화는 피투성이가 되어 널브러졌다. 꿈틀꿈틀 일어서려 하지만 훤히 드러난 가슴을 여밀 힘도 그녀에게는 남아 있지 않았다.

연화의 팔을 지그시 밟는 곽치.

"지금부터 네년을 겁간하고, 겁간하고, 또 겁간할 것이다. 여기 있는 모두에게 순서가 돌아갈 때쯤이면…….”

곽치는 연화의 귀에 입을 가져다 대고 속삭였다.

"장담하지. 그때쯤이면 네년은 제발 더 해달라고 내 다리를 붙들고 늘어질 것이다.”

쫘악!

기어이 연화의 상의가 모두 찢겨져 나가고 뽀얀 속살이 만천하에 드러나 버렸다.

'싫어… 도와줘… 진아…….'

"음…….”

지독한 시기(屍氣).

소현으로 향하는 가장 빠른 길이라고 하여 송림에 들어섰더니 처음 진을 반기는 것이었다.

어디랄 것도 없다. 송림 전체가 시기로 뒤덮여 있다. 이곳 전체에서 살육의 장이 펼쳐진 것이다.

히이이잉!

구슬프고도 다급한 말의 울음소리.

진은 소리가 들리는 방향으로 신형을 날렸다.

얼마 가지 않은 좁은 공터에 체구가 작은 전마(戰馬) 한 필이 늑대들에게 둘러싸여 필사적으로 저항하고 있었다.

"응?"

늑대는 말을 공격하고 있는 것이 아니었다. 피투성이가 되어 바닥에 널브러져 있는 손쉬운 먹잇감을 노리는 것이었고, 전마는 이를 보호하고 있는 것이었다.

진은 돌멩이 하나를 집어 들고 제일 덩치가 큰 늑대의 머리를 향해 던졌다.

빡! 깨갱!

늑대는 거대한 바위에라도 받친 마냥 저만치 날아가 구겨졌고, 순식간에 대장을 잃은 늑대들은 숲 속으로 달아나기 시작했다.

진은 달려가 흥분해 날뛰는 말을 진정시키고 말이 지키고자 했던 물체를 확인했다.

몽고병이다. 말은 평생을 같이했던 자신의 주인을 지켜주려고 했던 것이다.

그러나 말의 기특한 충심이 무색하게도 몽고병은 이미 절명한 지 오래였다. 사후경직(死後硬直)의 정도와 동공의 변색 정도를 보아 이미 몇 시전 전에 죽었다.

무엇보다 몽고병의 사인(死因)이 신경이 쓰인다. 단칼에 사렬이 베인 흔적. 무인, 그것도 고수의 솜씨다.

곧이어 여기저기서 시신들이 눈에 들어왔다. 이들도 다를 바가 없었다. 대체로 일격에 당했고, 일부는 자신이 어떻게 당한지도 모르게 당했으며, 전투는 순식간에 끝났다. 숲으로 들어온 발자국만 있고 밖으로 이어지는 발자국은 없으니 전멸이다.

흔적과 말발굽 자국을 미루어보건대 이들을 전멸시킨 자들은 많아야 열 명 안팎. 실로 무시무시한 무력이라 하지 않을 수 없었다.

불안한 마음을 이끌고 더 깊은 곳으로 들어가니 앞서의 몽고병과는 다른 복색의 시신들이 여기저기에서 발견되었다.

몸에 붙는 흑색 무복을 착용했고, 주로 단병으로 무장했으며, 온몸에 풀이나 나뭇가지 등을 꼽아 위장을 한 솜씨가 제법이다.

몽고병들의 처참한 몰골에 비하면 이들은 비교적 곱게 죽었다. 그렇다고 해도 이들의 운명이 몽고기병들과 다르지는 않았지만……

그러다 문득,

진은 이들의 복색이 어딘가 낯이 익다는 생각이 들었고, 오랜 기억의 단편이 떠올랐다.

틀림없다. 첫 강호 출행길에서 돌아오던 중에 연화와 다툼이 있었던…….

"흑혈단이라고 했던가?"

흑혈단으로 짐작되는 시신은 언뜻 확인된 것만 해도 기백을 헤아린다. 흑혈단의 규모가 어느 정도인지는 모르겠으나 이 정도의 희생이라면 적잖은 타격일 것이다.

누굴까?

한진회가 머리 속에서 떠나질 않지만 그렇다고 보기에도 왠지 꺼림직 하다.

목낭적이 이르기를, 이덕패가 대도를 친다고 했다.

당시엔 이덕패가 대도의 원황제를 암살하거나 그 비슷한 수준의 타격을 가한다는 의미로 받아들였다.

그런데 아니다. 한진회는 진정 대도를 점령할 생각인가?

각 문파의 멸문과 봉문, 개봉의 사건. 그들의 작품에는 꽤나 치밀하고 공들인 흔적이 역력했다.

그런데 이제 와서 난데없이 군대를 이끌고 가서 대도를 친다?

몽고의 정병을 겪어보지는 못했지만 맛을 봐야 똥인지 된장인지 구별할 수 있을 정도로 바보는 아니다. 누가 뭐라고 해도 인류 역사상 가장 방대한 영토를 지배한 최강국이 아니던가? 부자는 망해도 삼 년은 간다고 했다. 몽고의 황실이 실정을 했을지언정 아직은 강성한 정병을 보유하고 있는 것이다.

이런 시점에서 대도를 치기 위해서는 한진회 역시 적잖은 희생을 치러야 할 것이고, 이는 곧 전력의 약화를 의미한다. 설사 어찌어찌 대도 점령에 성공한다고 해도 그 후부터는 한족을 상대해야 한다는 것쯤은 삼척동자도 아는 사실이다.

결국 대도의 점령에 성공하든 못하든 한진회는 지옥을 경험하게 될 것이다.

'한진회… 왜지?'

갑자기 서두른다. 개봉에서의 사건은 한진회에 대한 경각심을 새롭게 일깨워 줬다고 한다면, 지금의 일들은 뭔가 석연치 않은 구석이 많다.

진이 생각할 수 있는 것은 한진회도 생각했을 터. 그럼에도 불구하고 강행할 수밖에 없는 뭔가가 있다는 이야기다.

그때다.

"까아악!"

송림을 가르는 여인의 외마디 비명.

모골이 송연해질 지경의 여인의 비명이라도 온몸의 털이 곤두서며 싸늘한 한기가 전신을 훑고 지나가는 신체의 반응은 분명히 과민하다.

생각에 앞서 진의 신형은 이미 송림을 무서운 속도로 갈라가고 있었다.

까닭없이 확신이 든다.

'연화… 빨리!'

파바바방!

진의 신형은 그야말로 섬전이 되었다. 희뿌연 잔상을 남기는 한줄기 궤적이 지나간 자리는 한참이 지나서야 압축된 공기가 극렬한 파찰음을 남길 지경.

피슛!

그렇게 한참 동안 질풍처럼 쏘아져 가던 진의 신형이 관성의 법칙을 완전히 무시한 채 갑자기 멈춰 섰다.

이글이글 불타는 자눅안에는 주위의 풍경을 모두 도외시하고 오직 하나의 영상만이 맺혀 있다.

발가벗겨진 연화를 더러운 입으로 탐닉하는 갈가리 찢어 죽일 놈!

다시 진의 신형이 흩뿌려지고 등 뒤에서 심상치 않은 기운이 밀려드는 것을 감지한 곽치가 반쯤이나 고개를 돌렸을 때, 진의 검은 곽치의 등을 파고들어 가 그의 심장을 온전히 부수고 빠져나온 후였다.

"뭐……?"

곽치는 경악과 의문이 가득한 얼굴로 연화의 위로 무너져 내렸다.

파바바방.

진을 뒤따라온 광풍은 무수한 낙엽들과 함께 그제야 들이닥쳤다.

이막수를 비롯한 귀면목인대들이 본 것이라고는 언뜻 사람의 형상으로 보이는 희뿌연 안개와 난데없이 들이닥친 광풍뿐.

무수히 일어난 낙엽들이 중력의 법칙을 따라 슬그머니 가라앉고 나서야 귀면목인대의 검수들은 보았다.

동그랗게 도려내어진 구멍으로 피를 뿜어내고 쓰러져 있는 곽치의 등과 그를 걷어차 버리고 발가벗겨진 계집의 몸 위로 자신의 장포를 살포시 덮어주고 있는 한 사내를…….

"이건 또 뭐야?!"

차차차창!

일제히 환도를 뽑아 들며 무시무시한 투기를 발산하는 귀면목인대.

그러나 진은 그들에게는 관심이 없다는 듯 피범벅인 연화의 얼굴을 소매로 닦아주고 있을 뿐이었다.

"괜… 찮니?"

연화는 희미하게 웃었다. 까만 눈동자가 선명한 커다란 눈에서는 회한(悔恨)과 원망과 사랑이 뒤범벅된 진한 눈물이 흘러내리고 있었다.

"…왜 이렇게 늦었어……."

"미안하다. 지각한 벌은 조금 있다가 받아도 되겠지?"

조용히 고개를 끄덕이는 연화. 진은 연화를 안아 들고 편안해 보이는 나무밑동에 기대어주었다.

옷을 재차 여미어주고 일어서려는 진의 손목을 잡는 연화.

"저자들… 굉장히 강해……."

진은 엄지를 치켜 올리며 환하게 웃어 보였다.

"나는 더 강해."

그러나 귀면목인대는 진의 미소를 볼 수 없었다.

　돌아선 진의 얼굴에서 그들이 볼 수 있는 것은 무광으로 죽어 있는 귀안(鬼眼)뿐이었다.

　스멀스멀 피어나는 세력. 보이는 것도, 느껴지는 것도 없다. 암중(暗中)에 소리없이 스며들어 상대가 느낄 새도 없이 관통하여 흩어져 버린다. 그러므로 상대는 자신이 어째서 주눅이 들었는가를 깨닫지 못한 채 평정을 잃게 되는 것이다.

　"긴장해! 의기상인. 고수다!"

　이막수의 외침. 움찔거리던 귀면목인대가 급속히 안정을 찾아가며 예의 정갈하고 뾰족한 투기를 피워냈다.

　역시나 쉽지 않은 자들.

　기세 싸움으로는 득을 얻지 못한다.

　생각이 여기까지 미치기 전에 진의 신형이 흩어졌다.

　단숨에 암기(暗氣)의 존재를 간파한 자, 이막수가 목표다.

　깡!

　파산파벽세, 그러나 지금에 와서는 도무지 파산파벽이라 볼 수 없는 일검이 간발의 차로 환도에 막혔다. 이어지는 검세는 진전격찬세.

　따따땅!

　놀라운 자다. 급급하다 할지라도 진의 쾌검공을 막아낸다.

　"재주가 아깝군."

　격전의 와중에 숨을 뱉어내는 짓을 할 수 있는 인간은 둘뿐이다. 죽고 싶어 환장을 했거나, 차원이 다른 고수이거나…….

　이마에 맺혀든 땀방울과 거친 숨결 외에 이막수의 얼굴에는 한 가지가 더 보태졌다.

　'빌어먹을.'

군인이기 전에 무인으로서 느끼는 치욕이었다.

귀면묵인대 중 가장 고수인 이막수가 형편없이 밀리자 남은 귀면묵인대의 검수들이 뛰어들었다.

쉬쉬쉭! 따르르르.

환도의 새하얀 검신이 형성한 엄밀한 궤적이 공간을 빼곡이 메워 버렸다. 단순한 연수합격이 아니다. 엄밀한 검진. 집단전이 몸에 배인 자들이었다.

쾌만으로는 도의 그물을 벗어나기 힘들다고 생각하는 순간, 진의 검이 변(變)이 가미되었다.

팅!

촌각에 만변하는 사류검이 틈을 노려 심장으로 뻗어나갔지만 굳건한 철문에 막힌 듯 튕겨 나온다.

'흐음.'

보통은 넘어 보이는 갑주인 줄은 짐작했지만 제법 힘이 실린 검을 튕겨내 버릴 정도일 줄은.

갑주의 위력을 알았으니 목과 관절을 노려야 한다.

쩔걱!

재차 일검을 흉갑으로 막아낸 검수의 입가에 미소가 걸린 것도 잠시, 유유히 스며든 검이 그의 목을 가르고 지나갔다. 변을 넘은 환검이다.

피슛!

또 한 명의 검수가 절반쯤 잘려 나가 반대로 꺾여 버린 다리를 부여잡고 나동그라진다. 그러나 지켜보던 두 명의 검수가 빈자리를 신속하게 차지하고 들어섰다. 숨 돌릴 여유가 없는 것이다.

'끝이 없겠어. 초식의 연계도 순탄치 않고……'

지금 이 순간도 발전지로에 있지만 초식과 칠정진기가 완벽한 조화를 이루지 못하고 있다. 이만한 고수들을 만나 칠정진기의 효용을 점검하고 보완할 수 있는 기회를 잡은 것은 나쁘지 않으나, 문제는 연화였다.

진은 곁눈으로 연화의 상태를 살펴보려 했다. 그러나 그것은 실수였다. 상황 판단이 빠른 이막수에게 시선을 들킨 것이다.

"계집을 잡아!"

'이런!'

상황을 지켜보며 언제라도 자리를 메울 준비를 하고 있던 세 명의 검수가 연화를 향해 몸을 날렸다.

다급한 일검을 뿌리고 몸을 뽑아내지만 검진이 찰거머리마냥 붙어서 앞길을 틀어막는다. 마음이 조급해지니 날카롭던 초식도 무뎌져 버렸다.

연화의 젖은 눈이 말한다.

집중해… 나 같은 건 신경 쓰지 말고…….

신경이 쓰이지 않을 수 없다. 진이 알고 있는 연화는… 짐이 된다고 생각하면 가차없이 목숨을 내줄 여자다.

역시나 장검 하나를 집어 들고 비틀비틀 일어서는 연화다.

저 몸으로는 이자들의 일검도 받지 못한다. 죽기로 작정한 것이다.

'빌어먹을, 먼저 몸을 빼야 하는 건데… 빌어먹을, 그녀를 살리는 것이 우선인데…….'

묘하다. 어쩌면 다시는 연화를 볼 수 없을지도 모른다는 생각이 들자마자 짠한 무엇인가가 가슴에서 솟구치더니 칠정진기의 줄기가 한층 강성해지고 손끝에 담긴 힘이 넘치도록 고여들었다.

티디디디딩.

쾌와 변과 환이 한데 섞였다. 쾌인 듯싶다가 난데없이 환이 되고, 지척에 이르러서는 변이 되어 손목과 목을 노린다.

한 자루의 검이 열 자루의 도에 맞서 여유를 갖는 기가 막힌 장면.

빠직!

세영검의 연한 검신으로는 불가능할 것만 같던 패(覇)가 담겨 검수의 흉갑을 일거에 갈라 버렸다.

비로소 생긴 구멍. 진의 신령이 한줄기 섬전이 되어 연화가 있는 방향으로 쏘아져 나갔다.

"안 돼!"

늦었다. 귀면묵인대의 도는 이미 연화의 정수리를 향해 벼락같이 떨어져 내리고 있었다.

파바박!

그러나 무너지는 이는 귀면묵인대의 검수다.

"크르륵."

답답한 비음. 무너진 검수의 목과 두 눈에는 세 개의 비도가 박혀 있는 것이었다.

"그러게 저희를 떼놓고 가시는 것이 아니라지 않았습니까?"

회색빛 그림자 하나가 진의 옆에 떨어져 내렸다.

진은 환하게 웃으며 대꾸했다.

"내가 언제?"

그림자는 노백이었다.

곧이어 송림과 나무 위에서 일견해도 오십을 넘기는 그림자들이 스멀스멀 흘러나오기 시작했다. 음양대원들이었다.

귀면목인대는 물론이고, 연화마저 어리둥절한 모습이다. 하나같이 신묘한 경신공부를 보여주는 자들. 이 정도의 무인들이 이렇게나 많이 어디서 갑자기 나타났던가?

노백이 느닷없이 연화를 향해 넙죽 엎드렸다.

"속하 노백이 주모께 인사를 여쭈옵니다."

연화는 처음엔 노백이 말하는 주모가 무슨 의미인지 얼른 생각해 내지 못하고 망치에 머리를 맞은 마냥 멍한 표정이다가 이내 진을 쳐다보고서야 의미를 깨달은 그녀의 얼굴이 홍시처럼 붉어졌다.

"노, 노백!"

진마저 당황하는 기색이 역력하다.

"아차! 죄송합니다. 사모라고 해야 맞는 거지요?"

"노백, 우리는 그런 관계가……."

노백은 제 할 말만 하고 고개를 홱 돌리더니 귀면목인대를 향해 성큼성큼 걸음을 옮겨 버렸다. 본래가 남녀의 관계라고는 교미가 가능한 암수의 만남이라는 남녀상열지사스러운 생각밖에 하지 못하는 노백이었다. 말꼬리 붙여봐야 공연한 안주거리만 만들어주는 셈인지라 진은 한숨만 포옥 내쉴 뿐이었다.

"대장이 말하던 한진회 어쩌고 하는 애들입니까?"

"아마도."

"생긴 것부터가 저질스러운데요."

노백이 피운 기세도 가공스럽다.

이쯤 되자 귀면목인대의 검수들도 더 이상 평정을 유지할 수 없게 되었다. 하나같이 송곳 같은 예기를 품은 자들. 최소한 동급, 어쩌면 그 이상이다. 그런 자가 물경 오십여 명에 이른다.

두리번두리번, 자신들을 빙 들러싼 태양선교도들을 향한 귀면묵인 대 무사들의 눈동자가 비로소 불안하게 흔들렸다.

이번에도 이막수가 나섰다.

"더러운 뙤국 새끼들. 대가리 수로 밀어붙이려는 개 떼 습성은 여전하구나."

비릿하게 웃는 노백.

"이것은 확실히 해두자. 나는 더러운 뙤국 놈과는 별반 관계없는 묘족(苗族) 출신일뿐더러 우리 대장에게 개 떼로 달려들었던 놈들은 우리가 아니라 네놈들이었다. 그러나 너희들은 걱정할 필요가 없다. 네 놈들과는 달리 나를 비롯한 음양대는 확실히 한 놈씩만 두들겨 줄 테니까."

노백의 자신감은 자만과는 확실히 달랐다.

그의 태극단심공은 칠정기의 융통 방식을 만나 전혀 다른 진기로 다시 태어났으되, 그 위력은 예전과는 비교할 수조차 없이 강해졌다. 수십 년을 축기해 왔던 태극단심공보다 지난 몇 달 동안 익힌 내공이 갑절이 넘을 지경이었으니. 그는 어느새 구파의 장로 수준에 이른 무인이 되어 있는 것이었다.

그러나 노백의 들끓어 오르는 호승심은 엄습하는 한기에 조용히 식혀졌다.

"노백, 지금껏 모두 지켜보고 있었구나."

화들짝 놀라더니 이내 어색하게 웃는 노백.

"그, 그것이… 대장이 싸우는 모습에 그만 넋을 놓은지라… 그것보다 사모의 상세가 위중한 것 같으니 어서 치료를 하심이. 여기는 저희에게 맡겨주십시오. 금방 뒤따라가겠습니다."

　얼렁뚱땅 넘어가려는 수작이나 전혀 틀린 말은 아니었다. 심신에 막심한 타격을 받은 연화의 낯빛이 썩 좋지 않았던 것이다.

　진은 연화를 들쳐 업고 여전히 싸늘하게 노백을 노려봤다.

　"그 얘기는 나중에 다시 하자. 련아는?"

　"귀랑이 보호해 주고 있습니다."

　귀랑은 그야말로 진만이 가지고 있는 위치 추적기나 다름없었다. 게다가 유난히 노련을 좋아하는 귀랑이니 그만한 호위도 없을 터.

　진은 신형을 날렸다.

　"저 사람들… 괜찮을까?"

　진의 등에 꼭 붙어 있는 연화의 음성은 가늘게 떨렸다. 진정 하고자 했던 말이 아닌 게다.

　"걱정할 것 없다. 노백이 있는 음양대는 꽤 세다."

　건조하게 말하지만 진의 음성에도 마음속의 진심은 담겨 있지 않았다.

제4장

반격, 그리고 반격

"……"

편가이의 눈이 깊이 잠겼다.

눈앞에 뿌려진 두 구의 시신.

귀면묵인대 열여덟 명의 소대장 중에서도 가장 뛰어난 이막수와 곽치였다.

이들뿐만이 아니다. 연화라는 계집을 잡으러 갔던 추적조가 오는 내내 시체로 발견되었다.

요녕에서 서른 명을 잃었고, 명왕군과의 전투에서 육백 명이 넘는 인원을 잃었다. 부상자는 없다. 숨이 붙어 있는 한 싸우게 훈련받았고, 실제로 손가락 하나라도 움직일 수 있는 자는 싸웠으며, 그들은 모두 죽었다.

곽치와 이막수의 죽음도 그러했다.

사방에 흩뿌려진 흔적이 말해주고 있었다. 적의 손에 숨통이 끊어지는 순간까지 싸우고 또 싸웠으며, 장렬하게 전사했다.

계집만의 솜씨가 아니다.

다른 녀석들은 그렇다 하더라도 곽치의 시신에는 초절정고수나 가능할 법한 검상이 아로새겨져 있었다.

특히 편가이도 오백 초 내에 꺾을 수 있다고 자신하지 못하는 곽치의 상태를 보노라면 자신이 어떻게 죽게 되었는지 마지막 순간까지도 몰랐다.

게다가 어지러이 흩어져 있는 발자국들.

사상검진이 펼쳐졌다. 일단 안정되게 펼쳐지기 시작하면 이덕패조차도 껄끄럽다고 하는 무적의 검진이 바로 사상검진이다.

사상검진을 무너뜨린 자… 최소한 자신의 주인, 이덕패에 근접한 자라는 의미에 다름 아니다.

모를 불안감이 가슴을 조여온다.

순조롭게 진행되던 거사가 어느 순간부터 어긋나기 시작하더니 이제는 누구도 예측할 수 없는 지경으로 치닫고 있는 것이다.

계산은 처음부터 잘못됐다.

중원의 인재는 구파와 오대세가에만 있다고 생각했던 자체가 어리석은 착오였던 게다.

편가이는 무거운 마음을 이끌고 몇몇 귀면묵인대의 병사들이 여전히 잔뜩 긴장한 채 경계하고 있는 곳을 향해 힘없는 걸음을 옮겼다.

그들이 원형진으로 보호하고 있는 가운데에는 죽은 듯 들것에 들려 꼼짝 않고 있는 이덕패가 있었다.

우람한 가슴에 친친 감겨 있는 붕대는 어느새 흥건한 피로 얼룩져 있고 낯빛은 더없이 창백하다.

"좀… 어떠시냐?"

이덕패의 손목을 잡고 진맥을 하던 의무군관이 한결 편안해진 표정으로 말했다.

"자상이 비장과 간까지 침습했습니다만, 워낙에 유별난 내력을 지니신 분인지라 며칠 쉬시면 곧 회복하실 것으로 사료됩니다."

편가이는 안도의 한숨을 내쉬면서도 입맛이 썼다.

아무리 봐도 이번 일은 처음부터 끝까지 명쾌하게 떨어지는 부분이 없는 것이다.

십수 년을 고련시킨 귀면묵인대를 이렇게 희생시켜서 대체 얻는 것이 뭐냔 말이다!

한진회가 진정 원하는 것이 이턴 결과일는지도 모른다는 불길한 예감이 떠나질 않는다. 비검은 물론이고, 자신들과 주공마저 한 묶음으로 처리하려던 의도는 아닌지…….

더는 믿지 못하겠다. 버려질 것은 예상했지만 지금의 상황은 그것과는 또 다른 상황인 것이다. 죽을 운명일지언정 뒤통수에서 아군의 칼을 받는다면 원통한 고혼이 구천을 떠돌고 말 것이었다.

"이제 어디로 가야 합니까?"

어디로? 넨장할, 나도 모르겠다.

편가이는 깊이 가라앉은 눈으로 살아남은 귀면묵인대의 대원들을 훑어보았다. 팔백 명으로 모이룬에서 출발한 병력이 채 백오십이 남지 않았고, 이덕패는 중상을 입었다. 재기가 불가능한 타격이다.

목표는 잃었고, 돌아갈 곳조차 없다. 쉽지 않은 길이라 각오는 했지만 참담한 심정마저 추슬러지지는 않았다.

그때,

"명성이 자자한 천하의 귀면묵인대가 갈 곳 없는 처량한 들개 신세라니."

차차차창!

귀면묵인대는 어디에서 들려오는지 모를 낭랑한 음성에 일제히 병장기를 빼 들었다.

그러나 여전히 목소리의 주인공은 묘연했다. 귀면묵인대는 무섭게 빛나는 눈으로 주위를 두리번거릴 따름.

날카로운 예기를 품은 편가이 역시 눈을 가늘게 뜨고 주위를 훑다가 일순 눈이 번쩍 뜨였다.

"쥐새끼! 거기로구나!"

옆 병사의 활을 낚아채 순식간에 편전을 허공에 쏘아 올리는 편가이.

쉬익! 빠바바박! 퍼억!

막심한 내력을 담은 편전이 아름드리 소나무를 몇 그루나 꿰뚫더니 둔중한 소음을 뱉으며 공간에 틀어박혔다.

명중이다. 그러나 편가이의 안색은 밝아지지 않았다.

"환영 인사치고는 고약하군!"

어두운 송림의 그늘에서 귀신처럼 흘러나오는 사내. 허공을 밟는 듯 느릿하게 가라앉는 표홀한 신법은 그의 진면목을 말해준다.

"당신은……?!"

도무지 무인다운 구석을 찾아볼 수 없는 서생풍의 사내, 바로 남궁천명이었다.

"편 부사령관의 금강대력신공은 나날이 그 위력을 더하는구려."

봄바람마냥 살랑거리는 부드러운 어조. 백삼을 걸쳐 입은 호리호리한 체형과 유유한 풍모는 대학자에 다름 아니었다.

그러나 그의 손에 들려 반으로 부러져 있는 편전은 남궁천명이 결코 글이나 파먹는 서생이 아니라는 것을 말해주고 있었다.

시종 온화하고 호의적인 남궁천명임에도 편가이의 안색은 즘체 펴지지 않았다.

"우리가 만나기로 했던 기억이 나는 없소만."

"분명히 그런 계획은 없었지요."

급기야 허리춤의 환도에 손을 얹는 편가이다. 비검에게 뒤통수를 맞았다. 남궁천명이라고 그러지 말라는 법은 없는 것이다.

그러나 알 바 아니라는 듯 낙궁천명의 온화한 말은 이어졌다.

"모든 것이 계획대로만 된다면야 우리가 만날 일이 무어 있겠습니까? 하나, 상황이 변하였으니 계획도 변해야 하지 않겠소이까?"

"무슨 뜻이오?"

"최근 오랜 시간 공들여 온 정보망이 급속히 붕괴되었고, 자금줄이 마르고 있소이다. 최근에는 고려 쪽의 동향도 심상치가 않다 하니 본회가 총체적 난국에 직면한 듯하오만."

"……!"

"역시 모르시고 계셨군요."

짐작은 했다. 그러나 총체적 난국이라니… 한진회는 한 번의 흔들기로 무너질 만큼 허약한 집단이 아니다. 뭔가 더 있다.

"천지밀궁을 아시오?"

안다. 오래전부터 꽤나 말썽을 부려왔으나 워낙에 암중에서 움직이고, 피해의 정도도 미약하여 견제 정도만 해왔다. 수괴가 목여염이라는 계집이 아니었던가?

"알려진 것과는 달리 천지밀궁을 실질적으로 이끄는 자는 야살귀라는 자더이다."

"야살귀?"

"처음 들으셨습니까? 그럴 리가요. 제가 파악하기로, 이 문주와는 꽤나 각별했다 하더이다. 혹, 제가 잘못 전해 들은 것입니까?"

이건 또 웬 흰소린가? 그래서 결론을 내려보면 천지밀궁의 야살귀라는 자와 이덕패가 내통을 하였다는 것인가? 그래서 이 지경이 된 것이고?

모함이다.

편가이는 슬그머니 내력을 끌어올리며 자신이 알고 있는 가장 빠른 도공을 떠올렸다.

'복마참도! 단숨에 베야 한다.'

혼자 오지는 않았을 것이다. 저기 숲 속 어딘가에는 분명히 남궁세가의 고수들이 포진하고 있을 터. 그들이 본격적으로 움직이면 남궁천명을 벨 기회는 다신 찾아오지 않을 것이다.

얼어붙는 대기. 편가이의 생각은 이미 전달되었고, 귀면묵인대의 대원들도 어느새 남궁천명의 배후를 차단해 들어갔다.

그때다.

"괜한 짓들은 접어두어라."

힘없는 음성. 편가이는 놀라 돌아보았다.

"주, 주공!"

이덕패가 어느새 일어나 앉아 있었다. 편가이가 부축하려 했으나 그것마저 가볍게 뿌리치고 비실비실 일어선다.

슬쩍 건드리기만 해도 무너지고 말 것 같은 위태로움을 감은 채 겨우 버티고 서는 이덕패.

남궁천명은 피식 실소에 가까운 미소를 지어 보였다.

"애쓸 필요 없소이다. 몸도 성치 않으신 것 같은데."

표정과 뱉어놓은 말은 비릿하지만 남궁천명의 내심은 달랐다.

일견해도 촌각에 천당과 지옥을 수십 번은 오고 갔을 중상이다.

비검의 파뢰혈검에 쓸렸으니 저 상태라도 기적에 가깝다 할 것을… 두 다리로 버티고 서서 굳건한 기상이 담긴 안광을 쏘아 보내고 있는 것이다.

이 사내… 결코 적으로 삼고 싶지 않은 남자다.

"그래서… 내 친구 소식이나 전해주려고 먼 길을 왔던가?"

여유까지. 남궁천명의 안색이 비로소 다소간 굳어졌다.

"야살귀, 그자는 본 회의 진골. 하나 훈련에서 낙오했고, 강령에 따라 처리됐습니다. 당시 그의 죄를 집행한 이는 바로 당신이었고."

"그런 것도 같다. 그래서?"

"그런데 이십여 년이 지난 지금도 야살귀는 살아 있습니다. 살아 있을 뿐만 아니라 천지밀궁을 조직해서 본 회의 손발을 잘라놓는 데 앞장서고 있지요. 이것을 제가 어찌 받아들여야 할지……."

"편할 대로 생각해라. 말 끝났나?"

귀찮다는 듯 손을 휘이 젓는 이덕패. 더 볼일 없으니 가보라는 것이다.

"편할 대로만 생각하면……."

남궁천명의 뒤로 흘러나오는 수십의 그림자들. 행여 누가 헷갈리기라도 할까 봐 흰 바탕에 남궁(南宮)이라는 커다란 자수를 가슴에 달고 있는 모양이 썩 똑똑해 보이지는 않지만, 매서운 눈에는 보이는 것과는 다를 것이라는 사실을 증명해 주는 정광이 가득 담겨 있는 자들이다.

"이 남궁은 부득불 이 문주를 징치할 수밖에 없습니다."

"감히!"

버럭 노성을 터뜨리며 도를 뽑아 드는 이는 이덕패가 아닌 편가이다.

"편 수사!"

이덕패의 노한 일갈에 복마참도의 일초를 뽑아내려던 편가이는 엉거주춤 멈춰 서더니 분한 얼굴을 파르르 떨고 있을 따름이다.

이덕패는 별반 동요가 없는 얼굴로 남궁천명을 지그시 바라봤다.

"쓸데없이 잔머리 굴릴 생각하지 말고 도움이 필요하면 그렇다고 해."

이내 남궁천명의 얼굴이 더욱 굳어지는가 싶더니 이내 씁쓸한 미소가 그려졌다.

"우리가 오랜 시간 준비해 온 것들이 일각에서 붕괴되기 시작하고 있소. 우리를 너무 잘 알고 있는 자에 의해……."

"입은 삐뚤어졌어도 말은 바로 해야지. 정확히 '우리'가 아니라 '너'겠지. 어쩌면 '너희' 일 수도 있고……."

이덕패는 알고 있었다.

비검과 남궁천명, 백차성, 그리고 악영산. 이들 모두 한진회와 손을 잡았고, 지금껏 그들을 위해 움직였지만 이제는 각기 다른 꿈을 꾸기 시작하고 있었다.

자신들의 나라를 세우고 더 나아가 중원을 일통하겠다는 동상이몽.

이들은 한 배를 타고 있지만 실상은 서로의 목에 칼을 겨누고 있었던 것이다.

"네놈이었겠지. 환운양이 비검의 간자이며, 명왕이 바로 비검이라는 밀지를 보낸 녀석이… 자, 이제 어쩔 텐가? 네 소원대로 비검은 죽었다. 그 와중에 나 역시 이 꼴이 됐으니 네가 마음만 먹는다면 나를 죽이는 것은 개미를 눌러 죽이는 것보다 쉬울 것이다."

차차차차창!

남궁의 무사들이 일제히 병장기를 뽑아 들었다. 이런 마당에 피차 가식적인 껍데기가 필요하겠냐는 방증이다.

그러나 남궁천명은 손을 들어 수하들의 망동을 저지했다.

이덕패의 말은 이어졌다.

"하지만 넌 나를 죽이지 못하지. 티눈인 줄로만 알고 방치해 둔 상처가 이제는 커다란 종양이 되어 숨통을 압박하고 있거든?"

가중되는 긴장감.

그러나 이내 머리털을 곤두세울 지경으로 폭사되던 살기는 잦아들었다.

"야살귀. 그자와 천지밀궁의 일당들을 제거하는 데 도움을 준다면 당신과 당신의 군대는 집으로 돌려보내 주겠소."

씨익 웃는 이덕패. 그러나 어딘지 모르게 스산한 미소다.

"네놈에겐 그럴 능력이 없다. 내 집은 여기서 꽤 멀거든?"

"그럼 원하는 것이 뭐요?"

"야살귀의 본명은 송승훈, 한진회의 을지소년단원 서열 십구위의 재원이었다. 녀석은 포르피리아(Porphyria)라는 유전병을 천성적으로 가지고 태어났는데, 그것을 곤륜의 상청무상신공(上淸無上神功)에 접목시켜 위력을 배가시키는 법을 스스로 창안한 기가 막힌 놈이기도 했지."

난데없는 배경 설명이다. 남궁천명은 야살귀의 성장사나 본명 따위가 알고 싶은 것이 아니었다. 하지만 몇 가지는 궁금하지 않을 수 없었다.

"포르피리아?"

"네놈들이 흡혈마인이라고 부르는 사람들이 걸린 병이다."

"그런 자가 왜 등을 돌리게 된 것이오?"

"녀석은… 생각을 했어."

"……?"

"을지소년단원에게 금지된 것 중의 하나가 바로 생각이거든?"

옛 기억이라도 떠오르는 듯 이덕패의 말끝은 흐려졌다. 이내 현실로 돌아온 듯 이덕패는 예의 권태로운 음성을 이어나갔다.

"오늘은 여기까지."

끄응, 신음을 내뱉으며 다시 들 것에 누워버리는 이덕패다.

"참!"

"……?"

"어디로 가든 간에 먼저 우리 애들 밥 좀 주라. 자알생긴 놈들이 며칠 못 먹더니 얼굴들이 까칠하다. 기왕이면 나도 약 좀 주고. 아파 죽겠다."

상황과는 괴리된 전혀 엉뚱한 대답에 남궁천명은 쓰게 웃었다. 자신감이랄 수도 있지만 미친 것도 같다. 남궁천명은 아무래도 후자 쪽일 것 같다는 생각을 지울 수 없었다.

"네 집이 남쪽이던가? 남궁이니까 남쪽이겠지. 자, 출발하지, 편 수사."

편가이도 멍한 표정.

"하, 하명하시지요."

"애들 무장 해제시키고, 저 친구가 뭘 시키면 웬만하면 토시 달지 말고 하라고 해라. 난… 옘뱅할… 조 피 나네. 네가 보다시피 굉장히 아프다. 난 좀 잘 테니 나머지는 네가 알아서 하고."

"보, 복명."

편가이는 시종 일이 어떻게 돌아가는지 종잡을 수 없다는 표정일 뿐이었다.

*　　　　*　　　　*

별빛조차 희미한 어두운 밤.

황정은 이글거리는 눈으로 멀리 보이는 거대한 규모의 장원을 노려보았다.

은성전장(銀星錢莊).

일평생 은자라는 것은 구경도 못해 봤을 무지렁이들도 한 번쯤은 들어봤을 이름난 전장이었고, 행여 조그마한 만두가게라도 열어 영업을 하고 있는 장사치라면 당장에 허리부터 구십 도로 꺾이게 만드는 금력을 자랑하는 중원 최대의 전장이었다.

황정을 비롯한 십여 명의 무사들은 일주일 전부터 매복하여 은성전장의 일거수일투족을 감시하고 있었다.

일주일 전과 달라진 것은 없다.

전장을 줄기차게 찾는 인근의 장사치들. 세상모르고 떡고물이라도 얻어먹을 수 있을까 하여 문지방이 닳도록 드나드는 고관대작들.

건너 전장 이층 누각의 창문을 통해 본 은성전장의 매일은 평범하게 돌아가고 있었다. 바뀐 것이라고는 경비 무사들이 배에 가깝게 충원되었다는 사실뿐이다.

그때 방문이 조심히 열리며 소림의 속가제자이자 쇄비공(碎臂功)의 달인인 반각이 들어왔다.

"맹주, 십 조(十組)도 도착했습니다."

황정은 천리경(千里鏡)에서 눈을 떼지 않으며 흡족한 미소를 지어 보였다. 맹주라… 언제 들어도 썩 괜찮지가 않느냔 말이다.

무림연맹(武林聯盟)은 정(正)과 사(邪)를 모두 아우르는, 무림사를 통틀어도 일찍이 존재한 적이 없는 조직이라 할 수 있었다.

비록 장문인과 직속제자는 한 줌도 섞이지 않았지만, 구파의 속가제자들과 중소방파를 비롯한 사파의 무사들이 모두 한 가지 목표를 가지고 결성된 전무후무한 무림연합인 것이다.

동방의 오랑캐로부터 중원무림을 지키자! 라는 기치 아래 모여든 총인원 오백오십 명. 적게는 수명에서 많게는 수십 명 단위로 조를 나눈 무림연맹은 지난 한 달 동안 한진회와 연이 닿아 있는 것으로 파악된 전장 열일곱 곳, 기루 오십여 곳, 곡창 아홉 곳, 그리고 객잔 팔십여 곳을 급습해 개미새끼, 서까래 하나 남기지 않고 깡그리 죽이고 부숴 버렸다.

그리고 이곳 은성전장이 남았다.

목여염은 그 정도면 됐으니 복귀하라고 했지만 그럴 수는 없는 일이었다. 은성전장을 부숴야만 적에게 재기불능의 치명타를 가할 수 있는 것이다.

은성전장마저 잃는다면 한진회는 당분간 손가락만 빨고 있어야 할 것이었다.

물론 이것이 전부는 아니다.

하나의 민족이라는 위대한 기치를 내걸고 정, 사를 떠나 결성된 무림연맹.

그리고 맹주.

황정의 일평생 꿈이 이루어진 것이다.

각지에 흩어져 임무를 완수하고 복귀하려던 무림연맹의 무사들을 모두 불러모은 것도 이것 때문이었다.

"목 궁주는… 버리시렵니까?"

반각의 근심 어린 물음에 황정은 자신감 넘치는 어조로 답했다.

"계집, 그것도 오랑캐의 계집에게 중원무림이 좌지우지될 수는 없지 않는가?"

연화는 불필요한 내분을 염려하여 황정에게 결국 이러한 정보를 전달하지 않았지만 무림연맹도 허수아비는 아니었다.

단지 그때는 천지밀궁의 막강한 정보력이 필요했고, 지금은 그렇지 않다는 것만 달라졌을 뿐이다.

"그렇다 해도… 아직 시기상조가 아닐런지……."

"힘을 가진 자가 의지를 가지고 발의를 한다면 그때가 바로 시기가 되는 것. 지난 한 달 동안 적어 맞서 싸우면서 우리는 단 한 차례도 진 적이 없네. 사기는 하늘을 찌르고 있지. 이 기세를 이어나가야만 해. 지금이 바로 천시(天時)일세."

그러나 반각의 안색은 어두웠다.

지금까지 진 적은 없지만, 이는 철저한 사전 정보의 분석과 기습을 통해 가능했다. 한날 한시, 동시다발적인 작전이 가능했던 이유도 천지밀궁의 전적인 도움이 없었다면 불가능했을 것이다.

이번엔 다르다.

은성전장에 대해서는 중원 최대의 전장이라는 것과 한진회와 연결되어 있다는 것 정도 외에는 알려진 것이 없다.

천지밀궁이 수년에 걸쳐 수많은 정보원을 풀어 정보를 얻어내려 했으나 그들이 얻은 것이라고는 정보원들의 시신뿐이었다. 목여염도 이 점이 못내 불안하여 가장 가치가 크다 할 수 있는 은성전장을 포기한 것이었다.

반각이 생각하기에도 이건 지나친 과욕이다.

한진회에 자금이 흘러드는 상점들의 피해 소식을 들었을 터인데도 은성전장은 버젓이 전장의 문을 활짝 열어놓고 영업을 하고 있다.

천지밀궁과 무림연맹이 모르고 있을 것이라 생각한 것일 수도 있지만, 이미 천지밀궁과 암중에서 치열한 공방을 벌였다질 않는가?

그렇다면 자신감이다. 올 테면 오라는 것이다.

이 점을 수차례 강조했지만 되레 반각만 비겁자로 낙인찍히고 말았다. 심지어 '배신자 반각' 내지는 '목여염의 밤 시중드는 파계승'이라는 노골적인 언사도 반각의 귀에 들려오기 시작했다.

이쯤 되자 신중한 반각도 에라 모르겠다, 의 심정이 되고 말았다.

"거사는 오늘밤 자시 초. 차질 없이 준비하시게."

"알겠습니다. 각 조장에게 그리 일러두겠습니다."

쉬쉭!

"큽!"

"컥!"

꼬리를 물고 이어지는 짧은 숨 넘김.

은성전장의 문지기들이 일거에 서넛이나 무너져 내렸다.

문지기들이 차가운 대지에 몸을 뉘이기도 전에 그들의 좌우로 흑의 무복을 입은 사내 수십 명이 경풍을 일으키며 스쳐 지나간다.

동료들이 쓰러지는 모습에 경비 무사 한 명이 질겁하며 안채로 뛰어들며 목청을 돋우었다.

"저, 적습… 크륵!"

그러나 경비 무사의 목소리는 목구멍을 거쳐 혀끝에서 맴돌다가 답답한 비음과 함께 사라져 버렸다.

전각의 지붕 위에서 비롯된 새하얀 백선이 경비 무사의 목에 일직선으로 연결되고 나서의 결과다.

지붕 위 용마루를 타고 넘는 수십의 흑의 무인들.

채 숨이 끊어지지 않아 자신이 흘린 피 웅덩이에 잠겨 있는 경비 무사는 공포에 물든 눈으로 그들을 지켜보았다.

'지나가라… 제발… 그냥 지나가라……'

그러나 경비 무사의 바람은 이루어지지 않았다.

옆을 스치다 아직 숨이 붙어 있는 것을 문득 본 흑의 무인이 멈춰 서더니 비릿한 미소를 흘리는 것이었다.

"옘병할 오랑캐 새끼들. 목숨도 질기군."

오랑캐? 이, 이봐! 난 오랑캐가 아니야. 난 한족이란 말이야. 너희와 같은…….

그러나 이미 기능을 상실한 성대는 아무런 음을 생산하지 못하고 헛바람만 흘러나올 뿐이었다. 그러는 사이 흑의 무인의 검이 경비 무사의 기문혈을 비스듬히 들어와 심장을 향해 서서히 찔러 넣어졌다.

흑의 무인의 입에 걸린 악마적 미소.

"야만족답게 짐승처럼 죽어라. 천천히… 고통스럽게……."

"꺼어억."

엄청난 고통에 경비 무사는 감전된 개구리마냥 부르르 떨더니 이내 축 늘어져 버렸다.

"뭐 해?! 어서 다음 목표로 이동해!"

흑의 무인은 경비 무사가 너무 빨리 죽은 것이 못내 아쉬운 듯 입맛을 다시며 다시금 몸을 날렸다.

무림연맹이 취한 지금까지의 공격 양상과는 달랐다. 철저한 암습과 기습으로 적의 등을 노리는 것이 지난 한 달 동안의 방식이었다면, 이번에는 전면적인 정면 대결이었다.

은성전장을 통해 무림연맹의 출범을 천하에 공식적으로 알리겠다는 생각인 게다.

진압조가 은성전장의 외전각을 완전히 접수할 무렵, 내전각의 안쪽에서도 화염이 치솟았다.

침투조도 성공한 것이다.

만족한 미소를 지은 황정.

"가지."

우지끈!

굳게 닫혀 있던 은성전장의 대문이 우악스럽게 부서져 나갔다.

"장주는 무림연맹의 교지(敎旨)를 받들라!"

쩌렁쩌렁 울리는 사자후.

보무도 당당히 황정과 무림연맹의 무사들은 은성전장의 객청 안으로 들어섰다.

다시 내당으로 연결되는 뻑적지근한 소음과 함께 중문(中門)이 박살

났다.

"듣지 못하였는가? 역도 장주는 무림연맹의… 응?"

황정과 반각을 비롯한 오십여 무림연맹의 무사들은 내당의 객청에 이르자 더는 나아가지 못하고 멈춰서야 했다.

따따따딱.

불길에 휩싸인 전각은 맹렬히 타오르며 나무 진액이 터지는 소리만 요란하다.

그렇다. 무림연맹의 무사들을 반겨주고 있는 것은 내당의 멀쩡한 전각 다섯 채와 홀로 불타고 있는 해우소뿐이었다.

침투조가 기껏 해우소를 불태웠단 말인가?

그때 각 전각을 공격해 들어갔던 진압조의 무사들이 황당하고 허탈한 표정으로 나오고 있었다.

"황 맹주, 여기엔 개미새끼 한 마리도 없습니다."

"그런 것 같군."

만족한 미소를 지어 보이는 황정. 뿌리째 뽑아버리겠다는 소기의 목적은 달성치 못한 것이었지만, 적어도 은성전장이 더 이상 전장으로서의 기능을 마비시켰다는 데 만족한 것이다.

"흥! 쥐새끼들이 이미 도망을 친 모양이로군!"

비교적 냉철했던 여고수이자 황정의 부인인 자운비마저 싸늘한 콧방귀를 날린다.

"맞소이다. 우리 무림연맹과 황 맹주의 위명에 지레 겁을 먹고 도망을 친 것이 아니겠소이까?"

강남 지방에서 이름난 고룡파의 고룡 역시 꽤나 기분이 좋은 모양.

"흐음."

그러나 반각의 얼굴은 급격히 어두워졌다.

버릴 것이라면 진즉에 버렸어야 한다. 뭔가 잘못됐다.

심각한 얼굴로 생각에 잠겨 있는 반각을 본 고룡이 물었다.

"반각 대사께서는 또 그런 얼굴을 하고 계시는구려. 무림연맹의 위맹찬 깃발이 적들을 쫓아버린 이런 날에는 어울리지 않는 표정이 아닙니까?"

"우리가 쫓아버린 것이 맞습니까?"

"보시면 모르겠습니까? 여긴 개미새끼 한 마리도 보이지 않습니다."

"모르시겠습니까? 그것이 가장 큰 문제입니다. 내각에 미리 침투한 우리의 조원들은 대체 어디 있습니까?"

싸늘한 한줄기 한기가 훑고 지나가는 객청.

이들 중 누군가는 반각과 같은 생각을 했을 것이다. 그러나 이들은 승리의 기쁨에 도취되어 이러한 사실을 애써 외면하려고 한 것이리라. 아니, 지금껏 일방적이었던 상황이 사고를 마비시킨 것일지도 모른다.

그때,

"그래도 제정신인 놈이 하나는 있네."

모든 시선이 일제히 전각의 지붕 위로 집중되어졌다.

한 손에 술병을 들고 용마루에 걸터앉아 있는 사내.

백차성이었다.

한진회와 백차성.

목여염에게 듣기는 했지만 막상 눈으로 확인을 하니 먼저 웃음부터 나왔다.

하고많은 인물 중에 호부견자 백차성이라니······.

백차성이라는 인간을 모르고 있었다면 혹시나, 하는 경계심을 가졌을지도 모른다. 하지만 무림맹주의 아들 백차성이라면 무림맹을 드나들면서 콧물 흘릴 적부터 자라는 모습을 듣고 봐왔다.

물론 미쳐 버린 제 아비인 백비운의 일장을 받아냈다는 소문이 들리기는 했지만, 그런 일은 황정이 알고 있기는 불가능한 일이었다. 아마도 이렇게 된 걸 게다. 고슴도치도 제 새끼는 예쁘다고 하는 법. 아무리 개차반이라도 제 손으로 때려죽일 수는 없었기에 손속에 사정을 둔 것이 아니었겠느냔 말이다.

어쨌든 상관없었다. 소문으로만 듣던 비검이나 남궁천명, 혹은 이덕패가 아니라는 점이 못내 아쉽기는 하지만 저놈 목이라도 관도에 걸어 무림연맹의 위엄을 세우리라 다짐했던 황정이었다.

"이놈, 백가야! 오랑캐의 개가 되어 무림의 동도들을 핍박한 죄를 알렷다!"

"아, 씨바, 깜짝이야. 노친네가 폭죽을 삶아드셨나 목소리 한 번 우렁차네 그려. 우샤!"

빈정대며 일어서려는 백차성은 휘청거렸다. 아무래도 술이 과했던 모양.

"어라?!"

급기야 한쪽 다리를 미끄러지는가 싶더니 우악스럽게 넘어져 떼굴떼굴 굴러 떨어지기 시작했다.

"허어, 저런 개도 안 물어갈……."

그야말로 천하에 개차반이 무엇인지 보여주는 한심한 추태임에 여기저기서 바람 빠진 실소가 흘러나왔다.

개인은 똑똑하지만 군중이란 이렇듯 단순하고 우매하다. 반각의 경고로 조금 전까지 잔뜩 긴장해 있던 무림연맹 무사들의 경계심은 백차성의 우스꽝스러운 모습에 순식간에 와해되고 말았다.

"으라차차!"

그래도 칼밥 먹고사는 집안의 자손이기는 한 모양인지 지면에 머리부터 떨어지던 백차성은 몸을 기묘하게 비틀더니 두 발로 착지해 내렸다.

"하마터면 뒤질 뻔했네. 그런데 좀 전에 뭐라고 하셨수?"

점입가경. 저런 놈의 목을 베면 칼날만 버릴 것이라는 회의를 느끼게 하는 걸물이 아닐 수 없었다.

그래서 황정은 눈살을 찌푸리고 혀를 끌끌 차는 등 최대한의 혐오감을 표현하며 돌아서 버렸다.

맹주의 신분으로 저린 개차반을 직접 징치한다면 명예가 서지 않으니 아무나 다른 이의 손에 맡긴다는 의미다.

그러나 황정은 한 발을 내딛기도 전에 멈춰서야 했다. 등 뒤에서 찌르는 듯한 예기가 느껴진 것이다.

황정은 고개를 갸웃거렸다. 그의 등 뒤에는 오직 한 사람만이 있을 뿐이었고, 그 한 사람은 애저녁에 신경을 꺼버린 호부견자 백차성이었음에.

황정은 다시 뒤돌아서 백차성이 서 있는 자리를 제외한 나머지 공간을 유심히 관찰했다.

다른 곳이 아니다. 예기는 백차성에게서 흘러나왔다.

"남의 집 대문을 박살 냈으면 배상을 하고 가야지. 종남의 늙은 호랑말코들이 그리 가르치던가?"

황정은 눈만 껌뻑이며 자신의 귀를 의심했다. 이거 저놈이 지껄인 말이 맞는가?

"계산이 좀 복잡하게 됐어. 우리의 사업장 중에서도 가장 핵심적인 곳만을 깡그리 부숴놨으니 내 심기도 꽤나 불편하고. 이래저래 계산을 하면 저기 해우소의 똥통에 처박혀 있는 허섭스레기들이나 여기 있는 네놈들의 멍청한 머리통으로는 턱도 없지."

황정은 망치에 뒤통수라도 맞은 마냥 정신이 멍해졌다.

그래서였다. 이 잡듯이 뒤졌음에도 침투조원들이 보이지 않았던 이유는…….

"건방진!"

뾰족한 일갈을 내지르며 먼저 움직인 이는 자운비였다.

"부인!"

황정이 다급하게 불러 세웠지만 자운비는 이미 허리띠 대용이었던 연검을 풀어 꼿꼿하게 세워 백차성의 인중혈을 향해 날아들고 있었다.

그것은 누구도 예상치 못한 순간에 전개된 쾌검공이어서 빗살 같은 연검이 백차성의 안면을 그대로 꿰뚫어 버릴 것만 같은 착시 현상에 빠지게 만들 지경이었다.

티잉.

분명히 자운비의 연검은 백차성의 안면에 적중되었으나 검이 얼굴을 쪼개는 소음치고는 몹시도 생경한 공명을 남겼을 뿐이었다.

그리고 자운비는 물론이고, 황정과 무림연맹의 무사들은 할 말을 잃고 말았다.

종잇장보다 얇은 연검을 막아선 것은 대장간에서 닷 푼이면 살 수 있는 싸구려 철검이었다.

그럴 수도 있지 않느냐고? 그럴 수 없다. 여기 있는 누구도 모로 세운 검의 날로 연검의 검날을 막을 수 있다는 것은 꿈에서도 생각해 본 적이 없는 일이었다.

찌이이잉.

한지마냥 얇아 더 이상 쪼개질 여력이 없을 것만 같던 연검을 꽃술마냥 반으로 쪼개며, 마침내 자운비의 손까지 이르렀을 때까지도 자운비는 멍청한 표정일 따름.

"계집, 부모님께 감사하라고. 조금만 못생겼어도 네년의 손을 먼지떨이로 만들어 버리려고 했는데 말이야. 조금 있다가 즐겨보자고."

풀썩 쓰러지는 자운비. 철검이 그녀의 마혈을 스치고 나서 벌어진 일이었다.

검기점혈.

황정의 얼굴은 경악으로 물들어 치달았다. 검기점혈이라니… 이 무슨 말도 안 되는…….

슈슈슉.

이어 어두운 하늘에서 쏟아져 내리는 하얀 빛줄기가 백차성의 주위로 몰려들었다.

얼굴까지 뒤집어쓴 새하얀 백의 장포와 가슴에는 선명한 십자 문양.

"비각."

"명을 받자옵니다."

"모조리… 부숴 버려."

"복명!"

말 떨어지기가 무섭게 무지막지한 살기가 치솟아 오르는가 싶더니.

"크악!"

"으흑!"

무림연맹의 무사들이 속절없이 쓰러져 가기 시작했다.

백운세가의 비각당… 굉장하다. 하나같이 일류를 한참이나 상회하는 무력을 지녔다.

"황정, 이 개새끼! 너 때문에 우리는 다 죽었어!"

승려답지 않은 쌍소리를 내뱉은 반각. 비각당 무사 한 명을 상대로 몇 차례 손을 섞지도 못하고 그는 목을 움켜잡고 비틀거리더니 풀썩 쓰러져 버린다.

그뿐 아니다. 황정과 맹주 자리를 놓고 치열한 경쟁을 벌였던 고룡도 비각 무사 두 명에게 일방적으로 밀리더니, 이내 수십 군데를 찔리고는 무너져 내리고 있었다.

그야말로 눈 깜짝할 사이에 절반에 가까운 무림연맹의 무사들이 대지에 몸을 뉘었다.

"이건… 말도 안 돼……."

황정은 이 모든 것이 꿈만 같았다. 도무지 현실감이라고는 한 줌도 느껴지질 않는 것이다.

황정은 느릿하게 고개를 들어 저 멀리 대전각의 뒷마루를 쳐다보았다.

발가벗은 채 뒤엉켜 있는 두 남녀.

박속처럼 하얗게 빛나는 여인의 엉덩이가 거칠게 상하 운동을 하며 요분질 치고 있다.

황정은 저토록 천박한 작태를 보이는 엉덩이가 자신의 부인 것이란 생각을 맹세코 하지 못했다.

그 뒤로 비아냥거림이 담긴 백차성의 눈을 볼 때까지는…….

"이… 개 같은 연놈들…….'

황정은 신형이 그야말로 한줄기 섬광이 되어 쏘아져 나갔다.

두 남녀를 한꺼번에 베어버리겠다는 의지가 담겨 벼락같이 떨어지는 일검!

대청강검법(大天剛劍法)의 일초가 자운비의 뇌호혈을 절반쯤 쪼개고 들어갔을 때, 황정은 가슴에서 불로 지지는 듯한 통증과 함께 온몸의 힘이 일거에 빠져나가는 듯한 느낌을 받아야 했다.

천천히 자신의 가슴께를 내려다보는 황정.

자운비의 등을 뚫고 나와 자신의 늑골 상단 두 치 어림에 있는 안하혈에 정확히 박혀 있는 한 자루 철검이었다.

"아직 안 끝났다. 순서 기다려."

꿈결처럼 들리는 음성이 우렁우렁, 황정은 아득해지는 정신을 붙잡지 못했다.

*　　　　*　　　　*

불과 두 시진 전까지도 평강부의 별천지였던 소양루는 아비규환 참극이 벌어지는 지옥으로 변해 있었다.

호위 무사는 물론이고, 숙수와 점소이, 동기(童妓)들마저 무참히 살해되어 사방에 뿌려져 있었다.

시체는 소양루의 중심으로 갈수록 그 수를 더했는데, 자신들이 가진 능력의 고하를 떠나 흉수들의 침입을 결사적으로 막으려 한 탓이다.

초개와 같이 목숨을 버리며 소양루의 식구들이 보호하려던 곳.

바로 련련의 초소 미화각이었다.

"헉헉……."

핏물이 흥건한 한 자루 대도(大刀)를 들고 거친 숨을 뱉어내는 사내.

하오문 평강지단 근위장 채권의 눈에는 절망이 뭉텅 담겨 있었다. 이미 백여 명의 적을 베어 넘겼지만 그의 주위에는 또 그만큼의 적이 둘러싸고 있었다.

"채 아저씨, 저들의 목표는 저예요. 혼자라도 어서 도망치세요……."

역시나 청강검을 들고 피투성인 채 채권과 등을 맞대고 있는 여인의 음성에는 간절함이 담겨 있었다. 그녀는 하오문 평강단주 련련이었다.

그러나 채권은 대답하지 않는다.

대답할 기운이 없는 것도 아니고, 상전의 명에 불복종하자는 것도 아니다. 말 같잖은 소리에는 본래 대꾸도 하지 않는 그의 우직한 성품 때문이었다.

쉭쉭!

가벼운 경풍과 함께 곡도를 든 두 명의 무사가 공간을 쪼개며 날아들었다.

땡! 퍼억!

대도의 궤적 안에 스며든 검수는 일격에 곡도가 두 동강 나그 머리가 수박처럼 터져 나가 저만치 구겨져 버렸고, 련련을 공격하던 도수는 관자놀이에서 피를 뿜어 대며 쓰러져 다시는 움직이지 않았다.

그러나 동료의 허무한 죽음을 곡도함에도 채권과 련련을 둘러싼 도수들은 동요하지 않는다.

병장기와 복색도 제각각. 그러나 공통점은 있었다. 하나같이 퀴퀴한 죽음의 냄새를 풍기는 자들이라는 것이다.

청부된 살수(殺手)다. 이들에게는 동료의 죽음이 곧 자신에게 돌아올 배당이 높아진 것 외에는 아무런 의미를 가지지 못하는 낭인살수들인 것이다.

더 이상 먼저 나서려는 자는 없었다.

동료를 믿고 차륜전을 감행한다면 이미 지칠 대로 지친 채권과 련련이 감당하지 못할 것이었지만, 낭인살수들에게 동료의 신뢰란 기대하기 힘든 부분인 탓이다.

한동안 계속되는 지루한 대치 국면.

어느 순간 채권은 가슴 한쪽이 무겁게 내려앉는 암담함을 맛봐야 했다.

빠각!

뭔가 단단한 것이 부러지는 소리와 함께 검은 그림자가 무서운 속도로 채권을 향해 쏘아져 오고 있는 것이었다.

"비켜, 이 병신 새끼들아!"

몸에 착 달라붙는 흑의 무복을 걸친 사내. 그의 손에는 목이 부러져 절명한 낭인살수 한 명이 쓰다만 걸레처럼 흐느적거리며 붙들려 있었다.

"빙 둘러서 구경이나 하라고 너희 같은 쓰레기들에게 은자를 뿌린 줄 알아!"

손에 든 시체를 다시 반으로 접어버리더니 각각 저만치 던져 버린다.

제정신이라 볼 수 없을 지경인 무자비한 손속. 그럼에도 누구 하나 대드는 이가 없다. 대들기는커녕 감히 눈도 마주치지 못한다. 그리고 거기에는 충분한 이유가 있었다.

"낭인왕… 마관?!"

흑의 사내, 마관이 의아한 시선을 채권에게 던졌다. 그리고 이내 그의 안색이 험악하게 일그러졌다.

"이것들 봐라? 네놈이 일휘참도 채권 맞나? 뭐야? 그럼 저 계집은 련련인가 뭔가 하는 기생 년이고?"

마관은 일찍이 미화각을 들른 적이 있었다. 청부를 받고 주원장인가 뭔가 하는 땡초를 죽이러 왔던 것이다.

그리고 그때 채권도 죽었으며, 그때 본 련련은 저기 저 여자가 아니었다.

자신이 철저하게 속은 것이었다.

"이거 기분 더럽네."

듣기에 따라서는 어이없다는 의사 표현일 뿐이지만 채권은 분명히 느낄 수 있었다.

한 번 문지르기라도 하면 뭉텅 베어날 것 같은 지독한 살기를…….

"네 연놈들이 감히 나를 속여? 잠깐만… 그때 죽인 땡초 놈도 어딘가 살아 있다는 말이네? 이런 개 호로새끼들이!"

특별한 경호성도 없다. 신기라 부를 만한 신묘막측한 발검술도 아니다. 저잣거리의 파락호들이 저들끼리 칼부림할 때나 휘두르는 장배단복(長背短腹)의 기초 무공일 뿐이었다.

그러나 채권은 순간 가슴이 답답해짐을 느끼며 수만 가지의 선택을 고민해야 하는 지경에 빠지고 말았다.

'팔 하나를 내준다.'

쌍수집병이 불가피한 중병을 쓰는 자로, 팔 하나는 목숨 값에 다름 아니지만 머리가 쪼개지는 것보다는 낫다.

서걱. 깡!

터더덕, 하고 둔중하게 물러서는 마관. 당황의 기색이 실리는가 싶더니 험악했던 인상이 더욱 구겨졌다. 그의 성명절기 월미파가 대도에 찍혀 우그러져 버린 것이다.

그러나 채권의 참담한 심정에 비할 수는 없었다. 오른쪽 팔이 어깨 어림부터 잘려 나갔음에도 얻은 것이 겨우 병기를 부순 것뿐이었다.

"빨리 죽여주려 했더니… 네놈이 화를 자초하는구나."

자욱하게 풍겨나는 썩은 냄새. 언제나 죽음을 곁에 둔 살수의 살기다.

빠직!

다가서는 한 걸음에 태산이 무너지는 듯한 압력이 쏟아진다.

두 걸음을 떼기도 전에 마관의 신형이 좌우로 찢기듯 흩어졌다.

팡! 팡! 팡!

벼락같은 권형이 어디랄 것도 없이 무수히 뿌려지고 채권은 한 손으로 대도를 풍차처럼 휘둘러 흐트러뜨리려 했다.

빠각! 퍽!

그러나 기묘한 경로를 그리며 파고든 몇 개의 주먹이 채권의 가슴과 얼굴에 박혀들고 말았다.

송곳으로 찌르는 듯한 지독한 아픔을 견디지 못하고 몇 발자국이나 물러서 버리더니, 결국 한쪽 무릎을 마루에 박으며 한 덩이 각혈을 뱉어내는 채권.

"채 아저씨!"

련련이 급히 부축했지만 몸을 가누지 못하는 채권은 물먹은 소금가마니마냥 련련의 힘으로는 가눌 수가 없었다. 대신 그를 조심히 거두어 자신의 무릎에도 가만히 올려놓는 련련.

엉망으로 짓이겨진 얼굴에 박혀 있는 채권의 눈동자는 련련을 찾지 못하고 흔들거릴 따름이다.

"아씨, 끝까지 지켜드리지 못해… 죄송합니다……."

"괜찮아요… 저는… 지난 몇 년의 삶을 결코 후회되지 않는답니다."

눈물은 속절없이 흘러내렸지만 련련은 환하게 웃어 보였다.

채권의 얼굴에도 희미한 미소가 번졌다. 그의 마지막 모습이었다.

"잘들 논다."

마관은 비웃음을 날리며 성큼성큼 다가오더니 련련의 머리채를 잡아 고개를 꺾었다.

"호오, 확실히 저번의 가짜 년과는 다르구나."

무채색 묵빛 동공만 가득했던 마관의 눈에 슬그머니 정욕이 피어올랐다.

"퉤!"

온통 뒤집어쓴 침을 손바닥으로 천천히 훔쳐내는 마관. 련련이 통쾌한 표정을 지어 보이며 같아붙였다.

"더러운 백정 새끼. 꿈도 꾸지 마."

광기와 분노가 순식간에 마관의 얼굴을 뒤덮었다.

"빌어먹을 화냥년 주제에!"

마관의 발길질에 퍽, 하는 가죽북 터지는 소리와 함께 련련이 저만치 날아가더니 벽에 부딪쳐 혼절하고 말았다.

그러는 바람에 하피의 사이로 련련의 하얀 허벅지가 드러났다.

"흐흐흐."

음충스런 웃음을 흘리며 상의를 벗어 젖히는 마관.

그러나 채 세 걸음을 떼기도 전에 마관의 얼굴에서 웃음은 깨끗하게 지워졌다.

쐐애액!

공간을 쪼개며 날아드는 날카로운 파공음.

기급한 마관이 신속하게 신형을 뒤로 물렸지만 검은 빗살은 마관의
뺨을 길게 찢어놓고 지나간 후였다.

그리고,

빡!

미화각의 기둥을 한 자나 파고들고서야 멈춰선 것은 짤따란 화살이
었다. 화살이라니… 단단하기로 치면 백련정강에 못지 않다는 대리석
으로 만든 기둥을…….

마관의 머리 속에서 다급한 경고성이 울려 퍼지기도 전,

후두두두.

무수히 날아든 검은 빗살들에 낭인살수들이 무더기로 쓰러져 나가
기 시작했다. 화살 하나에 두세 명씩 어김없이 관통해 버리는 괴력. 고
수다.

"대체 어디서 쏘는 거야!"

사방을 두리번거리던 마관의 눈이 이내 찢어질 듯 커졌다.

두두두두.

방 전체가 들썩이는 듯한 울림이 점점 가까워지고 거대한 그림자가
창밖에서 어른대나 싶더니,

우지끈!

창문을 부수고 들어와 마관의 머리 위로 뛰어넘는 세 필의 기마.

"몽고병?!"

아니다. 몽고기병의 군복과는 다르다. 뽑아 든 도는 폭이 좁고, 휘어
진 각도가 몽고기병의 만도와도 확실히 달랐다.

“대체…….”

푸아악!

멸치 떼를 휘젓는 돌고래마냥 난입한 기병대는 미친 듯이 날뛰었다.

주춤주춤, 별다른 저항도 하지 못하고 낭인살수들은 일거에 두세 명씩 무너져 내린다. 좁은 공간에서도 귀신처럼 부리는 마상술. 훈련받은 기병이자 절정의 고수들이다.

마관이 잠시 혼돈에 빠진 사이 순식간에 낭인살수들의 태반이 거꾸러져 있었다.

마관은 이미 불리해진 상황을 뒤엎기는 무리라고 결론을 내렸다. 어차피 받은 돈만큼의 일은 끝냈다. 이제는 보중할 때다.

전장을 벗어나려는 찰나, 마관은 문득 널브러져 있는 련련을 보았다.

‘저년은 죽여야…….’

떠도는 하류 인생이라 할지나 대금을 받은 만큼의 신의는 반드시 지켜야 살아남는 것이 바로 낭인의 세계. 이를 어겨본 적이 없기에 낭인왕이 된 마관이었다.

한 줌 자비도 섞이지 않은 벼락같은 일장이 련련에게 쏟아졌다.

스걱!

그러나 마관은 뜻을 이룰 수 없었다. 난데없이 눈앞이 깜깜해지고 온몸이 나른해진 상태로는 오늘의 그를 있게 한 혈수인(血手刃)을 펼칠 수가 없는 것이었다.

그때서야 보았다.

숯검댕이 눈썹 아래 이글이글 불타는 한 쌍의 눈동자를.

“이… 씹어 먹을 새끼. 감히… 련련님을…….”

푹, 푹, 푸욱.

아랫배에서 비롯된 가죽 가르는 소리가 세 번째 들린 이후로 마관은 아무런 고통을 느끼지 못했다. 산산이 조각난 그의 신경 체계는 뇌까지 고통을 전달할 기능을 상실한 것이다.

천만 근 내리 누르는 눈꺼풀은 항우장사라도 들어올리지 못한다더니…….

'넨장할, 내 몫은 어떤 자식이 받아 챙길까…….'

마관은 스르르 깊은 수마에 빠져들기 시작했다.

그렇기에 마관은 여전히 자신의 뱃가죽을 난도질하고 있는 임근홍이라는 고려인은 본래 자신의 적수가 될 수 없는 자라는 사실은 알 수 없을 것이었다. 그럼에도 불구하고 본신의 능력을 이백분 발휘하여 혈수인의 엄밀한 투로를 파고들어 결국은 붕괴시키는 괴력을 발휘했다는 사실은 더 더욱 알 수 없을 것이며, 그런 불가사의한 일이 가능했던 것은 마관은 절대로 믿지 않는 연모의 정이 만든 힘이라는 것은 영원히 알 수 없을 것이다.

연호는 그야말로 꿈같은 꿈을 꾸었다.

작금 무림의 백대도객(百大刀客)이라 할 수 있는 절정고수이든 백 년에 하나 나올까 말까 한 기재이든, 생물학적으로나 내재된 영혼의 정체성으로 보나 연화는 여자였다.

무슨 말인고 하니, 위기에 처한 자신을 위해 목숨 걸고… 이 부분에 대해서는 나중에 확인해 봐야겠으나 그렇게 믿고 싶다. 어쨌든 위험을 무릅쓰고, 그것도 결정적인 순간에 등장해 멋들어지게 자신을 구해준 남자에게 감동하지 않을 수 없다는 것이다.

꿈이 아니었으면 싶지만… 그것은 분명 꿈이리라.

진은 괴물이 되었다. 죽지 않은 이상 절대로 파괴를 멈추지 않는 '절대악'이 된 것을 직접 눈으로 확인했다.

돌이킬 수도 없다고 했다. 세균에 의한 감염이나 질병이 아니라 영혼이 말살된 것이므로 죽이는 방법이 유일한 수라고 하였다.

그러므로 진과 비슷하게 생긴 그 멋들어진 남자는 진이 아닌 것이다.

여 아저씨의 죽음이 생생하고, 그 죽음을 담보로 달아나다가 귀면묵인대의 추적에 덜미를 잡혀 몸을 망칠 뻔했던 기억도 생생하며, 진이 불쑥 나타난 것도 생생하기 짝이 없어 도무지 현실과 꿈을 구분이 되질 않지만… 어쨌든 꿈일 것이다.

연화는 슬그머니 눈을 떴다.

울퉁불퉁, 사방이 기암괴석으로 그득한 동굴의 안이다.

그리고…….

있다. 근심 어린 표정으로 자신을 내려다보는 진이…….

얼른 다시 눈을 감아버리는 연화.

이건 그러니까… 아직 꿈에서 깨어나지 않은 것이다.

"까불지 말고 일어나라."

이토록 현실감있는 목소리가 또 있을까? 이번에는 한쪽 눈만 슬쩍 떠보는 연화였다.

또 있다.

"진!"

연화는 다짜고짜 진에게 와락 안겨들었다. 알싸한 통증이 전신을 두드렸지만 그런 것 따위는 밀려오는 벅찬 감동 앞에 초라한 장애물일 뿐이었다.

"따듯해. 정말 꿈이 아니었어……."

처음엔 당황한 듯 약간의 저항이 느껴졌지만 이내 포근하고 넓은 가슴을 마음껏 허용해 준다.

“험, 험.”

“킥.”

난데없이 마른 헛기침 소리와 키득거림이 숨죽인 채 들려왔다.

“대, 대장, 끓인 물과 말씀하신 약초들은 여기에… 저희는 이만 나가 있겠습니다.”

낯선 사내의 목소리에 연화는 화들짝 놀라며 진에게서 떨어졌다.

그제야 연화는 의미심장한 눈길을 보내는 두 명의 사내가 멀뚱하게 서 있는 것을 볼 수 있었다.

노백과 제일조장 왕달이었다.

“수고했어. 가서 수련들 하도록.”

애써 덤덤한 척하지만 진의 볼에도 옅은 홍조가 깔려 있었다.

“내 뭐랬냐! 사매는 무슨… 우리 대장의 깔따구가 맞다니까?”

“이 자식이! 대모님에게 깔다구라니!”

“그, 그런가? 어쨌든 은자 한 냥이다. 이제 와서 딴소리하기 없기야.”

두런두런 숙덕거리며 동굴을 나서는 노백과 왕달이었다.

깔따구든 대모이든… 순결한 처녀가 듣기엔 참으로 민망한 칭호이긴 하지만 기분이 썩 나쁘지는 않은지 연화는 얼굴을 붉혔다.

그러나 문득 연화는 뭔가 허전함을 느꼈으며, 그 허전함이 상의 대신 상반신 전체가 붕대로 친친 감겨져 있기 때문이라는 것을 알아차렸다.

“까아악!”

연화는 가슴을 양손으로 가리며 떠나가라 비명을 질러 댔다.

난데없는 비명 소리에 심장마비 걸릴 정도로 놀란 진이 허옇게 뜬 얼굴로 연화를 멀뚱멀뚱 쳐다보았다.

급기야 저만치 세워져 있는 도를 치켜드는 연화. 그때까지도 진은
영문을 모르겠다는 표정이다.

"너, 너, 이 자식! 이거 네가 한 거야?"

그제야 진은 연화가 붕대로 감겨 있는 가슴을 한 손으로 가리고 있
는 이유에 대해 생각이라는 것을 할 수 있었다.

"변태 자식! 어디까지 봤어?!"

"……."

"다 봤어?"

"나는 눈감고 치료하는 법은 아직 배우지 못했다."

쾅! 쿠르르르.

벼락같은 일도가 후려쳐지고 가공할 압력에 동굴 전체가 들썩거렸
다.

"……."

도는 진의 사타구니에서 반 치 떨어진 곳에 꽂혀 부들거리고 있었
다. 조금만 모질게 마음을 먹었다면 진의 아랫도리는 그대로 반 토막
이 나고 말았을 것이다. 그러나 더 이상의 발작성 공격은 없었다. 연화
는 구석에 쪼그리고 앉아 훌쩍거리고 있는 것이다.

"보긴 했지만… 만지지 않으려고 노력은 많이 했다."

이것도 위로라고 하는 진이었다.

난 몰라 어떡해, 하며 땡깡을 부리는 연화와 엉거주춤 서서 어쩔 줄
을 모르는 진. 한여름에도 옆구리가 시린 자들이 볼 적에는 다분히 반
사회적인 작태가 한동안 지속되는 가운데,

"해우의 기쁨을 나누는 것이야 내가 끼어들 일이 아니기는 한데……."

"……!"

동굴의 어두운 안쪽에서 병색이 완연한 듯한 희미한 목소리가 들려온 것이었다.

"내 쪽이 좀 급하다고 하지 않았나?"

비로소 연화의 가자미눈이 미약한 한줄기 빛만 들이치는 동굴의 안쪽으로 향했다. 어둠 속, 흐릿한 사람의 형상이 둘이다. 누워 있는 자와 그 옆을 지키는 자.

특히나 누워 있는 자에게 까닭없이 시선이 집중되어진다.

연화의 가자미눈이 차츰 커지기 시작하더니 이내 경악이 담겼다.

"비, 비검?!"

연화의 눈에서 불길이 솟아올랐다. 바닥에 박힌 칼을 뽑아 들고 벼락같이 달려드는 연화.

옆을 지키던 목낭적이 기겁하며 막아서지만 단숨에 나가떨어져 버리고, 연화가 내지른 일도는 예의 흉맹한 기세에 한 푼의 손실도 없이 비검의 정수리를 향해 내리 꽂혔다.

챙!

일도가 얄팍한 백광에 맥없이 막혔다. 세영검이다.

"무슨 짓이야!"

분노에 감긴 연화의 뾰족한 일갈.

"진정해라."

"진정? 네가 뭘 안다고 그래! 저 자식은 내 가족을 죽였단 말이야! 아빠와… 엄마와… 오빠를… 저 자식이 죽였단 말이야……."

갈아붙이는 듯한 어조가 말미어는 흐느낌으로 변했다.

진은 말없이 너른 가슴을 빌려줄 뿐이었다.

비검에게 대충 들어서 안다. 둘은 서로에게 씻을 수 없는 아픔이 있다. 누가 시작했든 끊임없이 비극을 양산해 내고야 말 악연인 것이다.

"내 생각엔… 이쯤에서 악연의 고리를 끊었으면 싶다."

진을 거칠게 밀쳐 내는 연화. 커다란 눈에는 책망과 분노가 가득 담겨 있었다.

"그래서! 피차 죽이고 죽었으니 없었던 일로 하자구? 그게 그렇게 간단해? 네가 뭘 안다고 그래!"

"저 친구를 봐!"

진의 목소리도 커졌다. 연화에게만큼은 단 한 번도 고성을 내지 않았던 진이…….

그제야 연화는 비스듬히 누워 있는 비검을 보았다.

호흡은 불규칙적이고, 기감은 극도로 흐트러져 있으며, 어둠 속에서도 한눈에 들어올 만큼 얼굴에는 핏기가 빠져나가 허옇기만 하다.

회복할 수 없는 중상이다. 그는 죽어가고 있는 것이다.

"오늘에야 보는군."

그럴 수 없을 것임에도 몸을 추슬러 벽에 기대앉는 비검이다.

도를 내뻗는 연화. 이번만큼은 진도 막아서지 않았다. 도는 비검의 목 언저리에 멈춰 더는 나아가지 않았던 것이다.

"너는… 내 손으로 죽이려 했는데……."

속절없이 흘러내리는 눈물.

베어야 하는데… 아비의 참혹한 죽음을 생각하면 가차없이 베어야 하는데… 그럴 수가 없다.

아비가 비검의 아비를 죽였다. 그래서 죽은 거다. 응당 죽을죄를 지었기에 죗값을 치른 것이다. 그런 것 따위는 알 바 아니라고 수없이 외면했지만, 막상 죽어가는 비검을 앞에 두고 보노라니 표현할 수 없는 복잡한 감정이 떠올라 칼을 멈추게 만들었다.

비검 역시 아비의 복수를 한 것임에… 후에 그의 자손이 찾아와 어째서 아비를 죽였냐고 하면 무라 할 것인가?

내 아비가 죽을 짓을 하기는 했지만 그럼에도 불구하고 그가 나의 가족을 죽였으니 어쩔 수 없었다고? 그러니 나의 복수는 정당했노라고?

무수한 번민이 머리 속을 헤집는다.

칼끝이 부들부들 떨리는가 싶더니 슬그머니 거두어지고 만다.

연화는 칼을 떨구고 눈물을 뿌리며 동굴 밖으로 뛰쳐나가 버렸다.

일단의 일들이 자신과는 아무런 관계가 없다는 듯 태연작약할 따름인 비검.

"또 신세를 졌군."

"신세는 무슨. 네놈이 예뻐서 그런 것은 아니니 부담 가질 필요는 없다."

씁쓸하게 웃는 비검.

"후후, 동정이라는 건가?"

"나는 동정 따위는 하지 않는다."

"이제 어쩔 것인가? 끝까지 가보려는가?"

진의 안색이 급격히 굳어졌다. 깊이 침잠된 시선도 하염없이 떨어져내린다. 이내 무겁게 진의 입이 열렸다.

"착각하지 마. 이렇게 얼굴을 마주하고 있다고 해서 네 녀석을 믿는 것은 아니니까. 난 내 눈으로 본 것만 믿는다."

"가끔은… 몰라도 되는 것이 있기 마련이다. 쉽게 사는 방법이야."

"쉽게라… 그래서 지금껏 날 도왔나?"

무심한 비검의 눈에 비로소 이채가 서렸다.

"알고 있었던가?"

"우연도 지나치다 보면 필연이 되지. 대승정관에게 대라심천유곡을 넘겨준 놈이 너였다며? 무당에서도 그렇고… 조금만 생각해 보면 어렵지 않아."

"후후후, 대승정관에게 대라심천유곡을 건네주기는 했으나 확신은 없었지. 네 속에 두 영혼이 존재하고 있다는 것도 솔직히 믿기 힘들었고… 더군다나 태양선교의 무사들까지 휘하로 둘 능력이 있다는 점은 진정 내 예상밖이다. 이 정도까지 괴물이 될 것이라고는 전혀 예상하지 못했어."

"칭찬으로 듣겠다. 그러나 저러나, 죽을 때까지는 뭘 할 생각인가?"

다소간 삭막한 질문에 비검은 희미하게 웃으며 기절한 목낭적을 지그시 내려다보았다. 이덕패의 금배대도에 회복불가능한 치명상을 입은 사람치고는 너무나 편안해 보이는 얼굴이었다.

"글쎄, 저 친구가 죽지 않았다면 같이 조용한 곳에서 농사나 지어볼까 생각 중이다. 둘 다 그 쪽으로는 젬병이라 잘될지는 모르지만… 어쨌든 서둘러야 할 거야. 이제는 한진회 쪽보다 백차성과 남궁천명이 더 설치기 시작했으니까."

진은 품에서 전낭 하나를 빼서 비검에게 던졌다.

"고통이 심해지면 한 알씩 복용해라. 잘 하면 몇 년 정도는 살 수 있을 게다."

동굴 밖에서 쏟아져 들어오는 빛 속으로 사라지는 진의 뒷모습을 보며 비검은 여전히 편안한 미소로 지켜볼 따름이었다.

*　　　　*　　　　*

사홍(泗洪)은 홍택호(洪澤湖)를 끼고 백오십 호 정도의 가구가 널찍하게 모여 있는, 중원의 여느 도시에 비한다면 크다고 말할 수 없는 마을이다.

그러나 사홍을 별 볼일 없는 마을이라고 말할 수 있는 사람은 아무도 없을 것이다.

강소 일대에서 일어난 홍건적이 평강부와 같은 대도시를 젖혀두고 사홍으로 진격했다가 소리 소문 없이 전멸했다는 소문은 대부분 사실이었다. 그리고 평강부에서 돈벼락을 맞은 졸부들이 어느 날 사라졌다면, 사홍의 거리를 거닐다 보면 틀림없이 마주칠 것이라는 풍문도 심중팔구 사실이었다.

사홍의 이백 호 전각들은 모두 무더운 평강부의 여름을 피하려는 자산가들의 별장이라는 사실은 이제 그다지 비밀스러운 일도 아닌 것이다.

혼란한 세상. 부호들은 낭인을 사들이고 사병을 키워 재산을 보호했고, 덕분에 사홍은 황실이 위치한 대도보다도 안전하고 평화로운 도시가 되었다.

그러나 그것도 어젯밤까지의 일이었다.

"까아악!"

밤하늘을 가르는 외마디 비명을 시작으로 지난날 사홍의 평화는 마감되었다.

전각의 지붕과 거리를 빼곡이 메우며 질주하는 무수한 흰 그림자.

헐렁한 백색 장포로 전신을 가리고 흉흉한 눈빛만을 드러낸 채 한 손에는 날카로운 협봉검을 쥔 자들이다. 백운세가의 비각들이었다.

비각이 지나갈 때마다 공포에 절은 비명들은 사그라졌으며, 너른 관도에는 순식간에 수많은 시신들이 수북히 쌓여갔다.

쿠과광!

엄청난 폭음이 울리는 곳은 어김없이 화염이 치솟고 전각들이 무너져 내린다.

"엄마아."

어미의 손에 이끌려 집 안에 숨어 있다가 뜨거운 불길을 견디지 못하고 뛰쳐나오는 아이를 스치고 지나가는 그림자.

아이의 눈이 번쩍 커지는가 싶더니 머리가 허공에 둥실 떠올랐다.

그야말로 목불인견의 참혹한 장.

비각들은 남녀는 물론이고, 노소조차 가리지 않는다. 살아 움직이는 것은 모조리 멸살시키겠다는 것마냥.

사홍은 온전히 지옥이었다.

그러나 사홍의 도심과 불과 오백여 장 떨어진 비탈진 산마루에는 전혀 다른 풍경이 연출되고 있었다.

널찍한 탁자는 비단 포가 덮여 있고, 기막힌 향기를 풍기는 백화주와 산해진미가 수북히 쌓여 있는 것이다.

모골이 송연할 지경인 비명 소리와 폭음과 화염이 가득한 사홍이 한눈에 내려다보이는 이곳에 은은하게 흐르는 금율(琴律)은 지나치게 비현실적이어서 되레 섬뜩할 지경이다.

"한잔 받으시렵니까?"

한가득 미소를 머금은 백차성이 풍성한 수염이 근사한 장년인에게 술병을 내밀었다.

그러나 장년인, 악영산은 가라앉은 표정으로 불타는 사홍을 내려다볼 뿐.

"술맛이 나지 않으십니까? 저 중에 반반한 계집이라도 하나 잡아오라 이를까요?"

악영산의 불편한 얼굴이 더욱 구겨졌다.

개새끼… 잡놈, 잡놈 하지만 이런 천하에 개잡놈은 일찍이 본 적이 없다. 호부견자, 무림절세탕아 따위는 이 빌어먹을 놈의 실체를 모르는 순진한 발상이다.

"돈 주고도 구하지 못한다는 백화주를 마다하시니 이 백가의 입이 오늘은 호강을 하려나 봅니다."

백차성은 호리병째 들어 벌컥벌컥 입으로 쏟아부었다. 입에 들어가는 것보다 옷에 뿌려지는 것이 많을 지경.

크음, 하며 불편한 심기를 헛기침 한 번으로 표현한 악영산은 다시 사홍을 내려다보았다.

사홍, 바로 천지밀궁의 본거지가 있다고 판단되는 곳이다.

그러나 정확히 어디인지 파악하기란 쉽지 않은 일이었다. 쥐새끼처럼 암중에 숨어드는 재주 하나는 기가 막힌 녀석들이니 정확한 위치를 찾기 위해서는 또 얼마의 시간과 공을 들여야 할지 모르는 일.

그 결과가 사홍을 통째로 불구덩이로 만든 것이었다.

이른바 토끼굴 작전이라는 것인데, 모든 퇴로를 막고 불을 피우다 보면 결국은 뛰쳐나오지 않고는 못 배긴다는 간단하고 효과적인 방법을 백차성이 생각해 낸 것이다.

‘간단하고 효과적이라니……’

악영산은 분명히 야망은 있으되 괴물은 아니라 자부하고 있었다.

인정한다. 위대한 역사는 피로 쓰인다.

싸움은 무인이 하는 것이고, 전쟁은 군인이 하는 것이기는 하지만 간혹 무고한 양민들이 희생당하는 것은 피할 수 없다는 것도 수긍한다.

하지만 말이다… 백정이 개, 돼지를 잡아도 이렇게까지는 하지 않을 것이다. 최소한 백정은 일말의 연민을 가지고 도끼를 휘두른단 말이다.

‘도살(屠殺)이야… 빌어먹을……’

악영산도 술병을 집어 들었다.

거사를 이룰 때까지 술은 입에 대지 않으리라 다짐했지만 오늘만큼은 한잔해야겠다.

술병을 입에 가져가려다 문득, 악영산은 취기 서린 고즈넉한 눈빛으로 사흥을 내려다보고 있는 백차성을 보았다.

믿지 못할 자다. 딱히 바라는 것도 없이 한진회에 투신한 자체부터가 의심스럽기 짝이 없다.

아니, 바라는 것이 없을 리 없다. 동생을 간살(姦殺)하고, 제 아비를 미치게 해 무림맹주의 자리에서 끌어내렸을 때에는 그 자리를 꿰어차겠다는 야심을 드러낸 것이 아니겠는가?

혈육마저 야심을 위해 죽여 없앤 자가 장차 가장 강력한 경쟁자가 될 사람이라고 가만히 두고 볼까? 술에 독을 풀었다고 하여 하등 이상할 것이 없는 일이었다.

악영산은 들었던 술병을 다시 가만히 내려놓았다.

“독이라도 풀었을 것이라 생각하십니까?”

시선은 여전히 불타는 사홍을 향해 있지만 실상은 악영산의 마음을 훤히 들여다보고 있다는 듯한 말투다.

'기분 나쁜 새끼. 천지밀궁의 일이 정리되면 네놈의 목부터 따놓으리라.'

악영산은 놓으려던 술병을 재차 들어 역시 병째 나발을 불었다. 백 가지 꽃의 향기를 음미할 새도 없이 백화주 한 병이 순식간에 비워졌다.

쾅!

거칠게 술병을 내려놓는 악영산. 그러다 악영산은 가슴이 덜컥 내려 앉는 충격에 빠지고 말았다.

백차성이 번들거리는 시선으로 자신을 빤히 쳐다보며 비릿하게 웃고 있었던 것이다.

"독을 풀었음을 아시는 양반이 그걸 한 번에 다 들이키십니까? 어디 가서 만독불침체라도 얻으셨나 보지요?"

"무엇이!"

창노한 일갈을 내뱉으며 벼락같은 솟구쳐 마주 앉은 백차성을 향해 흉맹한 일장을 뻗어내는 악영산.

우당탕탕. 쨍그렁.

그러나 악영산은 식탁의 반도 건너지 못하고 가슴을 움켜쥐며 무너져 내렸다.

벌컥벌컥 뿜어져 나오는 각혈. 백차성은 악영산의 면전에 얼굴을 들이대며 싱글싱글 웃었다.

"남만의 습지에서 잡아온 오색주(五色蛛)에서 추출했다나 뭐라나? 듣자하니 이놈에게 한 번 물리면 먼저 폐가 녹아내리고, 이어 간과 비장, 위와 장을 순서대로 녹인다고 하더이다. 그러나 걱정하지 마시지요. 이 모든 과정이 순식간에 끝난다고 하니 고통이 그리 길지는 않을 것입니다.”

“쿠르륵… 네… 네놈이…….”

부들거리는 악영산의 손이 백차성의 목을 향해 느릿하게 뻗어갔지만, 결국 힘없이 떨어져 내리고 만다.

탁자 위는 악영산의 입에서 뿜어져 나온 각혈로 온통 핏물이 가득했다. 백차성은 다시 비릿하게 웃더니 악영산의 핏물이 미치지 못한 온전한 소채를 젓가락으로 집어 입으로 가져갔다.

그야말로 악마적인 모습임에 금을 타던 기녀는 하얗게 질려 부들부들 떨고만 있을 뿐이었다.

“계속 연주해.”

급격히 고개를 끄덕이는 기녀. 다시 아름다운 선율의 금음이 잔잔하게 깔리기 시작했다.

그러기를 한참 후,

어둠 속에서 날아든 비각 무사 한 명이 조용히 내려앉았다. 비각당의 당주 이취반이다.

“놈들의 근거지를 찾았습니다.”

“찾았다? 잡아들이지는 못했다는 말로 들리는데… 내가 잘못 알아들은 것이냐?”

당황하는 기색의 이취반.

“그, 그것이… 저항이 완강하여 진입이 늦어지는 바람에… 하지만 남궁가의 두 자매와 숙연연이라는 계집을 생포하였습니다.”

“그렇구나. 네놈은 비각 총원을 풀어 수색한 결과로 계집 셋을 잡아

들였다고 내게 자랑하려고 온 것이구나. 그럼 내가 상을 줘야겠지?"

스스스.

스멀스멀 피어나는 암울한 기운. 이취반의 입은 바짝 말라 들어갔다.

"야, 야살귀와 목여염 등 몇몇이 지하 통로를 통해 빠져나간 것으로 파악되고 있습니다. 하나, 인근의 퇴로에는 어김없이 저희 비각들이 매복해 있으니 멀리 가지는 못했을 것으로……."

쐐아악!

수천 개의 바늘이 휩쓸고 가는 듯한 환영이 장내를 뒤덮었다.

그러나 그것은 마냥 환영만은 아니었다.

금을 타던 기녀가 비명 한마디 내지르지 못하고 그 자체로 한 덩이 핏물이 되어 저만치 날아가 널브러진 것이다.

"쿨럭!"

이취반도 온전치는 않다. 그의 얼굴을 가린 하얀 면사 위 입 부근에서 붉은 얼룩이 번지는가 싶더니, 온몸을 벼락 맞은 개구리마냥 부르르 떨기 시작했다.

의기로써 사람을 상하게 하는 경지. 백차성의 진면목이었다.

그때였다.

피이익.

멀리 야산의 능선 부근에서 벌건 불기둥이 깨진 피리 소리를 내며 솟구쳐 올랐다.

그것과 동시에 이취반이 젖은 짚단마냥 풀썩 주저앉았다.

"네놈은 명이 길구나."

백차성의 신형은 이미 불기둥을 향해 밤하늘로 날아올랐고, 음산한 음성만이 이취반의 귓전에 맴돌 뿐이었다.

"컥……."

이미 수많은 생채기를 떠안은 천지밀궁 밀당주 구필이 답답한 신음을 뱉었다. 날카로운 협봉검이 그의 옆구리를 파고든 것이다.

동시에 일도를 휘둘러 협봉검을 찔러온 무사의 팔목을 잘라냈으나 이미 협봉검이 반대쪽으로 삐져나올 만큼 깊은 상처를 입고 말았다.

눈에 띄게 걸음이 무너진 구필의 뒤로 또다시 두 명의 협봉검수, 비각이 날아들었다.

"이 개새끼들아!"

다급한 경호성과 함께 흉맹한 기세를 뿜는 그림자가 비각들을 가로막았다. 함철원이었다.

함철원은 방어식이라고는 일 초도 섞이지 않는 막무가내 격의 칼을 휘둘렀다. 동귀어진이라도 불사하겠다는 흉맹하기 칼 폭풍에 비각의 무사들은 일순 당황하여 물러선다.

투견마냥 물고 늘어지는 함철원. 그러나 냉정과 예리함을 잃은 그의 도는 결코 비각들을 벨 수 없을 것이었다.

눈가에 비웃음이 실린 두 비각의 검초가 함철원의 요혈을 향해 송곳처럼 날아들었다.

쉭. 쉬익.

그러나 피를 뿌리며 쓰러져 내린 것은 두 비각이었다.

두 비각을 단숨에 베어버리고 함철원의 앞에 떨어져 내리는 그림자.

전신에 피를 뒤집어쓰고 검을 들지 않은 한쪽 팔이 기이하게 흔들거리고 있는 목여염이었다.

“함 대협! 어서 빠져나가야 해요!”

목여염을 돌아본 함철원의 얼굴은 눈물과 콧물로 범벅, 그야말로 실성한 사람의 그것이었다.

“나는 여기서 죽겠소. 연이를… 그 어린것을 두고 혼자만 빠져나오다니… 크으윽…….”

“그러든지. 우린 이만 가지. 시간이 없어.”

싸늘한 음성. 목여염은 그것보다 싸늘한 시선으로 목소리의 주인공, 야살귀를 노려보았다.

“당신이나 먼저 가! 난 이들과 같이 갈 거야!”

“…….”

사사삭.

십 장여 밖의 수풀이 흔들거리며 흰 그림자가 얼핏 스쳐 갔다.

어느새 비각들이 추격해 온 것이었다.

“궁주… 서둘러야 합니다… 어서…….”

구필이다. 바람 앞의 촛불처럼 그의 목소리에서는 위태로운 생기가 담겨 있을 뿐이었다. 일평생 목여염을 보필하다 늙어버린 구필이었다. 목여염의 눈가에 물기가 차 올랐다.

“안 돼요! 우리는 같이 갑니다.”

“속하는 가망이 없습니다… 살아 남으셔야 저희의 복수를 해주실 것이 아닙니까? 와룡각주, 함 대협… 어서 궁주님을…….”

여전히 멍한 표정의 함철원.

슈슈슉.

목여염의 바로 옆, 낙엽 더미어서 솟구치는가 싶더니 네 개의 흰 그림자가 함철원의 등 뒤로 벼락같이 날아들었다.

“위험!”

목여염이 몸을 날려 비각들의 진행 방향을 막아서 날카로운 일검을 내질렀다.

“컥!”

한쪽 눈을 꿰뚫린 비각이 널브러졌다.

그러나 남은 세 비각의 위치를 놓쳤다. 동시에 목여염은 뇌문과 유문, 상관혈을 통해 서늘한 검풍이 밀려듦이 느껴졌다.

‘늦었어. 한 놈이라도……!’

목여염은 방어는 도외시하고 유문혈로 밀려드는 검풍만을 맞받아쳤다.

스걱.

베었다.

어찌 된 일인지 뇌문을 노리는 살기는 씻은 듯 사라졌지만 상관혈로 떨어지는 검초는 막을 수 없다.

‘팔만 괜찮았더라면…….’

묵빛 협봉검이 목여염의 목을 꿰뚫는 환영이 그려질 무렵, 거대한 그림자가 협봉검의 투로를 가로막았다. 구필이었다.

“아저씨!”

목여염은 그제야 상황을 판단할 수 있었다. 한 명의 비각은 야살귀의 손에 박살이 났고, 다른 한 명의 검수는 구필이 온몸으로 막아 선 것이었다.

구필의 가슴을 완전히 관통해 등을 뚫고 나와 버린 협봉검. 그럼에도 구필은 협봉검을 쥔 비각의 손을 완강하게 쥐고 놓아주질 않았다. 당황하는 비각 무사.

"빌어먹을… 함 대협… 어서……."

목여염보다 함철원의 얼굴이 더욱 굳어졌다. 자신 때문에 한 사람이 죽을 뻔했고, 또 한 사람은 죽었다.

넨장할, 구필이야 이미 죽어가고 있었으니 내 책임이 아니다. 아니긴 한데…….

함철원이 번쩍 정신을 차렸다.

구필의 말은 전적으로 맞다. 살아남아야 한다. 그래야 숙연연이 살아 있다면 구해낼 것이요, 죽었다면 천만 배 복수를 할 수 있는 것이다.

구필에게 붙들린 비각의 머리를 비틀어 버린 야살귀가 목여옅의 손목을 낚아채 비조처럼 날아올랐다.

"구 형! 저승에서 보면 한잔합시다."

함철원 역시 입술을 질끈 깨물고 야살귀를 따라 몸을 날렸다.

자리를 뜨자마자 사방에서 쏟아져 나오며 구필의 주위로 희번덕거리며 스쳐 가는 비각들. 마지막 힘을 쥐어짜 필사적으로 칼을 휘두르던 구필이 얼어붙 듯 굳어지더니,

피슈슈슉.

온몸에 뚫린 수십 개의 구멍을 틈해 피 안개를 내뿜으며 휘청거리더니 이내 무너져 내리는 구필이었다.

목여염은 입술을 질끈 깨물었다.

그날 이후 절대 울지 않으리라 다짐을 했지만… 빌어먹을 눈둘은 끊임없이 흘러내렸다.

시간이 좋지 않았다.

본거지를 정하고 보름 이상은 머물지 않던 원칙을 지키지 못하고 한 달여 동안이나 사홍에 머물고 있었던 것도 좋지 않았고, 때마침 주요

전력이라고 할 수 있는 최선지의 북마군과 석양동을 비롯한 주요 호위 세력이 자리를 비운 것도 좋지 않았으며, 황정과 무림연맹이 경고에도 불구하고 어쭙잖은 웅심에 은성전장을 기어이 쳐 없애겠다는 내용의 서신이 이제야 도착한 것은 그야말로 결정적으로 좋지 않았다.

다른 시각으로 보자면 저들에게는 그야말로 천시(天時)였을 테지만.

한쪽 가슴이 알싸하게 아파온다. 천지밀궁을 잃어서만이 아니다.

그는… 석양동은 다시는 볼 수 없을 것이다.

어차피 상관없지 않는가? 그는 결코 자신을 용서해 주지도 않을 테니까…….

"피해!"

상념을 파고드는 다급한 경호성.

동시에 거대한 그림자가 목여염을 덮쳐 왔다. 야살귀였다.

달려가는 속도가 있었던 터라 야살귀와 목여염은 한데 뒤엉켜 나뒹굴었다.

"이게 무슨 짓……!"

"흠……."

목여염은 야살귀의 갑작스러운 행동에 기급했으나 야살귀의 입에서 흘러나온 미세한 신음 소리를 듣고 입을 다물었다. 내뱉은 숨에는 진기가 실려 있었다. 내상이다.

"대체……."

목여염의 의문은 오래지 않아 풀릴 수 있었다.

살을 에는 예기. 간발의 차이로 머리 위로 스쳐 가지만 미세한 소음조차 없었다.

그제야 목여염이 나아가던 방향의 아름드리나무가 서너 그루씩 통째로 베어져 무너져 나갔다.

완벽한 묵음(默音), 엄청난 고수다.

야살귀는 목여염을 거의 집어 던지다시피 밀쳐 냈다.

"계속 가."

"당신은?"

"곧 따라간다."

이 말만을 남기며 야살귀는 뒤돌아 신형을 날렸다.

그의 뒷모습을 물끄러미 쳐다보던 목여염이 검을 고쳐 잡았다.

함철원은 난데없는 상황에 걸음을 멈추고 멍한 표정. 그의 시각으로는 갑자기 야살귀가 목여염을 덮치더니 이내 그 주위의 나무들이 베어지는, 다소 황당한 장면만이 펼쳐지고 있는 것이었다.

"안전가옥이 어딘지는 아실 겁니다."

"궁, 궁주."

"저들의 목표는 우립니다. 함 대협은 뒤돌아보지 마세요."

목여염도 몸을 날렸다.

함철원은 두 사람이 사라진 방향을 멍하니 쳐다보다가 이내 결심한 듯 얼굴을 굳히고 내달리기 시작했다. 돕고는 싶지만 자신의 실력으로는 거치적거리기만 할 터. 없어져 주는 것이 도와주는 길임을 모르지 않은 것이다.

목여염은 얼마 가지 않아 작은 공터에서 두 사내를 발견할 수 있었다.

야살귀와 마주한 사내, 백차성이 느릿하게 고개를 돌려 목여염을 쳐다보았다.

백차성의 시선과 마주치자 목여염은 일찍이 경험해 보지 못한 충격에 휩싸이고 말았다.

저자는… 백차성이 아니다. 일대종사에게서나 풍기는 폭풍 같은 예기를 온몸에 두른 저자는…….

이 정도였다니… 이건 되는 싸움이 아니다!

"크크크, 목 궁주가 천하절색이라더니 목숨 바쳐 봉사하는 사내놈들이 줄을 섰구나."

목여염의 눈에는 절망이, 반면 야살귀는 싸늘한 미소를 피워냈다.

"이게 누구신가? 여동생의 사랑을 얻지 못하더니 동네방네 여자란 여자는 다 찝쩍거리고 다니시는 백씨 가문의 장자가 아니던가? 그런데 어쩐다? 이 숙녀 분께서도 마음에 둔 남정네가 이미 계신 듯한데?"

격장이다. 아니나 다를까? 시종 권태로운 표정이던 백차성의 안색이 싸늘하게 굳어졌으며, 취기에 흐릿하던 눈에는 어느새 지독한 한광이 번뜩거리고 있었다.

"너는… 먼저 그 주둥이부터 찢어놓아야 할 놈이구나."

쿠우우우.

무지막지한 패기가 밀려드는가 싶더니 백차성의 신형이 좌우로 찢어지며 흩어졌다.

그럼에도 야살귀의 입가에는 비릿한 미소가 피어오른다.

정(精), 기(氣), 신(神) 중 정이 흔들렸다. 기회!

팡! 팡! 팡!

굉장한 파공음과 공간을 잠식하는 권형이 창궐한다.

"느려."

엄밀한 권의 그물을 헤치고 오는 한줄기 섬광.

"알아."

동요없는 음성.

그제야 백차성은 야살귀란 인물이 이토록 중구난방 격으로 주먹을 뿌릴 자가 아니라는 생각이 번뜩 들었다.

동시에 코끝에 스치는 시큰한 휘발성 냄새.

"백린?!"

푸아악! 콰앙!

일대를 집어삼키는 엄청난 화염. 대지가 들썩거릴 지경이다.

화염이 걷히고 불붙은 마른 낙엽이 분분히 휘날리는 가운데 온몸을 그을린 채 얼굴을 양팔로 가로막은 사내만이 우두커니 남았다.

"흐음……."

야살귀와 목여염은 사라졌다.

그러나 뛰어봐야 부처님 손바닥, 그들이 숨을 하늘이란 이제는 존재하지 않는다.

뒤이어 속속 도착하는 이취반과 비각들.

"쫓아라. 내 곧 뒤따를 것인즉."

"복명!"

무수한 흰 그림자들이 숲 속으로 사라졌다.

백차성은 비각들이 모두 사라지자 그 자리에 주저앉아 가부좌를 틀었다.

쉬이이.

곧이어 백차성의 머리 위로 너울너울 안개가 피어올랐다.

오래전 동공(動功)의 경지에 이른 백룡창천심법(白龍蒼天心法)이기에 지금의 모습은 분명히 의외였다.

그러나 그럴 수밖에 없었다.

대략 일 다경의 시간이 지나자 백차성의 코와 입에서 꺼멓게 죽은 피가 흘러나오는가 싶더니 그의 두툼한 가슴에서 세 개의 새하얀 은침이 살을 뚫고 슬그머니 도드라지기 시작한다.

목여염의 빙백은침이었다.

화공에만 신경을 쓰는 틈에 일격을 당하고 만 것이다.

마침내 독을 모두 밀어내고 눈을 번쩍 뜬 백차성의 얼굴에 진노가 서렸다.

"왜 이쁜 년들은 성질들이 다 저 모양일까?"

백차성의 신형이 숲 속으로 쏘아져 들어갔다.

"헉… 헉……."

야살귀의 호흡이 거칠어졌다.

등에 맞은 일검이 생각보다 깊은 모양. 흘러내리는 피만큼이나 빠르게 기력이 빠져나갔다.

"컥!"

답답한 신음과 함께 비각 한 명이 무너져 내렸다. 한 팔을 쓰지 못함에도 목여염의 일검은 여전히 날카로웠다.

그러나 그녀 역시 지친 기색이 역력했다.

비각의 공격은 그야말로 찰거머리 같다. 머리 속에 들어앉아 있는 마냥 어디로 가나 비각은 어김없이 매복 공격을 펼쳐 왔다.

백차성 때문에 지체된 시간이 문제다.

백차성의 추적은 잠시간 지체시켰지만 그동안에 비각들이 치밀한 매복진을 형성해 놓고 기다리고 있는 것이다.

문제는 비각과 매복진이 아니라 백차성과 시간이다.

야살귀와 목여염이 몸이 성했다고 해도 백차성은 어림도 없는 초강 자였다.

불문곡직 정면 대결만은 피해야 했고, 다소 비겁해 보이는 비기를 펼치기까지 했다.

그런데 앞을 가로막는 비각의 매복진도 결코 만만한 것이 아닌, 그 야말로 개 같은 상황인 것이다.

야살귀와 목여염 정도의 무인이라면 비각들의 매복진을 피해갈 수 도 있을 것이나, 공을 들여 차분하게 매복진을 와해시키려면 적잖은 시 간이 걸릴 것은 자명한 일이고, 그래서야 백차성을 지연시킨 효과를 볼 수가 없을 것이었다.

그래서 강행 돌파를 결정했고, 악순환만 반복되고 있는 상황이다.

"악!"

발밑에 숨어 협봉검을 찔러오던 비각의 머리를 짓뭉개던 순간, 야살 귀는 날카로운 비명 소리에 급히 목여염을 쳐다보았다.

역시나 한쪽 팔이 문제다. 비각 한 명의 가슴이 쩌억 벌어지며 무너 졌지만, 목여염의 복부에도 협봉검이 틀어박혔다.

버티지 못하고 한쪽 무릎을 땅에 박아버리는 목여염. 그 위로 두 명 의 비각이 협봉검을 곧추 세우며 날아들고 있었다.

다급한 상황.

"정신 차려!"

야살귀는 진기를 발끝에 몽땅 싣고 몸을 날렸다.

늦었다. 목여염의 심장과 돌덜미에 협봉검이 박혀드는 환영이 선명 하게 그려졌다.

그러나 그런 일은 벌어지지 않았다.

두 비각은 목여염을 그대로 스치고 지나가 멈춰 서더니 그 자세 그대로 굳어져 있는 것이었다.

"……!"

스스슥.

허리부터 깨끗하게 양분되어 널브러지는 두 비각.

차차차창.

동시에 곳곳에서 병장기 부딪치는 맑은 쇳성이 울려 퍼졌다.

돌변한 상황에 두리번대는 야살귀.

"넨장맞을! 내 팔자가 이렇지!"

도망간 줄로 알았던 함철원이 흉맹한 도초를 휘두르며 비각 한 명을 거꾸러뜨리는 모습이 보였다.

그뿐 아니다. 모두 죽은 줄로만 알았던 십여 명의 천지밀궁 무사들이 필사적으로 비각들을 막아내고 있었다. 그제야 야살귀는 아직도 이만한 병력이 남아 있을 만한 한 군데를 생각해 낼 수 있었다.

일격에 비각 두 명이 허리부터 양단되고, 그 사이를 뚫고 나오는 백의 사내, 석양동이었다.

이들은 석양동이 뽑아 나갔던 무사들인 것이다.

석양동은 또 한 명의 비각을 일격에 베어버리고 야살귀의 앞에 섰다.

"그녀를… 데리고 빠져나가라."

얼음장 같은 음성이 낮게 깔려들었다. 수많은 죽음을 갈구하는 살인귀의 냄새. 그러나 야살귀는 피식 웃어 보일 뿐이다.

"궁주의 남자친구는 내가 아니다. 네놈이 데려가라."

"……."

석양동은 뭔가를 말하려다 입을 다물어 버렸다. 비칠대며 걸어가는 야살귀의 등을 가로지르는 자상. 얕지 않다. 저리 움직일 수 있는 것조차 믿어지지 않을 지경이었다.

야살귀는 비각의 시신 앞에 퍼더버리고 앉았다.

"사람 피는 손대지 않으려고 했는데… 이젠 그야말로 흡혈가인이 되는군."

야살귀는 여전히 더운피를 쏟아내고 있는 비각의 시신에 머리를 처박았다. 피를 마시고 있는 것이다.

그때 야살귀의 뒤로 비각 한 명이 슬그머니 다가갔다. 석양등이 막 일검을 뽑아내려는 찰나,

야살귀가 벌떡 일어나더니 비각에게 달려들어 목을 물어버렸다.

"으아악!"

발작에 가까운 사지 경련을 일으키던 비각이 이내 축 늘어져 버린다. 동시에 눈에 뜨일 만큼 수척하게 말라갔다. 비각은 눈 몇 번 깜빡일 시간에 몸 안의 피를 몽땅 잃고 만 것이다.

"크아아아아……!"

하늘을 향해 포효하는 야살귀. 다 죽어가던 놈이 갑자기 생기가 넘쳐 난다, 지나치다 싶을 만큼……

이내 양 어깨를 축 늘어뜨린 채 술 취한 마냥 비틀비틀 석양동에게 다가섰다.

전에는 느낄 수 없었던 음울한 기운. 머리 속에서 연신 경고성이 울려 퍼졌다.

검을 들어 야살귀에게 겨누는 석양동.

그러나 그것뿐이었다. 헝클어진 머리 밑으로 유일하게 보이는 야살귀의 턱에 맺혀 있는 두 줄기 물기를 보았기 때문이다.

사내의 눈물이었다.

검을 손가락으로 천천히 젖히고 석양동의 멱살을 틀어쥔 야살귀가 느릿하게 고개를 들어올렸다.

여전히 눈물을 뽑아내고 있는 핏발선 그의 눈.

"약속해. 저 여자… 다시 울리면… 넌 죽어……."

슬프다. 그리고 간절하다.

야살귀는 자신의 목숨을 담보로 목여염을 살리려 하고 있었다. 그것이 무슨 의미인 줄 모를 만큼 석양동은 멍청하지 않았다.

"난 어차피 죽는다. 여기는 내가 남는다."

"크크크, 죽더라도 저 여자 곁에서 죽어라. 이런 모습… 더 이상 저 여자에게 보이고 싶지 않아."

석양동의 눈이 깊이 가라앉았다. 이 자식… 목여염을 연모하고 있는 것이다.

"저 여자… 웬만하면 한 번 봐줘라. 네 사부는 네놈이 생각한 만큼 성인군자는 아니었어."

비로소 무겁기만 한 석양동의 눈이 흔들리기 시작했다.

수없이 되짚었고, 수없이 반문했다. 목여염은 그깟 십단금 때문에 사부를 그토록 잔인하게 죽였는가? 단지 십단금 때문이라면 굳이 그럴 필요는 없었다. 훔쳐내 달아날 기회는 넘치고도 넘쳤거늘…….

"무슨 의미인가?"

대답 대신 손을 풀고 서서히 뒤돌아서는 야살귀.

"그런 건 직접 들어보고… 서둘러라. 최대한 막아보겠지만, 시간이 많지는 않을 거야……."

그제야 석양동은 숲의 안쪽에서 무시무시한 기운이 빠르게 다가오고 있음을 느낄 수 있었다. 초강자다.

석양동은 재차 야살귀를 돌아보았다. 그의 굳건한 의지를 담은 뒷모습. 결코 고집을 꺾지 않을 남자다. 이 사내의 마지막 의지가 이것이라면 존중해야 한다.

석양동은 몸을 날려 목여염을 안아 들었다. 힘없이 눈을 뜨는 목여염. 석양동을 알아보고는 희미하게 웃어 보였다.

"나… 죽으려나 봐… 당신이… 그 사람으로 보여……."

목여염은 야살귀가 자신을 안아 든 것을 잘못 본 것이라 생각하고 있는 것이다.

"서두르시오!"

함철원의 외침에 석양동도 내달리기 시작했다.

힘없이 안겨 있는 와중에 으연히 목여염의 시선이 급격히 멀어지고 있는 숲 속을 향했다.

그리고 그녀는 보았다.

저 멀리 자신을 향해 희미하게 웃고 있는 야살귀를…….

그제야 목여염은 자신이 헛것을 보고 있는 것이 아니었으며, 지금 무슨 일이 벌어지려는 것인지 깨달았다.

"이, 이거 놔! 그를 두고 갈 수는 없어."

어디서 그런 힘이 솟았는지 석양동의 품에서 벗어나려 버둥거리더니 급기야 그의 손을 물어버리는 목여염이다.

당장에 살점이 떨어져 나가고 핏물이 흘러내렸지만 석양동은 이맛살도 찌푸리지 않은 채 쉼없이 신법을 전개할 뿐이었다.

퍼버벅.

야살귀의 사방 육위를 점하며 검초를 뿌려대던 비각 세 명이 얼굴과 가슴이 산산이 부서져 사방으로 뿌려졌다.

야살귀는 한차례 비틀거리더니 재차 두 다리를 지면에 굳게 박고 섰다. 세찬 폭풍우에 쓰러질 듯 쓰러질 듯, 그러나 결코 쓰러지지 않는 천 년의 고목처럼…….

"다음!"

서로를 향해 눈빛을 교환하던 다섯 명의 비각이 일제히 몸을 날렸다.

날카로운 검의 폭풍이 일시에 몰아닥치니, 이것만은 막아낼 수 없다는 생각이 들기도 전에 다섯의 협봉검이 만들어낸 엄밀한 검막을 일거에 집어삼키는 무시무시한 권풍이 공간을 수놓았다.

빠바바바바박!

세 비각의 머리가 폭죽처럼 터져 나가고, 둘은 형편없이 나동그라졌다. 그러나 두 명의 비각 역시 가슴이 움푹 패인 것이 오늘밤을 넘길 수는 없어 보이니 운이 좋다고 말할 수도 없었다.

"다음!"

또 다른 비각 다섯 명의 운명도 불 보듯 뻔하게 전개되었다.

비산하는 피륙의 파편들. 사방에 핏물이 한여름 장맛비처럼 쏟아져 내렸다.

"헉… 헉… 다음……."

약에 절어 실성한 마냥 끊임없이 달려들던 비각들도 이제는 질린 표정으로 주춤거릴 따름이다.

그때였다.

파바바방.

대기를 찢어발기는 굉장한 파공성과 함께 장내에 등장하는 무시무시한 존재감, 백차성이다.

"흐음……."

백차성은 시산혈해나 다름없는 주위를 훑어보며 눈살을 찌푸렸다. 온전한 시체가 없다. 모두 갈가리 찢어져 거름마냥 흩뿌려진 시신들뿐이다.

이윽고 백차성의 시선이 시체의 산 위에 고정되어졌다.

시체가 만든 산의 정상에 비어 있는 한쪽 소매를 펄럭이며 굳건히 앉아 있는 저 남자.

한쪽 팔은 잘려 나갔고, 두 다리는 걷잡을 수 없이 후들거리그 있었으나 한광이 서린 눈빛만은 전혀 죽지 않았다.

전장의 투신(鬪神)이 이러할까?

비각 중의 일부는 경외마저 담긴 시선으로 이 남자를 올려다보고 있을 지경이었다.

비로소 예의 권태롭고도 음란한 웃음기가 완전히 사라진 백차성이 물었다.

"그 여자가 이럴 만한 가치가 있던가?"

야살귀는 살기가 덕지덕지 붙어 있는 음울한 시선을 천천히 들어올리더니 이내 피식 웃는다.

"이해하려고 애쓰지 마라… 나도 내가 지금 뭐 하고 있는 줄 모르겠으니까……."

"후후, 네놈의 목숨과 바꾼 그 여자. 어차피 곧 죽는다."

"…그렇겠지. 그 친구도 벽에 똥칠할 때까지 살 마음은 없을 거야. 하나, 앞으로 일각. 일각 동안은… 확실히 산다. 그것이 내 의지다."

진정 지나갈 수 없을 것만 같다. 이 남자가 지키고 있는 공간은 철옹성(鐵甕城)이다.

백차성의 안색이 더 더욱 굳어졌다.

"당주."

백차성은 시선을 야살귀에게 고정한 채 이취반을 불렀다. 온통 핏물을 뒤집어쓴 이취반이 그의 앞에 부복했다.

"나를 또 실망시켰구나."

당장에 낯빛이 창백해져 땅에 이마를 찧는 이취반.

"죽여주십시오!"

"그럴 생각이다."

"……!"

"죽기 전에 저 남자의 목을 가져와라."

"복명."

이취반은 협봉검을 굳게 쥐고 일어섰다.

그에게서 죽음의 공포 따위는 읽혀지지 않았다.

종복이 임무의 실패를 이유로 주인의 손에 죽는다면 그 또한 씻을 수 없는 치욕. 백차성은 이취반에게 명예롭게 죽을 수 있는 기회를 준 것이었다.

비장감이 서린 시선으로 야살귀를 올려다보는 이취반.

저런 남자라면 마지막을 함께하기에 부끄럽지 않다.

"타앗!"

야살귀의 요혈을 노리고 송곳처럼 날아드는 비쾌무비한 일검.

두 다리로 서 있기도 힘들어 보이던 야살귀의 몸이 종이가 구겨지듯 기묘한 각도로 접히더니 이취반의 협봉검을 가벼이 흘려 보냈다.

그 바람에 훤하게 드러나는 야살귀의 옆구리.

기회!

재차 일검을 찔러 넣으려는 찰나.

협봉검을 타고 넘어오는 날카로운 권풍. 느꼈다고 생각하는 순간에 이미 안면에서는 알싸한 통증이 밀려든다.

빡!

소리는 그 다음이다.

의식이 가물가물해지며 사위가 급격히 어두워졌다.

이승의 끝자락을 부여잡고 있는 이취반의 시선에 잡힌 장면. 비릿한 미소를 흘리며 야살귀의 심장을 향해 검을 날리는 백차성이었다.

'개새끼… 나를 공격하는 틈을 이용하려 했던 것이구나. 누구 탓을 할 수 있을꼬. 주인을 잘못 만난 죄인인 것을……'

마지막 가는 길마저 무거운 짐을 한가득 짊어져야 하는 이취반이었다.

　　　　*　　　　*　　　　*

팽가호는 전신을 관통하는 싸늘한 한기에 절로 어깨를 움츠리며 진저리를 쳤다.

그것도 이글거리는 화톳불과 끓는 물에서 뿜어져 나오는 증기로 보통 사람들은 숨 쉬기조차 버거운 주방에서 말이다.

배설을 관장하는 기관에 약간의 문제가 있기는 했지만 그가 꿈쓸 괴질에 걸렸거나, 찜통 같은 주방에서는 한기를 느껴야 만수무강에 지장을 받지 않는 특이한 체질을 타고난 것은 아니었다.

"천천히 해. 일 다경이나 남았잖아. 만두 오십 인분밖에 안 되는데 그 시간이면 충분하잖아. 그치?"

바로 이자들 때문이었다.

"조, 조금만 더 시간을… 고기가 부족한지라……."

"그래? 아까 우리 대장 봤지? 생긴 건 계집애마냥 곱상한데 의외로 식성이 까다롭지는 않아. 사람 허벅지 살로 만두 속을 채워도 맛나게 드실 분이지."

봤다. 보고 기절하는 줄 알았다.

그 자식은 충분히 그러고도 남을 놈이다.

어찌 잊을 수 있겠는가? 자신의 항문 괄약근을 갈래갈래 찢어놓은 것도 모자라 아직도 꿈자리를 뒤숭숭하게 하는 '유격 고문'을…….

그때 떴어야 했다. 빌어먹을 춘연곡에 뭐 벌어먹을 것이 있다고 아직까지 죽치고 있었던 것인지…….

"일 다경이다."

사내는 커다란 칼을 빼 들고 도무지 될 것 같지 않은 손톱 손질을 하며 별것 아니라는 양 툭툭 뱉어놓았다.

그리고 팽가호는 시간 안에 만두를 내놓지 못할 경우, 저 사내는 정말 사람의 허벅지 살로 만두를 만드는 것이 불가능한 일이 아님을 보여줄 것이라는 확신이 들었다.

팽가호가 춘연파의 해체 이후로 생계형으로 운영하는 만두점은 춘연곡에서 몇 군데 되지 않은 만두점 중에서도 가장 장사가 되지 않은 곳이었다.

인근의 경쟁 관계에 있는 만두점을 상대로 사람 시체의 허벅지 살을 만두 속으로 쓴다는 악의적인 소문을 퍼뜨리기도 해봤고, 왕년의 방식대로 협박도 해봤지만, 사람들은 자신의 만두점을 찾는 대신 만두를 먹지 않는 방법을 택했던 것이다.

그 정도로 팽가호가 운영하는 만두점의 만두는 맛이 없었다.

말이 씨가 된다더니… 제 만두에 자신의 허벅지 살을 깎아 넣는 일을 겪게 될지도 모를 상황이 된 것이다.

"왕 숙부, 아직 멀었나요?"

웬 여자 아이가 주방에 빠끔히 고개를 내밀고 갈망이 담긴 커다란 눈을 요리조리 굴렸다.

"오~ 우리 련아가 배가 고픈가 보구나. 최선을 다하고 있으니 조금만 기다리거라."

팽가호는 일순 희망이라는 것을 품게 되었다.

그러고 보니 귀신 눈깔 자식은 당시에도 착한 척하며 사람들을 구하려 영웅 행세를 하지 않았던가?

저렇게 예쁘고 귀여우며, 순박한 아이와 살얼음판 같던 사내의 얼굴이 순식간에 부드러워지는 광경을 보라. 저런 자들이 아이 앞에서 그토록 흉악한 짓을 할 가능성은 매우 낮은 것이다.

그러나 그런 생각들은 순전히 팽가호의 터무니없는 착각이었다.

"휜둥이가 배고파서 자꾸 코채요. 주공께서는 더 늦어지면 저 아저씨를 휜둥이 먹이로 준대요."

여자 아이는 작은 고사리 손을 들어 팽가호를 가리켰다.

휜둥이… 휜둥이라…….

팽가호는 여자 아이가 휜둥이라 부르고 있는 것이 설마 이 칼잡이들과 같이 들이닥친 거대한 늑대는 절대로 아닐 것이라고 생각하면서도 절로 다리가 풀려가는 현상은 다잡을 수 없었다.

'미쳤어… 다 미친놈들이야!'

팽가호는 기적이 일어나서 일 다경 동안에 오십 인분의 만두를 빚는 일을 성공해서 살아남는다면, 앞으로는 반드시 주어진 능력껏 열심히 살아가겠노라고 다짐에 또 다짐을 했다.

"미쳤어?!"

벌떡 일어서며 탁자를 내려치는 과격한 반응을 보이는 연화의 반응에도 진은 그저 차를 들이킬 뿐이었다.

그러나 음양대원 중 누구도 연화의 과격한 행동이 지나치다고 생각하지 않았다.

그러니까… 이들은 진이 미쳤거나 미쳐 가고 있다는 점에 대해서는 어느 정도 동의하고 있는 것이다.

홀로 한진회주를 만나러 가겠다니…….

음양대원들은 한진회라는 이름을 진에게서 처음 들어봤지만, 귀면묵인대를 통해 그들이 어떤 녀석들인지는 명확히 알고 있었다.

음양대원들은 진에게 각자에 맞는 무공과 칠정진기의 운용법을 얻고 나서 단기간에 기존과는 비교할 수 없을 정도로 성장했으며, 자신감도 충만했다.

그럼에도 단 여섯 명에 불과한, 게다가 오랜 전투로 지칠 대로 지친 귀면묵인대를 상대로 고전을 면치 못한 기억은 치욕을 느끼기도 전에 상당한 충격으로 다가왔다.

그런 실력자들이 한진회 내에는 수백, 어쩌면 수천 명이나 더 있을

지도 모른다 한다.

비검이란 자는 또 어떤가? 비록 치명적인 상처를 입은 채였지만, 음양대원들은 그를 처음 목도할 때 저도 모르게 치를 떨 정도의 굉장한 기세를 풍기지 않았던가?

들자하니 비검은 신검 영호성과 생신 장삼봉에 근접한 괴물이라 한다. 그런 비검이 이덕패에게 당했다. 백차성도 호부견자와는 거리가 아주 멀며, 남궁천명도 백면서생과는 전혀 상관이 없는 자라고 한다.

그런 자들을 부리는 한진회주가 설령 하늘을 날아다니며 입에서 불을 뿜어 댄다고 해도 음양대원들은 전혀 놀라지 않을 것이었다.

한진회의 구성원들은 그야말로 괴수열전인 것이다.

진 역시 그들과 어깨를 나란히 할 정도의 초절정고수인 것은 부인하지 못할 사실일지라도 한진회주와의 독대는 제정신으로 할 수 있는 생각이 아니라는 점도 분명히 사실이었다.

"못 가! 절대로 못 보내! 널 그렇게 죽게 두지는 않을 거야!"

"난 그렇게 쉽게 죽지 않는다."

연화는 눈을 부릅뜨고 진을 한참 동안이나 노려보았다. 한 치도 들리지 않는 진의 눈빛.

결국 털썩 주저앉으며 한숨을 내쉬는 연화였다.

진은 이미 결정했다. 그리고 그 결정을 번복할 것이라면 애초에 입밖에 내지도 않을 사람이라는 것은 누구보다 연화가 잘 알고 있었다.

"그렇다면 나도 같이 가."

"좋지 않은 생각이다."

"네가 가면 나도 가. 다시는……."

연화는 다시는 너와 떨어지지 않을 거라는 말을 차마 뱉지 못하고 얼굴을 붉히며 시선을 피할 뿐이었다.

스릉. 창. 철컥.

객청 안에 요란하게 울려 퍼지는 병장기 부딪치는 소리. 음양대원들이 각자의 병기를 뽑아 점검하는 것이었다.

"대장과 대모가 가시는 길에 저희가 안 갈 수 없지요."

"두말하면 숨 가쁘지."

"우데? 당연한 일을 주딩이로 씨부리노. 연장들 단디 챙기그라."

진의 안색이 급히 굳어졌다.

이래서다. 인연을 만들려 하지 않았던 이유는…….

"오늘 부로……."

일시에 집중되는 시선들.

"음양대는 해산한다."

찬물을 끼얹은 듯 장내에는 지독한 침묵이 휘돌았다. 진의 결심은 이미 확고했다.

진과 노백을 제외한다면 최고 서열이라 할 수 있는 왕달이 먼저 침묵을 깼다.

"명이십니까?"

"명이다."

"그렇군요."

의외로 순순히 수긍한다. 그것은 다른 음양대원들도 마찬가지. 되레 진이 무안할 지경이었다.

"애들아, 명이시란다. 오늘 부로 음양대는 해산한다."

"이런… 또 실직인가?"

"자넨, 어디로 갈 텐가?"

"글쎄, 어디를 가더라도 그 구 면 어쩌고 하는 놈들이 가만 놔둘까? 내가 한 녀석 모가지에다 칼침을 박았는데 말이다."

"너도 그랬냐? 나돈데… 그 독한 놈들이 우릴 내버려 두지 않겠지?"

"내버려 둘 리가 없지. 우리 엄마가 말씀하시길, 문제는 근본에서부터 해결해야 확실하다고 하셨어."

"워마? 니캉 내캉 어무이가 와 이리 똑같이 말씀하셨노? 그노마들 고마 탁! 쎄리 직이뻬야 두 발 뻗고 안 자겠나?"

잠시간 웅성대더니 순식간에 의견이 통일되었다. 터무니없는 이유들을 들고 나오지만, 결론은 진과는 별개로 그들 역시 한진회와 대적하겠다는 말이다.

진은 한숨을 포옥 내쉬었다.

음양대원들의 주장은 다분히 억지스러웠지만 그들을 납득시키려면 상당히 복잡한 언쟁을 거쳐야 가능한 것이었다. 그리고 그 과정에서 필연적으로 전개되어야 할 말싸움에는… 빌어먹을… 연화는 물론이고, 이들이 알아서 좋을 것이 없는 것이다.

진의 생각이 맞다면…….

"대, 대장!"

갈 곳 모르고 방황하던 진의 번민은 피투성이가 된 음양대원기 허겁지겁 객청에 뛰어든 것과 동시에 가슴이 덜컥 내려앉는 불길함으로 변질되었다.

"무슨 일이냐?!"

"노 대주가……."

땡그렁.

음양대원이 말을 마치기도 전어 주방 쪽에서 접시 깨지는 소리가 들려왔다.

하얗게 질린 표정의 노련의 발밑에는 접시와 만두가 나뒹굴고 있었다.

"아, 아빠?"

"니기미!"

진의 신형이 꺼지듯 사라졌다.

진은 귀랑 위에 올라타 석천산맥을 가르고 있었다.

칼만 안 들었지 난장판이긴 마찬가지인 진의 고향과 여기에 휴대 전화와 지하철과 전기를 빼면 전혀 다를 바가 없는 강호무림의 연결 고리인 바로 그 석천산이다.

그리고 석천산에는 참으로 공교롭게도 천지밀궁이 은밀하게 마련한 안전가옥이 자리하고 있었다.

산의 정기가 불순하고 험준하기 이를 데가 없어 흔한 도관 하나도 자리잡지 않았으니, 이목이 피할 수 있어서 안전가옥으로는 그야말로 적지인 것이다.

안전가옥이라니 필경 엄밀한 진세를 펼치고 있을 것이지만, 노백은 그저 연화에게 부여된 기호와 서신만 전달하면 되는 것이었다. 설령 그 과정에서 오해가 생긴다고 해도 노백 정도라면 탈이 없을 것이라 생각했던 것이다.

그러나 그렇지도 않은 모양이다.

노백만은 안 된다. 하얗게 질린 노련의 얼굴이 자꾸 떠올라 진은 가슴이 새까맣게 타 들어갔다.

계곡을 세 개쯤 지난 것 같고, 봉우리도 두 군데쯤 지나친 것 같다.

귀랑은 노백과 음양대원들이 남긴 체취를 따라 밀림과 다름없는 무성한 수풀을 헤치고 달려 나갔다.

이윽고 수풀을 벗어나니 고원의 평야가 펼쳐졌다.

모르는 이에게 말했다면 절대로 믿지 않을 광활한 고원평야가 산 중턱에 펼쳐진 것이다.

귀랑이 불현듯 멈춰 섰다.

<u>크르르르.</u>

잔뜩 자세를 낮추고 으르렁거리는 귀랑.

허허한 고원평야뿐이건만, 귀랑은 어딘가를 향해 맹렬한 적개심을 표하고 있는 것이다.

진 역시 잔뜩 긴장된 얼굴.

은은한 살기가 퍼져 나오고 있는 것이었다. 살기라는 것이 본래 특정된 곳에서 비롯되기 마련인데, 이건 평야 전체가 살기를 머금고 있는 마냥 광범위하게 넘실거렸다.

진은 칠정진기를 휘돌렸다.

인위적이고, 작위적이다. 진법인 것이다. 눈을 속이니 환영진(幻影陣)이고, 살기를 내포하고 있으니 살진(殺陣)이다.

무엇보다 이 둘이 섞인 진법이라는 것이 좋지 않다. 알려진 바로는 환영진과 살진이 버무려진다면 무적의 진법이 될 것이나, 이 두 진법은 서로 상극이라 서로의 효과를 반감시켜 버려 진법에 달통한 자가 아니면 설치조차 쉽지 않다고 했다.

그럼에도 진의 눈까지 현옥시키는 환영과 이토록 광범위한 살기를 흘리는 진법이다. 좋지 않다.

급히 뒤돌아본 진의 안색은 급히 굳어졌다.

빠져나온 밀림이 보이지 않았다. 뒤로 펼쳐진 곳도 끝없는 고원평야였다. 이내 귀랑의 으르렁거림이 잦아든다 싶더니 형체도 안개처럼 흩어져 버렸다.

이미 진 속으로 들어와 있었던 것이다.

"니기미……."

그때였다.

"아이야, 울지 마라. 이 아비가 저놈에게 시집을 보내주마. 펙! 이 아비가 언제 거짓말한 적이 있더냐? 내 틀림없이 저놈의 머리를 떼서 너와 나란히 놓아준다고 하지 않느냐!"

순간에 만변하는 감정의 기복이 담긴 우울한 음성이 어디랄 것도 없이 사방에서 울려 퍼졌다.

신경을 자극하는 정도의 살기가 살을 깎아낼 지경으로 날이 서 사방에서 쏘아져 왔다. 진법의 묘용은 다양하다. 진법을 조정하는 자의 내공을 배가시키고 또한 확산시키는 모양.

진은 온 신경을 집중해 목소리의 주인공을 찾으려 했다. 그러나 공기자체가 살기인 마냥 광범위하기 짝이 없으니 칠정진기의 공능조차 별반 소용이 없었다.

그 순간 목구멍에 솜뭉치를 틀어박은 마냥 가슴이 답답해지는가 싶더니, 송곳 같은 압력이 면전으로 밀려들었다.

진은 기급하며 몸을 칠 장여나 뒤로 날리며 검막을 전개했다.

그러나 걸리는 것은 없었다.

보이지 않으니 탁월한 시력도 별 무소용. 육감을 자극하는 것은 너무나 많다. 눈과 귀를 닫고 감각이 이르는 것을 무시했다. 남은 것은 칠정진기와 본능뿐이었다.

외눈박이 세상에서는 두눈박이가 비정상이라 했던가?

산간천지에 뒤덮인 뒤틀린 정기. 이 불쾌하기 짝이 없는 곳에 정상적인 무엇이 있다면 그것이 틀린 것이다.

있다.

좌로 삼 장!

쉬이익. 스걱.

내지른 세영검의 끝에 뭔가가 걸렸다. 코끝을 스치는 미세한 혈향.

혈향이 달아나기 전, 재차 벼락같은 일검을 찔러 넣었다.

챙!

그야말로 철벽같은 거대한 힘이 막아선다. 암격을 날렸던 인물과는 성질이 다른 기세. 적은 둘이다.

또 다른 미지의 적도 오리무중. 역시나 방향을 잡기는 쉽지 않았다. 진은 낭패한 얼굴로 물러서 수세를 취했다.

그런데…….

슈팡. 슈팡. 채채챙!

어디선가 격렬한 격투음이 들려오는 것이었다. 진은 황당해질 수밖에 없었다. 한 녀석은 다짜고짜 공격해 오더니 이에 반격하자 다른 녀석이 막아섰고, 이제는 두 녀석이 싸우고 있는 것이다.

기묘한 일은 끊이지 않았다.

"……!"

스스스.

주위의 배경이 떠오른 태양에 사라지는 안개처럼 흐트러지는가 싶더니 고원평야가 사라지고, 돌탑들이 빼곡하게 솟아 있는 얕은 둔덕이 나타나기 시작한 것이다.

그리고 눈앞에 나타난 장면.

개방의 거지들조차 혀를 내두를 지경인 상거지 몰골로 일대를 초토화시키는 무시무시한 검공을 뿌려 대고 있는 괴인 둘이었다.

차이점이라면 한쪽은 머리와 수염이 새까맣다는 것과 다른 쪽은 백발이 성성하고 가슴에 해골을 매달고 있다는 정도.

"대체……?"

"괜찮아?"

연화와 왕달을 비롯한 음양대원들이었다. 비로소 진은 어찌 된 일인지 감을 잡을 수 있었다. 연화가 진법을 파훼시킨 것이었다.

"엄청난 오행첨살진(五行尖殺陣)이야. 해체하는 데 반 시진이나 걸리는 바람에 늦었어."

기관진식을 알고 오행첨살진을 아는 사람이 연화가 반 시진 만에 이를 해체했다는 말을 들었다면 혀를 빼물고 놀라 자빠질 것이었다. 오행첨살진에서 빼냈다고 할 때엔 늦었다고 사과할 일이 절대로 아닌 것이다.

그러나 기관진식에 관해서는 여기저기에서 주워들은 것이 전부인 진에게는 다른 부분이 놀라움으로 다가왔다.

"반 시진?"

진이 진 안에 들어선 것은 불과 한 식경도 흐르지 않았다. 오행첨살진은 시간마저도 왜곡시켰던 것이다.

"그런데 저자들은…….."

"잘 봐. 네가 아는 사람들이야."

"아는 사람?"

진이 알고 있는 사람 중에 저 정도의 고수라면 모를 수가 없는 일이다. 그러나 아무리 되짚어보아도 거검(巨劍)으로 패도 일색의 검법을 구사하는 자와 일견 제식용으로 보이는 화려한 검으로 한없이 느리면서도 천변만화하는 지검(遲劍)을 구사하는 자는 도무지 생각이 나질 않았다.

굳이 가져다 붙이자면 검은 머리는 남궁천상과 어딘지 모르게 비슷한 구석이 있다는 정도인데, 진이 알고 있는 남궁천상과는 너무나 다른 모습이었다. 무공도 그렇거니와 부잣집 아들내미가 저런 몰골로 이곳에 있을 이유가 없지 않은가?

"모르겠어? 남궁 공자와 백 맹주야."

진은 연화의 말을 듣고 다시금 유심히 두 괴인을 살펴봤고, 차츰 그들의 예전 모습이 지금과 겹쳐지기 시작했다.

틀림없다. 남궁천상과 백비운인 것이다.

남궁천상은 어떤 수련을 했는지 굉장한 발전을 이룬 것 같다. 패력도법 일색이던 뇌전검법에 섬세함을 더했고, 순간순간 선보이는 변화의 묘는 간담을 서늘하게 할 지경.

반면, 백비운은 어딘지 모르게 변칙적이고 체계가 없어 보였다. 그러나 그 점이 더욱 까다롭게 보였다. 도무지 예측이 불가능한 괴상한 초식의 흐름이다.

"아부지! 우와왕……."

그들의 무시무시한 공방에 연화의 뒤에 숨어 장포자락을 움켜쥐고 숨어 지켜보던 노련이 울음보를 터뜨리며 달려 나갔다.

만신창이가 된 노백과 선발대가 왕달 등의 부축을 받고 비틀비틀 걸어오고 있는 것이다.

연화가 급히 받아 들어 상세를 살펴보고는 안도의 한숨과 함께 노련을 향해 활짝 웃어 보였다. 꼴은 말이 아니지만 심각한 정도는 아닌 모양이었다.

“죄송합니다, 대장…….”

“너는 잘못한 것이 없으니 사과할 필요가 없다. 어찌 된 일이냐?”

“속하, 대모께서 주신 기호를 가지고 이곳에 당도하였으나 저 미친 노인네에게 부지불식간에 기습을 받았습니다. 환영진에 갇힌 데다가 도무지 말이 통하지 않은지라 대응을 했습니다만… 저기 청년 고수의 도움이 아니었다면 살아남지 못했을 것입니다.”

진은 고개를 끄덕이고는 다시 격전장을 향해 시선을 돌렸다.

한 치의 양보도 없는 일대 공방. 누군가 크게 다치거나 죽지 않는 한 끝나지 않을 싸움이었다.

“누군가 말려야 하지 않겠어?”

연화가 근심 어린 시선으로 진을 쳐다보았다. 저런 고수들의 싸움을 말릴 수 있는 사람은 오직 진뿐인 것이다.

그러나 진은 둘의 비무 격전을 말없이 지켜볼 따름이다.

“진!”

“남궁천상은 수련 중이다. 방해하면 좋아하지 않을 거다.”

그제야 연화는 남궁천상의 움직임이 어딘지 어색하다는 것을 알았다.

수백 초를 교환하는 외중에 남궁천상은 결정적인 기회를 잡았음에도 검을 흘려 버리고 만 것이다.

시간이 지날수록 수백 초에 한 번 꼴로 잡아가던 기회가 수십 초로, 그리고 이내 다섯 초를 교환하기도 전에 백비운의 투로를 파고들기 시작했다.

쾅!

마침내 남궁천상은 일검에 거력을 담아 백비운을 저만치 밀쳐 버렸
다.

둘 모두 꽤나 지친 기색. 그러나 남궁천상의 호흡은 빠르게 안정되
어갔고 반면, 백비운의 호흡은 마냥 거칠었다.

승부는 난 것이다. 그러나 승복하지 못하겠다는 양 다시금 백룡검을
치켜들며 몸을 날리려는 백비운. 그때였다.

"우하하하! 내가 바로 당신의 딸이오!"

남궁천상이 난데없이 대소를 터뜨리며 성적 정체성에 심각한 혼란
을 야기하는 흰소리를 외쳐 댔다.

백비운은 엉거주춤 멈춰 서더니 혼란스러운 표정으로 고개를 급히
가로저었다.

"거, 거짓말… 내, 내 딸은 수염이 없다!"

백비운은 남궁천상의 흰소리를 상당히 심각하게 받아들였다. 보기
에 따라서는 우스운 장면이었지만 장내의 누구도 웃지 않았다.

"맞소이다. 나는 당신의 아들이외다."

"이놈! 방금은 딸이라고 하지 않았더냐?!"

"당신의 말은 틀림이 없소이다. 나는 당신의 딸이자, 아들이외다!"

보통 사람이라면 별 재수 없는 미친놈이라 남궁천상을 욕하고 말겠
지만 백비운은 얼굴이 고통스럽게 일그러져 어쩔 줄을 모르고 있었다.

"아니야… 그럴 리가 없어. 내 딸은 현진, 그놈에게 죽었는데… 아
니야… 죽지 않았어……. 으하하하! 맞아! 내 딸은 죽지 않았어!"

망연하게 중얼거리다 별안간 대소를 터뜨리며 숲 속으로 몸을 날려
사라지는 백비운이었다.

진이 영문을 모르겠다는 표정으로 연화에게 물었다.

"저건 또 무슨 소리지?"

"백운혜가 간살(姦殺)됐어. 흉수로는 네가 지목됐고."

"뭐?"

낯빛이 창백해지는 진이었다. 간살이라니…….

"백차성, 개자식의 작품이지. 그놈은 내 손으로 목을 비틀어놓을 거야."

맹렬한 적개심이다. 같은 여자로서의 공분인 것인지, 진에게 강간 살해범의 누명을 씌운 것에 대한 분노인지는 가늠할 길이 없지만, 진도 흠칫 놀랄 정도의 무서운 살의를 내비친다.

그러는 사이 남궁천상이 만면에 반가운 미소를 머금고 진에게 다가왔다. 진도 웃음으로 그를 맞았다.

"오랜만이네."

진이 악수를 청했지만 남궁천상은 말없이 거리를 좁혀올 뿐. 어느새 미소도 사라졌다.

"……!"

되레 연화의 낯빛이 하얗게 질렸다.

남궁천상에서 비롯된 칼날 같은 예기 때문이었다. 그것은 진 역시 마찬가지. 둘 사이의 공간에는 이미 바늘도 들어가지 않을 정도의 엄밀한 기세의 그물이 얽혀 있었다.

당장이라도 압사시킬 것만 같은 거대한 압력을 선사하는 남궁천상의 기세라면, 이에 맞서는 진의 기세는 유유하고 부드럽다. 그러나 그 속에는 수만 개의 송곳이 서린 의기를 담고 있으니 가공할 압력에도 조금도 밀리지 않았다.

“두 사람 모두 그만둬요!”

연화는 질겁하여 도를 빼 들고 외쳤다.

이런 식이라면 결국 내공 다툼으로 번지게 되고, 그렇게 되면 누군가는 다치게 된다. 연화로서는 둘을 베는 한이 있더라도 그런 상황이 벌어지는 것을 두고 볼 수 없었다.

“이 친구 말이 맞다. 그만두자.”

급기야 하얗게 질려 버리는 연화. 비록 내공 다툼으로 발전되지는 않았지만 치열한 기세 싸움이었다. 이런 상황에서 입을 열고 말까지 하게 된다면 적잖은 내상을 피할 수 없는 것이다.

그러나 진의 평온한 안색에서는 내상의 흔적을 찾아볼 수 없었다. 내상이라니… 자세조차 흐트러지지 않으니 흡사 마실 나온 마냥 느긋할 따름이다.

‘이 정도라니……’

한편으론 놀라우면서도 슬그머니 자존심이 상한다.

그러나 진을 향한 연화의 시선은 더욱 애틋해져 있었다. 이런 저런 것들보다 전과 비교할 수 없는 진의 무한한 발전이 마냥 기꺼운 탓이었다.

장내를 압도하던 거대한 압력은 진이 입을 연 순간부터 사라졌다. 이윽고 다소 허망한 표정의 남궁천상이 말했다.

“그것 아시오? 현 대협은 번번이 사람을 맥 빠지게 하는 재주가 있소이다. 이만하면 됐다 싶을 때면 나타나 이토록 기를 죽이니……”

앓는 소리인 듯싶으나 어조는 다분히 도전적이다.

기실 남궁천상은 실성한 택비운과의 생사박투를 통해 스스로 놀라울 정도의 성취를 이끌어냈다. 실성한 자가 사정을 보아줄 리 만무했다. 매 순간 저승에 한 발 정도는 들여놓고 시작하는 살벌한 결전의 연속에서 살기 위해서는 성장할 수밖에 없는 것이다. 그리고 이제 그는 백비운과의 대전에서 더 이상 목숨을 걸 필요가 없게 되었다.

슬슬 자신감이 자만으로 변질될 무렵, 남궁천상은 진이라는 또 다른 세계에 있는 목표를 만난 것이니 새로운 투지가 솟아올랐던 것이다.

석찬산 중턱 돌무더기 능선에는 의미심장한 눈길을 서로 주고받는 두 사내와 한 사내에게 유심한 시선을 던지는 한 여인과 그들을 향해 무한한 경외가 담긴 사내들이 얽히고 설켜 있었다.

석천산맥의 수많은 봉우리 중 안전가옥은 오천봉(五天峰)에 자리하고 있었다. 기실 안전가옥이라 하나 가옥이라 할 만한 구조물은 눈에 쉬이 뜨이지 않는다. 당연하다. 안전가옥은 상징적인 의미일 뿐, 실재하는 집이 아니기 때문이었다.

성인이 허리를 숙여야 출입이 가능한 동혈의 입구는 능선과 연결된 단애의 중턱에 위치해 있어 오행첨살진의 환영이 아니더라도 어지간한 눈썰미가 아니고서는 찾기조차 힘든 것이다.

동혈의 내부를 보자면 더욱 가관이다. 입구에서부터 일 리에 달하는 거리는 좁은 토굴에 불과하나 그 이후부터는 마차 한 대가 지나갈 수 있을 만큼 넓다. 게다가 수백 리에 걸쳐 거미줄처럼 연결되어 있어 석천산맥의 어디라도 갈 수 있고, 백여덟 곳의 출구는 오직 목여염만이 알고 있을 뿐, 지난 수개월 동안 석양동이 찾아낸 곳은 열여섯 곳뿐이라고 한다. 지도 없이 들어섰다가는 꼼짝없이 동혈 귀신이 되어야 하는 엄청난 규모의 동굴인 것이다.

오행첨살진은 연화가 증명한 것처럼 불완전하다지만, 동혈 자체만으로 소수로 능히 대군을 방어하기가 용이하니 그야말로 난공불락의 요새라 할 만한 천애의 요새였다.

음양대원들과 진은 동혈을 탐사하여 보름 새 삽십여 곳의 출구를 더 찾아냈다. 그리고 찾아낸 출구 중 전략적 가치가 없는 곳은 모두 막아 버렸고, 남겨놓은 출구도 철저히 위장을 했다. 출구는 곧 입구가 될 수도 있다는 의미. 오직 퇴로만을 남겨놓은 것이다.

연화는 이것을 이해하지 못했다. 출입구를 봉쇄한다는 것은 적의 침습을 막겠다는 의지다. 결국 이곳을 근거지로 삼겠다는 것이고.

"여기에 언제까지 머물 생각이야?"

진은 그저 애매한 웃음을 지어 보일 따름.

"이곳도 얼마 못 가 놈들의 정보망에 걸려들게 되어 있어. 게다가 육십여 명의 인원이 물과 식량을 구할 방법도 없고, 무엇보다 산의 정기가 불순해 무인들이 오래 머물 곳이 못 된다구."

진은 역시나 별 대답이 없었다. 연화는 답답한 마음에 재차 다그쳤지만, 그녀가 진에게 받은 것은 악필로 가득 찬 종이쪼가리 한 장뿐이었다.

"노백과 상의해서 그것들을 구입해 비축해 줘. 구하기 어려운 것은 승정관이 도움을 줄 거야."

연화는 질겁했다. 백여 명의 인원이 석 달은 넉넉히 생활할 수 있는 물목과 난방이나 조리용으로 보기엔 너무나 많은 양의 기름과 갈탄, 그리고 백린이 적혀 있었다.

"이 정도의 물품을 지금 어디서 구해? 설사 구할 수 있다고 해도 이 정도의 대규모 거래라면 한진회의 정보망에 노출되고 말아."

"맞아."

너무도 간단한 대답에 연화는 어이가 없을 지경이었다.

육십여 명이 먹고 마시는 물자가 산속으로 흘러들어 간다는 소식은 결코 흔치 않은 일. 춘연곡에서는 벌써부터 수상한 녀석들의 동태가 감지됐다는 보고가 속속 들어오기 시작했다. 건장하고 사나운 기세를 흘리는 사내들이 요기가 가득하다 하여 아무도 들지 않은 석천산에 떼로 올랐으니, 소문이 나지 않는다면 오히려 이상한 일일 것이다.

이렇게 되면 안전가옥은 더 이상 안전하지 않게 된다.

귀면묵인대의 일로 음양대가 충분히 위협적이라 생각한다면 한진회는 총력을 동원해 멸살코자 할 터. 아무리 동혈이 복잡한 구조라 할지라도 산을 벗어나는 길은 한정되어 있으니, 결국 포위 고립되고 만다. 결과는 자멸이다. 한진회는 손에 피를 묻히지 않고도 음양대를 굶겨 죽일 수 있는 것이다.

대체 무슨 생각인가? 아무리 음양대원이 하나같이 대단한 고수라 하더라도 한진회를 상대로 한다면 적잖은 희생을 각오해야 한다. 쓸데없는 희생을 막기 위해 혼자서 한진회주를 찾아가겠다는 진의 그간 행동과는 전혀 일관성이 없는 것이었다.

연화는 이 말도 안 되는 결정을 설득해 돌려보고자 했으나 진의 편안하고 부드러운, 그러면서도 어딘지 모를 슬픔이 배어 있는 웃음을 보는 순간 아무 말도 할 수 없었다.

자포자기의 심정으로 내린 결정이 아니다. 음양대의 희생을 강요하는 것도 아니다.

그의 미소가 말해주고 있었다.

'끝낼 생각이야. 바로 이곳 석천산에서… 대체 무슨 생각인 거야? 그들은 강해. 여전히 강하다구!'

묻고 싶었지만 연화는 더 이상 묻지 않았다.

때가 되면 말해줄 것이다. 의미있는 결론이 없다면 시도조차 하지 않았던 진이다. 연화가 진을 위해 허줄 수 있는 일은 그를 믿어주는 것뿐이었다.

이후 연화는 실질적으로 여자 아이 한 명이 포함된 오십오 명의 안살림을 총괄하는 안주인이 되었다. 노백을 비롯한 음양대원들도 연화의 치밀하고 총명한 솜씨에 진심으로 감복했고, 진정한 대모로 대우해주기 시작했다.

오늘도 연화는 동혈에 쌓여가는 물품의 수요량과 남은 자금을 꼼꼼하게 정리하고 있었다. 문득 새근거리는 숨소리에 곁을 둘러본 연화의 입가에 잔잔한 미소가 걸려들었다.

노련이 먹을 갈다가 꾸벅꾸벅 졸고 있는 것이다. 노련은 유난히 연화를 따랐는데, 아마도 어미의 품이 몹시도 그리웠던 모양이다.

노련을 침상에 눕히고 피풍의를 덮어주는데 밖에서 투덜거리는 노백의 음성이 들려왔다.

"이거야 원, 구름 한 점 없다가도 갑자기 쏟아져 내리니… 귀신 들린 산이 틀림없다니까. 대모, 노백입니다."

연화는 조용히 문을 열고 나오며 입에 손가락을 가져다 댔다.

"쉬잇, 따님이 잠들었어요."

황망한 표정의 노백.

"죄, 죄송합니다. 공사가 다망하신데 미천한 놈의 딸년이 방해나 하지 않는지……."

"아니에요. 따님이 어찌나 순하고 총명한지 저도 즐겁답니다. 그런데 무슨 일이죠?"

"대장이 밖에서 잠시 뵙자고 하십니다. 하여간 성격 이상하신 분입니다. 이런 날씨에 친히 드시면 될 일을……."

당장에 입이 귀에 걸린 노백이 들뜬 목소리는 말미에 소극적인 불평으로 변했다. 그만큼 연화는 이미 음양대의 존경과 사랑을 받고 있는 것이었다.

연화는 살풋한 미소를 지을 뿐이었다.

노백의 말대로 좀 전까지도 따스한 봄볕을 뿌려 대던 맑은 하늘이 무시무시한 폭우를 뿌리고 있었다.

동굴의 입구에서 여분의 초립을 들고 연화를 기다리고 있는 이는 진이 아닌 남궁천상이다. 남궁천상과 진은 며칠씩 사라졌다가 다시 돌아오곤 했는데, 연화는 그 이유 역시 묻지 않았다. 나갈 적마다 갈탄과 기름을 가져갔으니 남아 있을 출구를 찾아 막느라 석천산을 누비는 것만은 아니었으리라.

그리고 연화는 직감했다. 바로 오늘 진이 자신의 계획을 알려주는 것이리라.

"영 소저, 모시러 왔소이다."

읍소하는 남궁천상의 얼굴에는 문득 스산한 기운이 스쳐 갔다. 얼마 전 정보를 취합하러 강호에 나갔던 왕달과 음양대원이 가져온 소식 때문이었다.

천지밀궁의 본단은 비각당의 기습을 받고 전멸에 가까운 타격을 입었으며 그 와중에 남궁영과 남궁취, 그리고 숙연연이 사로잡혔고, 목여염과 몇몇은 도주했으나 상황이 좋지는 않다… 등등.

정인과 남은 혈육이 이제는 같은 하늘 아래 숨을 쉴 수 없는 천하의 원수에게 볼모로 잡힌 상황이니 남궁천상에게는 재앙이 닥친 것이나 다름없는 것이다.

남궁천상은 연화를 오천봉의 봉우리로 안내했다.

그곳에 있었다. 눈을 감은 채 온몸으로 거센 빗줄기를 받고 있는 진이…….

"이야기 나누시지요."

남궁천상은 돌아갔다. 고개를 돌리는 그의 얼굴에는 뭔가 비장한 기운이 서려 있었는데, 그 모습을 보자 연화는 뭔가 기분 나쁜 전율이 아랫배를 묵직하게 짓누르는 것을 느껴야 했다.

쏴아아아.

말없이 비를 맞고 있는 진. 연화는 그저 진이 먼저 입을 열기를 기다릴 뿐이었다.

굵은 빗줄기가 순식간에 가늘어지고 이내 완전히 그칠 무렵,

"화아."

사방이 쥐 죽은 듯한 고요 속을 가르는 한줄기 음성.

순간 연화의 눈이 뎅그렇게 커졌다. 포근하고 따뜻하다. 동문수학한 사매를 부르는 목소리가 아닌, 정인을 대하는 그것처럼…….

"내 곁에 있으면 불행해진다."

어두운 구름이 빠르게 흩어지며 그 사이로 티끌 한 점 섞이지 않은 맑은 별빛이 쏟아져 내렸다. 일 촌에 만변하는 변검처럼 얼굴색을 바꾸는 변덕쟁이 하늘이다.

진은 느릿하게 연화에게 시선을 돌렸다.

까닭없이 왈칵 쏟아져 내리는 눈물. 연화는 급히 고개를 가로저었다.

"내 불행은 너와 헤어지는 것뿐이야."

진은 활짝 웃었다. 작위적인 억지웃음도 아니고, 다정하고 포근하기만한 미소였지만… 그럼에도 뭔가 이상하다. 연화는 비로소 아랫배를 눌러 대는 묵직한 전율이 불길함 때문이라는 것을 알아차렸다.

"나는… 내가 온 곳으로 되돌아갈 수도, 가족을 되살려 놓을 수도 없다. 하나 적어도 이곳에 있어서는 안 될 것들, 잘못되어 있는 모든 것을 되돌려 놓을 생각이다."

"……!"

"악마가 되어야겠지. 이름도 모르는 무수한 이들의 피를 손에 묻혀야 해. 천살성(天殺星). 그게 내가 선택한 운명이다."

진의 입에서 나온 말은 이것뿐이지만 그 안에는 무수한 의미가 담겨 있다.

천살성, 가혹한 운명의 끝은 분명하다. 잘못되어 있는 것 중에는 진, 자신도 포함되어 있는 것이다.

속절없이 흘러내리는 눈물은 통제할 수 없었지만, 연화는 되도록 웃으려 애를 썼다. 가만히 다가가 진을 뒤에서 살포시 안는 연화였다.

"난… 아무래도 좋아. 천살성이 된다면 난 천살성을 비추는 명성(明星)이 될래. 그게 내 선택이야."

천천히 돌아서는 진. 깊이 침잠된 자녹안에는 설명할 수 없는 복잡한 것들이 잔뜩 엉켜 있었다.

"순 헛똑똑이. 지금 선택을 평생을 두고 후회할 거다."

"고집불통 씨, 너를 선택하지 않아도 후회할걸? 같은 거라면 너의 곁에 남는 쪽을 택……!"

연화의 눈이 번쩍 커졌다. 총기 서린 눈동자도 급격히 흐려지며 동시에 원망이 떠올랐다.

"싫… 어……."

연화는 물먹은 짚단처럼 늘어지며 품 안으로 더욱 깊숙이 파고들었
다. 가만히 비단결 같은 연화의 머리를 쓰다듬어 주는 진. 그렇게 한참
의 시간이 흐른 후에 진이 나직하게 말했다.

"귀랑!"

저만치 으슥한 바위 밑에서 귀랑이 쭈뼛거리며 기어 나왔다. 등에는
봇짐이 한가득, 한쪽에 매달린 커다란 바구니에는 노련이 새근새근 잠
들어 있었다.

진은 축 늘어진 연화를 들쳐 안아 귀랑의 등에 단단히 묶었다.

"귀랑, 출발해라."

귀랑은 물끄러미 진을 쳐다볼 따름.

"걱정 마라. 난 죽지 않는다. 적어도 여기에서는……."

귀랑의 자녹안이 한차례 번뜩이더니 이내 몸을 돌려 바람같이 내 달
리기 시작했다.

눈 깜짝할 사이에 아득한 점이 되어 사라져 버린 귀랑.

'뒤돌아보지 마라. 돌아오지도 마라. 화아, 이제 네 인생을 사는 거
야.'

진은 한동안 귀랑이 사라진 방향을 향해 하염없는 시선을 던질 따름
이었다.

"꼭 그렇게 해야 했소?"

남궁천상이다. 그는 장송에 기대어 차갑게 식은 시선으로 진을 노려
보고 있었다. 진은 돌아보지도 않은 채 말했다.

"난 수많은 전장에 섰다. 살기 위해 죽였고, 죽이기 위해 죽였다. 정

신없이 싸우다가 정신을 차리고 나서야 언제까지나 곁에 남아 있을 것 같았던 사람들이 하나둘씩 사라진 것을 알게 되지. 결국 세상엔 나 혼자만 덩그러니 남아 있더라."

"……."

"아무리 강해도 지킬 수 없는 것들이 결국은 있기 마련이다. 내 삶에서 적당히 물러나는 것. 장수의 비결이다."

"풋! 생각보다 감상적인 데가 있었군요."

"감상이라… 그렇다고 해두지."

"그나저나 련아까지 데려간 것을 알면 노백이 알면 꽤 서운해하지 않겠소이까?"

"……."

"후후, 역시 그랬군요. 련아를 따라서 노백도 갔으면 싶은…… 노백이 간다면 음양대원도 몇몇 따라 나설 터이고. 정말 혼자 감당할 생각이오?"

진은 남궁천상을 돌아보며 씨익 웃었다. 네가 있지 않느냐는 것이다. 그러나 이내 진의 웃음은 썩은 그것으로 바뀌었다.

남궁천상의 뒤로 도열한 수십의 사내들 때문이었다. 남궁천상이 터무니없이 큰 동작으로 손사래를 쳤다.

"난 아무 말도 안 했소이다."

"맞습니다. 남궁 공자와는 관계가 없는 일입니다."

노백이었다. 노백은 천천히 걸어와 진의 옆에 서서 귀랑이 사라진 방향을 향해 애틋한 눈길을 담아 보냈다.

"어질고 총명하신 대모 곁에 있는 것이 련아에게는 오히려 좋은 일일지도……."

"이럴 필요 없다. 아니, 이러지 마라. 이건 내 싸움이야."

귀를 후비적거리는 노백. 웬 가가 짖느냐는 게다.

"준비해야 할 것이 많겠습니다. 먼저 왕달에게 전서구가 날아들었는데, 목여염인가 뭔가 하는 여자의 행방을 찾아냈답니다. 빙빙 돌아서 이곳으로 오는 모양인데 꼬리에 날파리들이 많이 따라다니나 봅니다. 그 여자도 꼴을 보니 이곳에 무덤 자리 하나 봐놔야 할 듯싶은데, 기왕이면 그 곱다는 얼굴이나 한 번 브게 빨리 데려오라고 했습니다."

"노백!"

진의 일갈에 노백은 느릿하게 진을 돌아보았다. 이내 누런 이를 드러내며 활짝 웃는 노백. 그의 간단치 않은 삶을 대변하는 잔주름들이 이제는 제법 사람 좋은 인상을 만들어내고 있었다.

"명예로운 죽음이요? 저희는 그런 거 잘 모릅니다. 하지만 이것 하나는 확실히 알지요."

"……?"

"우리는 무인입니다. 전장에서 피어나고 전장에서 질 혈화(血花). 그것이 무인입니다. 칼을 든 순간부터 벽에 똥칠할 때까지 살 생각은 버렸습니다. 그리고 최근에는 무인으로서의 기쁨까지 누리고 있지요. 혼자서 짊어지려 하지 마십시오. 우리는 그리 쉽게 죽지 않습니다. 사부를 아주 잘 만났거든요."

봉우리에는 일순 돌개바람이 들이닥쳤다. 예측하지 못할 석천산의 날씨처럼 그들의 운명도 거센 돌풍에 내맡겨지고 있었다.

제6장

그래도 지구는 돈다

목여염과 함철원, 석양동이 서로 등을 맞대
고 있는 가운데 그들 주위로 뜨거운 피를 쏟으며 바닥에 널브러진 무
사들의 수가 기십을 헤아렸다. 그러나 두 발로 멀쩡히 서서 그들을 노
려보고 있는 자들이 더욱 많았다.

그리고 그들은 지금껏 집요하게 뒤를 쫓던 비각들이 아니었다.

"궁주, 그만 하시지요. 이러시면 저희들 입장이 곤란해집니다."

온후한 인상의 중년인, 천지밀궁의 산음지부장 뇌마광이다. 이들은
천지밀궁의 비밀지단 무사들인 것이다.

온몸에 피를 뒤집어쓴 목여염. 흡사 악귀와 같으니 뇌마광을 노려보
는 독기 서린 눈을 보노라면 간담이 서늘할 지경이었다.

"네놈이었구나. 동료들을 팔아먹은 개자식이."

피식 실소를 날리는 뇌마광.

"저희 같은 장사치들이야 시절의 풍랑에 몸을 맡길 따름이지요. 무림제(武林帝) 백 대협께서는 궁주께 일인지상 만인지하의 자리를 보장한다고 하셨으니 그 또한 크나큰 성은이 아니오니까? 이제 다됐습니다. 그만 투항하시지요."

"무림제? 크크크……."

실소를 날리는 석양동. 기회는 얼마든지 있었음에도 그들 모두를 죽이지 않는 이유가 바로 이것이었다.

백차성, 그자는 목여염을 원하는 것이다. 명석한 그녀의 머리든, 혹은 몸뚱이든. 아마도 둘 다일 테지만…….

석양동의 비릿하고도 경멸이 섞인 미소를 곁눈질로 확인한 곡여염의 얼굴이 벌겋게 달아올랐다.

"네놈의 주둥이부터 찢어놓으마!"

다짜고짜 일검을 뿌리는 목여염. 그러나 성치 않은 몸으로 지난 보름 동안 제대로 먹지도, 자지도 못한 그녀의 일초는 무디어져 있었다.

공간을 쪼개며 날아든 검초는 사마광의 면전에 이르기도 전에 균열을 보였고, 사마광의 상상하기 힘든 각도로 날아든 금나수에 손목이 잡힐 위기에 처하고 말았다.

그 순간 뇌마광은 귀밑에서 시작된 전율이 순식간에 심장을 압박하는 기묘한 느낌에 사로잡혔는데, 그것이 시리도록 지독한 예기임을 알기에는 오랜 시간이 필요치 않았다.

지금 이곳에서 뇌마광의 간담을 이리도 서늘하게 만들 자가 천이든가? 만이든가?

과연 천년신교 흑랑대주는 허명이 아니다. 시리도록 지독한 살기를 풍기며 비쾌무비한 검초가 목여염을 낚아채기 위해 뻗었던 손목을 노리며 날아들었다.

거두지 않으면 잘릴 상황. 그럼에도 뇌마광의 입가에는 미소가 피어올랐다.

뇌마광은 현명한 자였다.

그가 노린 자는 제 몸도 가누지 못하는 목여염이나 애저녁에 신경을 꺼버린 함철원이 아니었다.

석양동, 한때는 모시던 주인을 물어야 하는 이 찜찜하고 빌어먹을 짓거리를 걷어치우려면 저자부터 떨어뜨려 놔야 하는 것이다. 반격은 고사하고 겨우겨우 피하는 데에도 목숨을 왔다갔다하는 지랄 같은 상황에서도 뇌마광이 웃는 이유였다.

"악!"

목여염의 외마디 비명. 가뜩이나 성치 않은 몸 위에 또 하나의 검상이 얹어졌다.

그제야 석양동의 얼굴에 아차! 싶은 표정이 떠올랐지만 이미 늦었다. 뇌마광을 비롯한 다섯의 무사가 석양동을 에워싼 것이다. 뇌마광의 의도대로 석양동을 목여염과 함철원에게서 떼어놓은 것이다.

석양동의 실책이다. 그 역시 우두머리인 뇌마광을 단숨에 제압하고 국면을 타계하려 했던 것. 그러나 중공산에서 입은 내상은 시간이 지날수록 악화되어 내력을 갉아먹었고, 지난 수일 동안에 누적된 피로가 검초를 무디게 만든 것을 계산에 넣지 못한 것이다.

"으아악! 이 똥물에 튀겨 죽일 놈들아!"

주저앉아 버린 목여염에게 쏟아진 일검을 대신 등으로 막아선 함철원이 미친 듯이 칼을 휘둘렀다. 그러나 뇌마광의 수하들은 한 발 물러나 쥐새끼마냥 이리저리 피할 따름. 저래서는 일각도 견디지 못하고 제풀에 지쳐 쓰러져 버릴 것이었다.

석양동의 입술이 바짝 말라갔다.

약은 자들이다. 한 발을 옮기면 정확히 그만큼만 들러붙고, 뿌리치려 달려들면 그만큼만 빠진다. 다시 하나를 베어 넘겼지만 손이 남는 자들이 어느새 빈자리를 채우고 들어온다.

그새 목여염과 함철원은 형편없이 밀리는 와중에 또다시 옆구리와 등에 각각 일검씩을 허용해 피를 뿌리고 있었다. 근근히 버티고 있지만 슬슬 파탄이 드러날 시점이다.

'이래서야……'

뇌마광을 잡는 것은 포기하고 목여염과 합류하자니 그 이후가 문제다. 결국 원점밖에 되지 않는 것이며, 시간은 결코 자신들의 편이 아닌 것이다.

결정을 해야 한다.

'내준다.'

운이 좋으면 팔, 다리 하나 정도겠지만 목숨이래도 관계없다.

목여염을 살린다!

어차피 한 남자가 어디까지 망가질 수 있는가를 보여주려 했다. 이것도 나쁘지 않다.

석양동은 진신진기를 끌어올렸다. 깊은 내상에 다시 운기행공을 한다고 해도 기경팔맥에 축기는 불가능해질 터. 결국 무공도 잃게 되겠지만, 여기서 모두 죽는다면 어차피 내일이란 없는 것이다.

사지육신이 바스러지는 듯한 극렬한 동통. 오장육부는 비명을 질러대고, 자꾸만 비릿한 것이 목구멍을 타고 넘어오려 했지만 석양동은 개의치 않았다.

살려야 한다. 빌어먹을, 이리 곱게 죽도록 내버려 둘 수는 없다. 저 여자는 좀 더 고통스럽고, 좀 더 비참한 삶이 어울린단 말이다!

"타앗!"

낭랑한 외침과 함께 신형을 날리는 석양동. 동시에 난데없는 눈꽃이 사위를 가득 메우며 소담스레 내리기 시작했다.

부드러운 것 같으면서도 광포하다. 눈꽃 한 송이, 한 송이에는 위험한 예기가 가득. 눈꽃을 뒤집어쓴 두 명의 무사가 온통 핏물에 감긴 채 동시에 널브러졌다.

갑작스럽게 돌변한 양동성의 무지막지한 검초에 뇌마광은 당황해 손이 어지러워졌다.

쉬쉬쉬쉭.

다섯 무사를 도외시한 눈보라가 뇌마광에서 쏟아져 내렸다.

"이게 뭐야!"

미친 듯이 장검을 휘두르던 뇌마광이 어느 순간 부르르 떨더니 이내 굳어졌다.

쩔꺽!

이마가 십자 모양으로 벌어지더니 한 방울 피가 흐르고, 이내 전신 요혈에 십자 모양의 자상이 입을 벌리며 핏물을 쏟아냈다.

피쉬쉬쉬.

사마광이 믿을 수 없다는 눈으로 석양동과 자신의 몸을 한차례 일별하더니 눈을 뒤집어 까고 서서히 무너져 내렸다.

석양동은 사마광의 죽음을 확인하기도 전에 이미 몸을 돌려 목여염과 함철원을 둘러싼 무사들에게 달려들고 있었다.

옆으로 들이치는 폭풍우처럼 공간을 가득 메운 백광이 무사들에게 쏟아지니 혈화가 만발한다.

한 명당 자상이 세 군데. 일거에 여섯의 무사가 나가떨어졌다.

뇌마광이 쓰러지자 산음지단 무사들은 급격하게 전의를 상실했다. 우왕좌왕 전열마저 흐트러지는가 싶더니 다시 석양동의 한빙검에 두 명의 목이 날아가고, 극노한 함철원의 일도에 머리통이 박살나는 상황이 발생하자 누가 먼저랄 것도 없이 사방으로 흩어져 달아나기 시작했다.

"후우우……."

석양동은 그들의 뒷모습을 사나운 눈으로 노려볼 뿐, 쫓지 않았다. 전의를 상실한 자들이 후환이 될 리도 없겠지만 당장 그들을 쫓을 여력이 그에겐 남아 있지 않은 것이다.

목여염이 한쪽 팔을 부여잡고 비틀비틀 석양동에게 다가왔다.

"괜찮아?"

괜찮을 리 없다.

상처 입은 어린 사자마냥 경련이 전신을 뒤흔들고 있었다. 석양동이 지금 두 다리로 서 있는 것은 순전히 그의 의지인 것이다. 목여염의 눈에는 뿌연 서리가 차 오르기 시작했다.

"가라……."

애써 덤덤한 척하지만 목소리에마저 섞여 나온 경련은 어쩔 수 없는지 석양동의 음성은 가늘게 떨리고 있었다.

"가라. 뒤돌아보지도 마라. 그때처럼……."

흠칫 하더니 이내 작은 어깨를 부르르 떠는 목여염. 서리는 물줄기가 되어 핏기가 가신 그녀의 뺨을 타고 흘러내렸다.

또다시 서서히 공간을 메워 오는 섬뜩한 살기, 비각들이다.

하얗게 질린 함철원이 외쳤다.

"궁주! 어서 가야 하오."

그러나 목여염은 장검을 지팡이 삼아 석양동의 옆에 설 뿐.

"지난일에 대한 변명 따윈… 하지 않을 거야. 그리고 다시는 후회할 짓도 하지 않을 거구."

느릿하게 목여염에게 고개를 돌리는 석양동. 아무 말도 없지만 그의 눈에는 참으로 복잡한 것들이 담겨 있었다.

너를 저주한다. 미치도록 증오한다.

그리고… 빌어먹을… 사랑한다.

석양동과 목여염의 시선이 허공에 얽히며 구강과 혀의 조화가 만들어낸 언어로는 표현할 수 없는 수많은 대화를 이어나갔다.

대기를 바짝 말려 버리는 굉장한 살기 속에서 따로 떼어놓은 허상마냥 아름다운 자태의 두 남녀.

함철원은 그들을 보며 문득 자신의 신세가 썩 나쁘지 않다는 것을 깨달았다.

적어도 말이다. 세상에 남길 미련 따위는 없지 않느냔 말이다.

연이… 그 아이가 걱정이긴 하지만……. 살지 못했을 것이다. 그것도 그 아이의 천명. 함철원도 허망함이 담긴 미소를 걸고는 비틀비틀 목여염의 옆에 섰다.

책망이 실린 눈으로 함철원을 쳐다보는 목여염. 눈치도 없이 끼어든다는 질책이 아니라 어서 도망가지 않고 뭐 하냐는 의미다.

"주책인 줄은 알지만 나도 끼워주시오. 평생을 쫓기며 산 불쌍한 놈이오. 이쯤에서 쉬고 싶은데 혼자는 좀 그렇소이다."

목여염은 함철원을 한참 동안 물끄러미 쳐다보다가 이내 스산한 미소를 지어 보였다.

"저승길이 외롭지는 않겠네요."

끈적거리는 죽음의 냄새는 지척에 이르렀다. 비각들은 더 이상 자신들의 존재를 숨기려 들지 않는 것이다.

이 순간을 기다린 것이리라. 뇌마광을 소모품으로 던져 놓고 힘이 빠지기를 기다린 것이다. 백차성이라면 그리하고도 남을 위인이다. 알고 있었다고 해도 별다른 수는 없었겠지만.

그때였다, 기적이 일어난 것은…….

새로이 감도는 짙은 피비린내. 이미 죽은 자들이 흘리는 피가 아니다. 박동치는 심장이 밀어내는 신선한 피 냄새였다. 동시에 사방에서 쏘아져 오는 날카로운 살기가 급속히 사그라지기 시작했다.

단지 그것뿐. 목여염의 눈이 번쩍 뜨였다.

'누군가 비각들과 싸우고 있어… 아니야! 이건 싸움이 아니라…….'

학살이다.

비각으로 말하자면, 살수의 본능과 무인의 자질을 두루 갖춘 자들. 이미 증명된 만큼 목여염 정도의 절정고수들도 상대하기 여간 까다로운 자들이었다.

그런 자들이 속절없이 꺾이고 있다. 뇌마광까지 투항한 마당에 천지밀궁은 완전히 와해되었다고 봐야 한다. 연화의 흑혈단도 단 한 명도 살아남지 못하고 전멸했으며, 황정의 무림연맹도 운명이 다르지 않았다.

저 강력한 비각의 무사들에게 대항할 만한 세력은 적어도 목여염이 알기로는 남아 있지 않는 것이다.

이를 모르지 않는 석양동과 함철원마저도 두 눈만 끔뻑거릴 따름이었다.

그때 한 사내가 전방의 수풀을 헤치고 모습을 드러냈다. 깊은 눈언저리에 깊은 심안(心眼)이 자리한 자, 절정의 고수다.

목여염은 한 번 본 사람은 절대로 잊지 않는다. 더군다나 이 정도의 무인이라면 절대로 잊을 수가 없을 것이었다.

장담컨대 일면식도 없는 자다.

호의적인 인상이지만, 목여염은 장검을 치켜들어 사내에게 겨누었다. 아무도 믿지 않는 것도 그녀가 견지해 온 삶의 방식이었다.

"당신들은 누구죠?"

"대장께서 기다리고 계십니다."

사내는 공손했지만 원하는 답은 주지 않았다. 더욱 의심스러운 눈을 흘기는 목여염.

"대장? 군부의 사람인가요?"

아닌 줄 알면서도 목여염은 물었고, 사내는 역시나 대답없이 그저 씨익 웃어 보일 따름.

사내는 시종 여유롭다. 지금 상황에서는 전혀 어울리지 않는 자세지만 어색하지는 않았다. 그럴 만도 하다.

"큽!"

짧은 숨 넘김을 끝으로 공간에 넘치고 넘쳤던 살기는 온전히 거두어져 버린 것이다. 다시 숲은 고요에 휩싸였고, 적막을 깬 낭랑한 목소리가 들려왔다.

"청소 완료."

"피해는?"

"마가 놈이 어깨를 찔렀지만 만수무강에는 지장이 없습니다."

목여염과 함철원은 서로를 어이없는 얼굴로 쳐다봤다. 기척으로 미루어 보아 신비고수들은 기껏해야 대여섯 명 정도다.

반면에 비각은… 어디서 찍어내기라도 하는 모양인지 끝도 없이 밀려들었고, 좀 전만 해도 족히 삼십은 넘는 기척이 느껴졌었다. 신비고수들은 여섯 배에 달하는 비각들을 일 다경도 지나지 않아 몰살시킨 것이다.

'하나같이 절정고수들이야. 어디서 이런 고수들이 갑자기 나타났지?'

도움을 받기는 했지만 되레 경각심이 생기는 것은 당연한 노릇. 급기야 석양동은 살기를 피워 대기 시작했다.

그럼에도 사내는 태연작약. 유심한 시선으로 석양동을 한차례 흘겨보더니 다시 공손한 태도로 목여염에게 말했다.

"가옥은 안전하다. 대모께서 이 말씀을 전해달라더군요. 거기까지 저희가 뫼시겠습니다."

사내는 이 말을 남기고 그야말로 표홀한 신법으로 몸을 날려 수풀 속으로 사라졌다.

아니다. 그는 신비고수들이 구축한 진법 속으로 뛰어든 것이다. 분명한 호위 진법이었다.

"이건 무슨 귀신 놀음도 아니고……."

함철원이 황당한 듯 읊조렸다. 어쨌든 당장 맥줄을 놓아야 할 상황에서의 극적인 반전이니 썩 나쁘지는 않은 상황이었다.

"가보십시다. 어차피 죽기밖에 더하겠……."

함철원은 채 말을 끝맺지 못하고 입을 다물어야 했다.

석양동이 목여염을 뚫어져라 쳐다보고 목여염은 잔뜩 상기된 표정으로 시선 처리를 못하고 있는 묘한 장면. 평생을 쫓겨 다니다가 볼짱다 본 노총각 함철원의 가슴에 천불을 지피는 상황이 연출되고 있었던 것이다.

　"흐음……."
　낮은 침음성을 내뱉는 백차성의 얼굴에는 진노가 가득했다.
　다 잡은 물고기라 생각했지만, 혹여 변수를 생각해 서른두 명의 선봉대를 보냈다. 멍청한 뇌마광인가 뭔가 하는 놈들이 적당히 주물러 놓았을 것이니 그 정도면 충분하다고 생각한 것이다.
　그들은 아무도 돌아오지 않았다. 아니, 돌아올 수 없었다.
　서른두 명의 비각. 깡그리 부서져 흩뿌려졌다. 변변한 저항도 하지 못하고 일거에 당했다. 서른두 구의 시신 외에는 별다른 단서조차 남기지 않은 절정의 고수들이다.
　천지밀궁에 이 정도의 고수가 남아 있었던가?
　"그럴 리 없다. 그렇다면 한진회?"
　애초에 한진회 따위는 믿지 않았던 백차성이었다. 변방의 미개인 주제에 감히 대륙의 질서를 조율하려 들어? 어림도 없는 상상이다.
　그러나 망상에 사로 잡혔을지언정 한진회는 강했다. 회주의 머리와 장로회의 미래를 읽는 신기와 이덕패의 힘.
　천지밀궁은 잘해주었다. 한진회의 돈줄과 정보선을 끊어놓았고, 이덕패와 그의 군대는 재기 불능의 타격을 받았다. 그것만 해도 한진회는 반신불수가 된 것이나 다름없는 일.
　구파일방이 괴멸되다시피 했고, 그들에 의해 조율되던 질서는 무너졌으니 중원무림은 그야말로 깃발 먼저 꽂은 놈이 임자가 되는 무주공산인 것이다.

이제부터는 너무 많은 것을 알고 있는 천지밀궁과 한진회를 일거에 밀어버리고, 남궁천명까지 제거하면 천하는 온전히 자신의 발아래 놓이는 것이다.

일이 틀어졌다.

공들여 키워온 비각들을 벌써 절반 가까이나 잃고도 목여염을 놓친 것보다 자신이 모르는 무언가가 더 있다는 것이 문제였다.

더 이상 비각을 잃는다면 빌어먹을 남궁천명과 힘의 균형이 깨지고 만다. 작금 남궁천명이 거두어들인 남궁세가의 힘이란 보잘것없다. 남궁천상을 따르는 무리는 대부분 죽여 없앴기 때문이고, 그들이 사실상 남궁세가의 주력이었기 때문이다.

그러나 부자는 망해도 삼 년이라고 했다. 더군다나 구파일방과 무림맹이 와해된 지금 남궁세가는 여전히 천하제일가다. 남궁천명은 결코 어리석은 자가 아니니 그를 중심으로 다시 예전의 강성함을 되찾는 것은 오직 시간문제일 터였다.

백차성에게는 좋지 않은 일이다. 일개 가문이 무림맹과 자웅을 겨루었던 전대의 상황이 그대로 재현될 수도 있는 일이다.

후사를 위해서는 남궁천명에게도 적당한 희생이 필요한 것이다.

'끌어들여야 해. 어찌한다……'

홧김에 이취반을 죽도록 내버려 둔 것이 후회가 되지 않을 수 없었다. 쓸모없는 녀석이지만 이런 경우에 한마디씩 거들어주었던 점이 적잖이 도움이 되었거늘…….

그때였다. 백차성이 눈이 등 뒤의 숲 속을 향해 매섭게 돌아갔다.

"백 형께서는 곤란한 일을 겪으신 듯하오이다."

숲에 메아리치는 한줄기 육합전성. 동시에 수백에 가까운 무리들이 사나운 기세를 일시에 내뿜으며 어두운 숲에서 모습을 드러냈다.

그들의 가슴에 놓아진 자수, 남궁(南宮). 달리 생각할 여지가 없다. 바로 남궁세가의 무인들인 것이다. 한켠에는 대륙인이라 부르기에는 다소 생경한 복색의 사내들도 눈에 들어왔다. 그러나 불쑥 튀어나온 태양혈과 깊이 갈무리된 정기는 남궁세가의 무인들을 능가한다.

백차성의 주위에 있던 오십여 비각들은 자못 긴장하며 엉거주춤한 자세로 협봉검을 꺼내 들었다. 육합전성은 분명히 호의적인 어조였지만, 모습을 드러낸 군사들이 풍기는 군기는 다른 이야기를 하고 있기에 쉽사리 판단을 하지 못하는 것이다.

백차성의 입가에 비릿한 것이 그려졌다가 순식간에 지워졌다.

"무기를 거두라. 손님이시다."

백차성의 말이 끝나자마자 무리를 가르며 모습을 드러낸 사내. 유약해 보이는 인상에 백색 비단 장배자를 걸친 사내, 허리춤에 매단 바닥에 끌릴 지경인 거검은 여간 어색하게 보이는 것이 아니었다.

"남궁 대협께서 이 먼 곳까지 어인 행차십니까. 아니, 이제 남궁제라 불러야 하나요?"

남궁제, 바로 남궁천명이었다.

백차성은 짐짓 능청을 떨었으나 이내 그의 안색은 빠르게 굳어졌다.

남궁천명의 뒤를 따르는 자. 솜털 하나까지 곤두서게 만드는 굉장한 기도를 풍기는 외눈박이 때문이었다.

"무림제에 남궁제라… 지네들끼리 다해먹는군."

다름 아닌 이덕패였다.

백차성이 어찌 된 일이냐는 눈빛으로 남궁천명을 노려보았다.

예정대로라면 이덕패는 비검과 양패구사했어야 한다. 요행히 어느 한쪽이 살아남았을 때, 남궁천명이 확실한 마무리를 했어야 했고.

그러나 남궁천명은 백차성의 의문을 답해줄 생각은 없는 듯. 느긋한 품으로 백차성의 곁을 스쳐 지나가더니 먼 곳을 향해 시선을 들어올렸다.

구름치마를 두른 석천산의 오천봉을 향해서…….

"형제 간에 아직 못다 한 이야기가 있으니 그것을 끝내려고 왔지요. 공교롭게도 여기 이 형을 불편하게 한 자들의 흔적도 저쪽으로 이어지고 있는 것 같고……."

한가하고 유유한 어조이나 백차성은 안다. 남궁천명은 그 어느 때보다도 절박한 심정일 게다.

남궁천상, 그가 살아 있다면 세가 내에서도 배경이 빈약한 남궁천명이 남궁세가를 완전히 손에 넣는 일이란 불가하다. 당장 힘에 눌려 고개를 조아렸지만, 남궁천상을 잊지 못하는 자들은 아직도 세가 내에 넘치고도 넘친다. 그들을 모두 죽여 없애는 것도 한 방법이겠지만, 남궁천명이 확실한 토대를 마련하기까지 그들의 머릿수는 반드시 필요할 터.

반드시 죽여야 한다. 지금 세가 내에서 눈치만 보고 있는 작자들에게 희망은 오직 남궁천명뿐임을 각인시켜야 하는 것이다.

남궁천명이 전 병력을 이끌고 은 이유다.

사정이야 어떻든 백차성에게 있어 나쁠 것은 없었다.

그렇기는 한데…….

느릿하게 시선을 백차성에게 향하는 남궁천명, 그의 깊은 눈이 한차례 번뜩였다. 살의다.

“내 여동생들이 신세를 지고 있다고 들었소이다.”

갓 피어난 계집 꼴이 박혀가는 남궁 자매들이 천하의 호색한 백차성에게 붙들렸다. 그야말로 고양이에게 생선을 맡긴 격이나 진배없는 것이다.

‘본인의 야망을 위해 혈육을 벤 위인이 이제 와서 동생들 걱정을 하는 것인가?’

내심 실소를 흘렸으나 백차성은 모르는 척 짐짓 태연했다.

“확실히 남궁 대협의 두 분 자매를 제가 모시고 있습니다. 한번 만나 보시렵니까?”

백차성이 비각 한 명에게 눈짓을 하자 고개를 끄덕이더니 잠시 후 세 명의 여인을 끌고 나왔다. 남궁영, 남궁취 자매와 숙연연이었다.

“더러운 손 치우지 못할꼬!”

“이거 놔! 썅노무 새끼들아!”

겁에 질려 파리한 안색의 남궁취와는 달리 남궁영과 숙연연은 경기에 가까운 발악을 하며 연신 독설을 퍼부었다.

“워낙에 생기발랄하시어 행여 다치시기라도 할까 포박을 하였으니 널리 양해를…….”

양해를 구하는 표정이 아니다. 살려놓은 것만 해도 감지덕지 하라는 게다. 그리고 목여염을 쫓느라 그들 남매에게는 한눈을 팔 시간이 그리 많지 않았다는 점도…….

남궁천명은 아무도 알아차리지 못할 정도로 나직한 한숨을 내쉬었다. 저기 시궁창 수준의 입담을 자랑하는 여자는 모르되 남궁영은 누구보다 잘 안다. 백차성 같은 자에게 몸을 버렸다면 당장에 혀를 깨물고 자결해 버릴 지조를 교육받았다. 그녀들은 아직까지 괜찮은 것이다.

사방에다 욕지거리를 퍼부으며 발길질을 난사하던 남궁영이 벼락 맞은 듯 부르르 떨더니 굳어졌다.

남궁천명과 시선이 마주친 것이다. 처음엔 불신으로 이내 그리움으로 또한 책망과 분노로. 남궁영의 눈이 찰나간 너무나 많은 이야기를 하고 있었다.

"오라버니……."

한참 후에야 입을 열고 나온 음성도 잔뜩 잠겨 있었다.

"아니지요? 그렇지요? 오라버니는… 그러실 분이 아니잖아요. 맞지요?"

"……."

"제발 아니라고 말해줘요. 제발……."

상처 입은 짐승처럼 울부짖는 남궁영. 그 모습에 호수처럼 잔잔하던 남궁천명의 두 눈이 파랑 속 돛단배처럼 흔들렸다. 그러나 그것은 아주 잠시, 이내 남궁천명의 안색은 북해의 빙하처럼 싸늘하게 식어버렸다.

갈등은 길었지만 결정은 빨랐으며, 결정되는 순간 이미 돌아올 수 없는 강을 건넜다. 남궁천명에게는 이제 오직 앞으로 나아가는 외길 밖에 남아 있지 않은 것이다.

"네가 아는 것은 틀림없는 사실이다."

비틀, 초조한 안색으로 남궁천명의 입을 주시하고 있던 남궁취가 한 차례 몸을 휘청거리더니 하얗게 질린 채 스르르 무너져 내렸다. 심약한 남궁취는 끝까지 그녀의 둘째 오라비를 믿고 있었으며, 그 믿음이 산산이 부서지는 충격을 감내할 수 없었던 것이다.

"죽여 버릴 거야!"

비각들로서는 다소 난감한 상황이기에 포박이 느슨한 틈을 타 남궁천명에게 몸을 날린 남궁영. 팔은 묶였지만 두 다리는 자유로웠던 것이다.

빡!

벼락같은 우각(右脚)이 남궁천명의 면전에 꽂힐 때까지도 남궁천상은 천 년의 고목처럼 우두커니 서 있을 따름이다.

남궁천상에 가려져 있다지만 남궁영 역시 무가의 여식으로 작금 무림의 후기지수로 인정받고 있는 여걸이다. 그녀의 천풍각(天風脚)은 결코 그냥 한 번 맞아줄 정도는 아니라는 말이다.

빡! 빡! 빡!

그럼에도 남궁천명은 이어지는 공격을 피하거나 막으려 들지 않았다. 온전히 피범벅이 될 때까지 한 치도 흔들림없이 그저 남궁영의 천풍각을 온전히 허용할 뿐이다.

백차성과 이덕패는 물론이고, 남궁세가의 무사들마저 그 장면을 물끄러미 바로 볼 뿐 누구도 말리려 들지 않았다.

마침내 때리다 지쳐 버린 남궁영은 흐느끼며 남궁천명의 바짓가랑이를 붙들고 서서히 무너져 내렸다.

"대체 왜… 대체……."

"이것으로… 혈육이 이어준 인연은 끝났다. 이 시간 이후로 너희는 남궁세가의 직계 혈족이 아니라 역도 남궁천상의 동조자일 뿐이다."

남궁천명은 차가운 일성과 함께 돌아섰다.

역도… 역도라니…….

그토록 우애가 좋던 형제들이었건만… 온화하고 모난 구석이 없어

적을 만들지 않았던 둘째 오라버니의 입에서 나온 말이 맞던가?

남궁영은 석상처럼 굳어져 초점 잃은 시선을 하염없이 남궁천명의 등에 쏟아낼 따름이다.

"돌아갈 곳이 없어서 따라오긴 했는데, 이제 보니 잘한 결정이었어. 아주 재밌어지는데. 크흐흐……."

멀리 석천산 자락이 보이는 숲 속에서 이덕패의 음산한 웃음이 낮게 퍼져 나갔다.

목여염은 지금 눈앞에 펼쳐진 장면을 보고 웃어야 할지 울어야 할지 쉽사리 판단을 하지 못하고 있었다.

가뜩이나 어려운 살림을 꾸려오면서도 심혈을 기울여 안전가옥을 만들어놓은 데에는 물론 오늘과 같은 상황에 대비한 것이었다.

그곳에 웬 난생처음 보는 사내들 수십 명이 북적거리며 기거를 하고 있는 것 정도는… 빌어먹을 도무지 이해가 안 되지만 그렇다고 치자.

목여염이 더욱 기막혔던 이유는 바로 사내들 자체에 있었다.

자신을 구하러 온 사내, 왕달이라 했던가?

그 정도라면 중원 십칠방(十七幇)의 방장까지는 아니더라도 삼십육보(三十六堡)의 보주 정도는 능히 꿰찰 수 있는 지경의 고수였다.

"야, 인마! 밥에다 석회 가루는 왜 쳐 넣고 지랄이야!"

"어라? 이게 석회 가루였어? 밀가루 아니었어? 난 쌀죽 끓이려고……."

"허어, 쌀죽을 끓이는 데 밀가루는 또 왜 넣어? 이거 너 혼자 다 처먹어라, 자식아! 대모가 안 계시니까 개판이구만!"

그런 그가… 앞치마를 두르고 저쪽에서 밥을 짓는다고 동료와 티격

태격 하고 있는 것이다.

다른 사내들을 보지 못했다면 왕달의 본래 성격이 독특하거나 기인의 기질이 있어서 그렇다는 일반적인 판단을 했을지도 모른다.

아니다. 왕달이 사실은 이 무리에서 숙수라고 해도 하등 이상할 것이 없다.

목여염은 얼마나 긴장을 했는지 온몸이 뻣뻣하게 굳어 주먹이 제대로 펴지지 않을 지경이었다.

세상에… 왕달 정도의 기파를 뿜어 대는 무인이 발에 차인다. 특히 노백이라는 자가 피워 대는 굉장한 기도 앞에서는 머리가 쭈뼛 설 만큼 충격을 받아야 했다. 십칠방 삼십육보에서 방, 보주의 회합을 이곳에서 갖고 있다고 사기를 쳐도 곧이곧대로 믿어야 할 판이었다.

자신이 구상하고, 자신이 만든 안전가옥이 자신도 모르는 사이에 와룡봉추(臥龍鳳雛)의 소굴이 되어 있는 것이다.

이들이 한진회의 주구(走狗)였으면서도 별반 신경을 쓰지 않았던 태양선교의 무사들이라고 하면 누가 믿겠냐는 말이다.

"긴장 풀어라. 빨리 꿰매지 않으면 이 팔은 영원히 쓰지 못하게 된다."

목여염은 질겁했다.

어안이 벙벙해 있는 사이 웬 사내가 자신의 어깨를 능숙한 솜씨로 꿰매고 있는 것조차 깨닫지 못하고 있었던 것이다.

아니, 그것보다는 이 사내의 존재감이 그만큼 투명하다는 이유가 컸다.

"그리고 저 친구 눈에 힘 좀 빼라고 해. 슬슬 짜증나려고 하니까."

그제야 목여염도 느꼈다. 찌르는 듯한 살기가 저만치에서 쏘아져 오고 있는 것이다. 석양동이다.

석양동은 자신이 거론되자 한빙검을 쥐고 서서히 일어나더니 진을 향해 다가왔다. 왁자한 장내어 일순 찬물을 끼얹은 듯한 침묵이 찾아들었다. 동시에 위험한 기운이 넘실거린다. 팽팽한 긴장감. 그럼에도 니들 멋대로 해보라는 듯 석양동은 성큼성큼 진에게 다가설 뿐이었다.

그 앞을 가로막는 노백이 굳은 얼굴로 묵직하게 고개를 가로저었다. 한 발자국이라도 더 움직인다면 만수무강에 지대한 영향을 미칠 것이라는 경고다. 그러나 석양동의 시선은 노백을 향하지도 않았다. 시린 한광을 진에게 쏘아 보내며 음산한 음성을 뱉어낼 따름.

"죽기 싫으면 비켜라."

노백은 피식 실소를 흘렸다.

"칼침 맞아 객사할 놈 기껏 살려놨더니 말하는 꼬락서니 좀 보소. 나는 못 비키겠으니 어디 한번 죽여보아라."

예전이라면 혹여 모르되, 지금의 석양동은 하늘이 두 쪽이 난다고 해도 노백을 넘어설 수 없다. 그럼에도 석양동의 기세는 변함이 없었다. 석양동의 시선이 천천히 노백을 향했다. 노백의 비릿한 미소가 더욱 짙어졌다.

"모험하고 싶으냐? 어디 한번 시험해 보아라."

그때였다.

"그만. 놔둬."

진이었다.

"대장, 이런 싸가지 없는 놈은 그저 몽둥이가……."

"노백!"

진의 창노한 일갈에 노백은 어쩔 수 없다는 표정으로 한 발 물러섰다. 그 모습 또한 목여염에게는 충격이었다. 석양동을 가로막을 때의 노백에게서 뿜어지는 삼엄한 기세. 실로 일대종사에 다름 아니었음에 입이 바짝 마를 지경이었다. 그런 자가 진의 한마디에 충실한 종복처럼 꼬리를 내리는 장면이라니…….

'이자… 강해졌어. 내가 느낄 수조차 없을 만큼… 풋! 결국 세상이 내 손바닥에 있다는 생각은 나만의 착각이었던가?'

진이라면 목여염도 충분히 알고 있다고 생각했다. 아살귀와 같은 곳에서 온 자임에도 주목하지 않았던 사내였다.

하지만 이제 상황은 변했다.

한진회는 이제 이 사내로 인해 꽤나 골머리를 앓아야 할 것이다.

목여염이 상념에 빠져 있는 사이, 석양동은 어느새 진의 등 뒤로 바짝 다가와 있었다.

진은 여전히 목여염의 어깨를 치료하면서 돌아보지도 않은 채 무심한 어조로 말했다.

"시기를 놓쳤어. 지금까지 잃은 내력은 되찾기 힘들 거다."

지금까지 잃은 것을 되찾기 힘들다? 무공을 잃는 것이 아니고? 그러다 본정까지 잃어 결국 죽게 되는 것이 아니고?

알고 있던 사실과는 전혀 다른 말을 듣고 있으면서도 석양동의 안색은 차가운 그대로 변화가 없었다. 되레 목여염이 흥분한 목소리로 물었다.

"더는 잃지 않는다? 무공을 잃지 않는다는 말인가요? 살 수 있다는 말인가요?"

"의지만 있다면. 그런데 저 친구는 별로 그럴 생각이 없나 보더군."

목여염은 대체 무슨 소리를 하는 것이냐는 표정으로 진과 석양동을 번갈아 보았다.

"쓸데없는 소리!"

"저렇거든. 그럼 잘 죽어라. 될 수 있으면 이 여자나 내 앞에서는 죽지 말고, 또 가뜩이나 바쁜 내 동료들이 삽질하게 하지 말고, 알아서 무덤 파서 조용히 누워 있어라. 그리 오래 걸리진 않을 게다."

"이 개새끼가!"

벼락같이 공간을 쪼개며 진의 뒤통수로 쏘아진 한빙검. 목여염이 비명을 지를 시간조차 없을 지경의 쾌검공이었다.

그러나 음양대는 엉덩이를 들썩이는 자도 없었다. 노백 또한 석양동에게 그저 괘씸하다는 표정을 지어 보일 뿐이다.

그제야 목여염은 볼 수 있었다.

진의 뒤통수에 박혀든 줄만 알았던 한빙검의 검신이 반 토박이 잘려져 나가 있는 것이었다. 한 장면도 놓치지 않았지만 한빙검을 토막 낸 움직임 따윈 없었다. 그렇다면 한빙검은 처음부터 반 토막이 나 있었던 말인가?

티잉!

아니다. 나머지 토막은 그제야 저만치 떨어진 나무의 몸통에 깊숙이 박혀들며 맑은 공명음을 벌여놓았다.

목여염은 보지 못했지만 석양등은 봤다. 보검에 다름 아닌 한빙검을 반 토막 낸 실체. 반탄강기다. 공(攻)의 정수가 검강(劍罡)이라면, 수(守)의 절정이 바로 반탄강기.

석양동은 그제야 깨달았다. 이 남자는 이미 거인이다. 의부의 죽음에 대한 화풀이 상대로는 턱도 없는…….

진은 목여염의 상처를 단단하게 동여매고 느긋한 품으로 일어섰다.

“날 죽이고 싶거든 줄 서라. 선약된 녀석들이 꽤나 있으니 상당히 기다려야 할 게다. 그때까지 살든지 죽든지, 그것은 순전히 네 선택일 터이고.”

“그 말은 틀림이 없소이다. 석 대주, 당신은 내 뒤에 서야 할 게요.”

진의 시선이 무겁게 돌아갔다. 함철원이다. 그는 이곳에 왔을 적에 혼절한 상태였는데, 진의 치료 덕분에 기력을 회복했는지 비틀비틀 걸어 나오고 있었다.

그러나 불길을 머금은 눈빛은 세상을 집어삼킬 듯 타오르고 있었다.

“그래… 나도 아오. 민아를 죽인 놈은 절대악인가 뭔가 하는 놈이고, 그 녀석과 당신은 전혀 상관없다는 정도는. 넨장맞을! 그럼 껍데기나 좀 바꾸던가!”

“…….”

“그래서 나는 당신을 용서하지 않을 생각이오. 태양신께 맹세컨대… 민아의 기일을 꼬박꼬박 챙겨 제사를 지내지 않으면, 기필코 당신을 똥물에 튀겨 죽일 것이오.”

함철원은 잔뜩 물기를 머금은 눈을 숨기려 돌아서더니 다시 비틀비틀 동혈로 걸어 들어갔다.

남몰래 한숨을 내쉬던 진이 고개를 돌리다 문득 목여염과 시선이 마주쳤다. 생글생글 의미심장한 미소를 흘기는 목여염. 거칠고 무뚝뚝한 이면에 있는 진의 성품을 꿰뚫어봤으니 더 이상 무게 잡아봐야 이빨도 안 들어갈 것이라는 통보였다.

의미야 어쨌든 진에게 웃음을 흘기는 목여염을 지켜보던 석양동의 얼굴은 더욱 굳어졌고, 진은 재차 한숨을 내쉬었다.

목여염의 팔은 슬슬 감각이 돌아오고 있었다. 근육과 신경까지 끊어져 영영 쓰지 못할 것이라 믿었던 상황과 비교한다면 기적과도 같은 일이었다.

"의원을 해도 큰돈을 벌겠네. 하여간 신기한 사람이야. 그렇지 않아?"

예전엔 연화와 노련이 기거하던 동혈 한쪽에 마련된 금남(禁男)의 구역. 현재는 여자라고는 오직 목여염뿐이었으므로 혼잣말을 늘어놓는 그녀의 정신 상태를 의심해 볼 무렵, 어둠 속에서 한 사내가 모습을 드러냈다.

여전히 얼음장 같은 얼굴로 일관하는 석양동이었다.

"걱정 마. 조만간 검을 잡을 수도 있겠어."

"……."

"약은 먹었어?"

"난… 약 따윈 안 먹는다."

"그래, 하루 네 번 거르지 말고 먹어. 당신 약 구한다고 온 산을 뒤지고 다니는 성의도 생각해야지."

"나는 약 구해달라고 한 적……."

"밥은 먹었어?"

완벽한 무시다. 비로소 석양동의 얼굴에 변화가 생겼다. 일견 노기가 치미는 모습이었으나 그것도 변화는 변화였다.

"밥을 잘 챙겨 먹어야 약발이 잘 받는데."

"너라는 계집은… 젠장!"

석양동은 신경질적으로 주렴을 젖히고 나가 버렸다. 그를 물끄러미 바라보던 목여염의 장난기 어린 미소도 급격히 사라졌다.

석양동은 약을 거들떠도 보지 않고 있었다.

부쩍 수척해지고, 병색이 얼굴로 드러나 보일 지경. 저 상태라면 조만간에 사단이 나고야 말 것이었다. 주리를 틀어 강제로라도 먹일 수 있다면 그리하고 싶은 심정이었다. 사내들의 쓸데없는 고집이라니…….

목여염의 나직한 한숨에 어두운 처소를 밝히던 희미한 호롱불이 흔들거렸다.

"오늘은 여자 혼자 있는 방에 방문자가 많으시네."

주렴을 젖히고 들어서는 사내, 진이었다. 진은 별 말 없이 목여염의 어깨의 붕대를 풀고 상처를 유심히 살펴볼 따름이다.

"붕대는 풀어도 되겠다. 하지만 다시는 검을 들 생각은 마라. 다시 어긋나면 그땐 잘라낼 수밖에 없어."

고개를 끄덕이며 유심한 시선으로 진을 쳐다보는 목여염이다.

"할 말이 있어서 왔죠?"

진은 부정하지 않았다. 기다렸다는 듯이 들고 온 보퉁이를 내미는 진.

"오늘밤 떠나라. 약과 식량, 그리고 약간의 은자를 넣었다."

그렇지 않아도 커다란 목여염의 눈이 급기야 화등잔만큼이나 치커떠졌다.

"오늘밤 이후로는 기회가 없다. 두 사람… 여기에 있을 이유가 없어."

진은 이 말만을 남기고 돌아섰다. 그러나 한 발자국을 떼기도 전에 그는 발길을 멈춰야 했다.

"남자들은 원래 그렇게 다들 멍청한가요?"

“…….”

“날더러 어딜 가라는 거예요? 여긴 내가 만든 곳이라구요.”

“…….”

“영 교주도 수혈을 짚어 강제로 내보냈다면서요? 그녀가 당신의 바람처럼 순순히 돌아오지 않을까요? 저는 어때요? 여염집 처자들처럼 당신이 명령하면 군소리없이 따를 것 같아요?”

진은 안색을 굳히며 다시 목여염에게 다가섰다. 여자와의 대화는 이렇듯 피곤한 법이다. 이렇게 되면 강제로라도 산을 내려가게 하는 수밖에 없다.

“손가락 하나만 까딱해 봐요. 확 혀 깨물고 죽어버릴 테니.”

주춤.

“마음을 열어봐요. 당신, 오행첨살진에 대해 알아요? 동혈의 출구가 어디 있는 줄은? 또 횟가루 뿌린 밥을 먹을 자신 있어요? 이래 돼도 밥 하나는 기가 막히게 짓는다니까요? 어때요? 이래도 내가 이곳에서 쓸모가 없나요?”

진의 안색이 한겨울 삭풍처럼 싸늘한 냉기를 발했다.

“여기 있으면 죽는다.”

“사람은 언젠가는 죽어요. 게다가 저 사람… 때려죽인대도 약은 먹지 않을 테고… 여행은 무리예요. 죽겠다면 여기에서… 내 품에서 죽게 하고 싶어요.”

내뱉는 내용과는 달리 화사하게 웃는 목여염. 그러니 더욱 스산하고 비극적으로 보인다.

삶에 연연하지 않은 자들. 이들에게 더 이상의 설득이나 협박이 통하지 않을 것이다.

“빌어먹을, 온통 뒈지고 싶어 환장한 놈들밖에 없네. 맘대로 해라.”

두 사내가 조용히 들어섰다 신경질적으로 나간 횅한 목여염의 처소에는 소리없는 흐느낌이 가득 차 올랐다.

*   *   *

백차성은 임시로 마련된 객사의 침상에 앉아 눈을 지그시 감고 조식을 취했다. 일몰 후 자시까지 조식을 취하는 것은 그의 오랜 습관이었으나 그 사실을 아는 사람은 많지 않았다.

술에 절어 기녀와 한바탕 뒹군 후의 그의 침실에는 아무도 들려 하지 않았기 때문이었으며, 그것은 순전히 백차성이 의도한 바였던 것이다.

세상의 눈이란 참으로 우스운 것이다.

얼마 전까지 천하의 개잡놈 소리를 들었지만 본신의 힘을 들어낸 지금은 차기 무림맹주가 될 영웅이라 떠들고 다니는 것이 세상의 인심이 아니던가?

비명에 간 어머니의 복수는 했다. 처참히 짓밟았으며, 영겁의 고통을 안겨주었다.

그런데도 이리 뒷덜미가 무거운 까닭은 무엇이던가?

스쳐 가는 영상.

빌어먹을… 백운혜다.

운혜… 그녀는 새어머니의 불륜의 결과물일 뿐이라는 사실은 오직 백차성만이 알고 있다.

참으로 공교롭지 않은가? 언놈이 아비인지도 모르는 하잘것없는 계집을 제 자식으로 아는 멍청한 영감은 결국 제 혈육에 의해 미쳐 버렸으니…….

통쾌하고도 통쾌하여야 하는 것이 아니냔 말이다.

그런데도 어째서… 가슴이 이리도 시리던가?

'빌어먹을… 빌어먹을…….'

그때였다. 까닭없이 심장에 서늘한 한기가 벼락같이 쏟아지며 온몸의 신경이 일제히 곤두서는 것이었다.

고요히 감겨 있던 백차성의 눈이 번쩍 뜨이며 한광을 쏟아냈다.

"야심한 밤 기척도 없이 남의 방에 들어왔으니 반가운 자는 아니로고……."

그의 객사 문 앞에 창백한 얼굴로 그림처럼 서 있는 사내에게로…….

볼수록 묘한 사내다. 자녹의 안광 속에는 도도한 장강의 물줄기처럼 거침이 없으되 겨울밤 석호(潟湖)처럼 고요함을 간직하고 있다. 그럼에도 명경지수와 같던 평정에 자그마한 파문이 일었다.

피칠을 해놓은 마냥 붉디붉은 사내의 입술이 가만히 열렸다.

"방해했다면 미안하게 됐다."

다짜고짜 반말부터 늘어놓는 사내, 진은 편안하게 웃어 보이더니 성큼성큼 다가와 의자를 빼고 앉았다. 제 방인 것처럼 거리낌없는 행동.

백차성은 드러내지는 않았으나 내심 적잖이 충격을 받고 있었다.

이거 백운세가에서 봤던 애송이가 맞던가? 혹여 껍데기만 비스무레한 다른 놈이 들어앉아 있는 것 아니냔 말이다.

도무지 존재감이 없다. 벽에 걸린 서화마냥 어떠한 생체 징후가 느껴지지 않는 것이다.

남궁세가의 무사 오백 명과 비각, 귀면묵인대가 펼친 이중, 삼중의 경계망을 어찌 뚫고 들어왔는지는 전혀 궁금하지 않았다.

그럴 수 있다. 지금의 저 녀석이라면…….

백차성 역시 일어나 태연히 화톳불에 다기를 올려놓았다.

"작설차 어떤가? 궁색한 객사인지라 대접할 차가 이것뿐이네."

"작설차 좋지."

그들 간의 상황을 모르는 자라면 오랜 지우들끼리의 만남이라 보리라. 작설차가 각자의 머리맡에 놓이고, 적당한 온도로 식어갈 때까지도 두 사내는 말이 없었다.

적지의 한가운데 있으면서도 되레 진은 태평일색. 침묵을 먼저 깬 이는 백차성이었다.

"날 죽이러 온 것이라면 이리 시간을 끌 필요는 없을 터이고. 차 한 잔 생각나서 어려운 발걸음을 한 것은 더 더욱 아닌 듯한데."

"……."

"계속 내 나름대로 상상하게 만들 작정인가?"

"아! 이거 결례를 했군. 주방장이 워낙에 형편없어서 산에서는 이런 호사를 누릴 기회가 없어서 말이지. 뭐, 별건 아니고 병력을 거두고 집으로 돌아가라는 말을 해주려고."

너무나 터무니없는 요구에 백차성은 잠시 멍청한 표정을 지어 보이다가 피씩 실소를 흘렸다.

"그건 조금 어렵겠다. 좋은 밥 먹고 할 짓이 없어서 이러고 있는 것이 아니라는 것쯤은 피차 설명할 필요가 없을 텐데?"

진은 적당히 식은 작설차를 한입에 털어 넣고 다시 한 잔을 따른다. 도무지 담판을 지으러 온 자라고는 믿을 수 없을 만큼 무심한 행동이었다. 그러나 진의 입에서 나온 말들은 결코 경박하거나 무의미하지 않았다.

"내게는 책임져야 할 사람들이 있다. 난 그 녀석들이 벽에 똥칠할 때까지는 아니더라도 되도록 천수(天壽)를 누렸으면 한다."

"그 또한 쉽지 않은 일인 듯싶네만."

"그렇지. 어려운 일이야. 멀쩡히 길 가다 벼락 맞아 죽을 수도 있고, 몹쓸 병에 걸려 하루아침에 불귀의 객이 될 수 있기에 천명이라 하지. 하지만 말이다. 여기 석천산어서만큼은 그들의 삶은 내가 조율하고자 한다. 이것이 가능하려면 공존할 수 없는 선택이 너희와 나에게 한 가지씩 있다. 물론 너희의 선택은 내 말대로 지금 당장 짐을 싸는 것이고……."

"짐을 쌀 형편이 아니라면, 아니, 싫다면 네 선택은 무엇인가?"

건조하게 웃는 진, 광채를 발하는 자녹안과 더불어 악마적 분위기를 풍긴다.

"뭐긴. 몽땅 죽여야지."

비로소 굳어지는 백차성의 안색. 일전에 만나본 진이었다면 당연히 개소리가 될 것이나, 지금 눈앞에 앉아 있는 이 사내는 그때 그 입만 살아 있는 애송이가 더 이상 아닌 것이다.

그러나 그 사실을 인정하더라도 터무니없는 개소리인 것만은 변하지 않는 사실이었다.

"혼자서 가능하겠나? 내가 코기보단 좀 세거든? 남궁 녀석과 애꾸눈도 한 성질하는 편이고, 게다가 쓸모없어 보이긴 하지만 머릿수를 채우고 있는 녀석들이 꽤나 된다."

"그러니 철수하라는 거지. 그 많은 녀석들을 언제 다 죽여?"

백차성이 마른 웃음을 흘리며 천천히 일어섰다. 별반 기세를 끌어올리는 것 같지도 않건만 폭풍과 같은 거센 압력이 덮쳐 온다.

"가서 기다려라. 네 똘마니들을 모조리 찢어놓고, 너는 가장 마지막에 죽여주마."

진은 그럴 줄 알았다는 표정으로 자리에서 일어났다.

"난 기회를 줬다. 지금 이 순간부터 후회는 내 몫이 아니야."

"멀리는 못 나간다."

빠끔히 열린 문틈 사이로 안개처럼 흩어지는 진의 신형을 마지막으로 눈에 담고 백차성은 차갑게 식어버린 찻물을 바닥에 쏟아버렸다.

잠시 고였다 바닥에 스며드는 찻물 위로… 빌어먹을… 또 환하게 웃는 백운혜가 그려졌다.

"니기미……."

진은 착잡했다.

오직 한진회에 대한 복수심만으로 여기까지 왔건만, 지금에 와서는 흐릿하고 모호한 감정만이 남아 아랫배를 묵직하게 눌러 댈 따름이다.

한진회는 진정 역사를 바꾸려 했는가?

스물다섯 명이었다 한다. 그중 태반은 척박한 중세의 환경에 적응하지 못하고 병들어 죽었고, 구파일방에 보내진 자들도 별반 소득을 얻지 못하고 죽었다 한다. 살아남은 자는 장로 두 명과 한진회주, 이덕패. 그리고 한진회의 적으로 돌아선 야살귀라는 자.

당연한 결과다. 아니, 너무나 많이 살아남았다. 그것이 바로 시대를 불문한 절대 규율. 적자생존의 법칙인 것이다.

역사를 뜯어고치겠다는 거창한 계획을 들고 시간을 거스른 자들이 그런 간단한 계산을 하지 못했을까?

유체대침술? 늙은이들의 수명을 수십 년 연장한다고 무엇이 달라질 것인가? 칠백 년이다. 칠백 년을 조율하기에는 수십 년은 너무나 짧은 기간인 것이다.

순간의 작은 변화가 이후 걷잡을 수 없는 거대한 사건에 지대한 영향을 미치기를 기대한 나비효과라도 노린 것인가?

그럴 리 없다. 그가 알고 있는 한진회는 그런 자들이 아니다. 수만 가지 가능성 중에는 더 나빠지는 경우도 얼마든지 있는 것이다. 일단 벌여놓고 순전히 운에 기대어, 요행히 조국의 부흥을 기대하는 무모한 짓거리를 벌리려는 멍청한 녀석들이 아니란 말이다.

'무슨 생각인가? 한진회주… 대체 뭘 하려는 거야…….'

이 길의 끝에 그가 있다. 결코 가보고 싶지 않은 길이지만 결국은 가야 하는 길이기도 하다.

내가 시작한 싸움은 아니지만 내가 끝내야 한다.

인류의 안녕? 역사의 파괴?

개나 줘라. 난 그런 것 모른다.

난 그저 내 사람들을 지키고 싶을 뿐이다.

그럴 수 있다면 악마에게 영혼이라도 팔 것이다.

바람에 실린 진의 신형이 어둠이 삼킨 석천산자락을 조용히 갈랐다.

*　　　*　　　*

모이룬 남동쪽 백십 리 떨어진 지점. 본래 고려의 영토였다가 원과의 전쟁 후 원의 영토가 되었고, 원조의 세력이 약해진 지금은 주인 없이 버려진 땅이 되어버린 우둔산 자락의 오국산성(五國山城)은 언제나처럼 고요했다.

아니다. 태반은 무너져 내리고 잡초만 무성하던 오국산성의 내성에 감도는 침묵은 극도의 긴장감의 또 다른 모습일 뿐이었다.

형형이 빛나는 눈만을 드러낸 장포를 눌러쓴 몇몇의 인물들. 최선지와 김성은, 임명진, 박경진, 임근홍 등을 위시한 북마군과 그들을 따라나선 련련과 마초자였다.

그들에 맞선 삽십여 기병의 복색은 놀랍게도 역시나 고려군.

근본이 다르다 할 수 없는 이들이 상대를 향해 투기를 내뿜으며 대치하고 있는 것이다.

최선지는 입술이 바짝 타 들어갔다. 천지밀궁마저도 한진회를 막지 못했다. 결국 원점. 그들이 도움을 청할 곳이라고는 고려뿐인 것이다.

그러나 시작부터 좋지 않았다.

밀지가 제대로 전달되었는지는 알 수 없다. 그들을 마중 나온 이들은 완전무장한 기병들이었으니 어디선가 일이 틀어졌다고 봐야 했다.

결코 호의적인 분위기는 아닌 바, 자칫 상잔이라도 일어나는 날에는 마지막 기대마저 완전히 끝장날 수 있는 일이었다.

"도순위사(都巡慰使) 어른을 뵙게 해주시오. 그러면 모든 의문이 풀릴 것이오."

"도순위사께서는 그리 한가하신 분이 아니다."

무장의 나이는 많아봐야 서른 안쪽. 날카로운 호안(虎眼)에 출중한 기도를 갈무리하고 있으나 어딘지 무기력한 모습도 엿보이니 종잡을 수 없는 분위기를 풍기는 자였다.

"저런 개 호로새끼를 봤나! 네놈이 어미젖이나 빨고 있을 적에 어르신은 국경을 창궐하는 야인 놈들의 목을 베고 다녔노라! 당장 기마에서 내려 예를 갖추지 못할꼬!"

임명진이 눈을 부라리며 당장이라도 환도를 뽑아 들 태세로 들썩거렸다.

차차창!

고려의 기병들도 병장기를 빼내 들고 흉흉한 분위기를 더했다. 그야말로 일촉즉발의 상황.

그러나 젊은 무장은 침착했다. 어쩌면 이런 저런 따위는 될 대로 되라는 식의 평정이다.

"일국의 병마사가 어찌 국경을 넘어온 무리에게 고개를 숙이리오. 그대들은 돌아가라. 고려말이 유창하지 않았다면, 결코 살려서 돌려보내지 않았을 것인 즉……."

최선지의 눈이 화등잔만큼이나 번쩍 커졌다.

"병마사? 혹여 금오위상장군(金吾衛上將軍) 이자춘 어르신의 이남(二男)이 아니시든가?"

말을 돌려 돌아가려던 젊은 무장이 멈칫거렸다. 천천히 고개를 돌리는 무장.

"나를 아시오?"

"맞구먼! 그래, 자네가 바로 성계였어! 나를 모르겠는가?"

그렇다. 그가 바로 동북면병마사(東北面兵馬使) 이성계였던 것이다.

이성계의 반응은 시큰둥했으며, 여전히 무심한 눈빛은 다름이 없었다. 그의 이름은 이미 알 만한 사람은 모두 알고 있을 만큼 유명세를 타고 있었다. 개경에서 홍건적을 몰아내고 일착으로 입성해 고려군의

깃발을 꽂았으며, 나하추와 최유의 대군을 격파했고, 여진과 왜구를 토
벌하면서 단 한 번도 지지 않은 고려 최고의 장수가 바로 이성계였으
니, 그의 이름 석 자는 멀리 대륙에까지 전해져 있는 것이었다.

"자네가 쌍성총관부에 있었을 적에 나를 몇 차례 보았을 걸세. 북마
군의 최선지라고 기억을 하는가?"

비로소 무심했던 이성계의 눈가에 이채가 서렸다.

"그래, 내가 바로 북마군의 군장 최선지일세."

이성계는 기마에서 내려 최선지에게 느릿하게 다가왔다. 호들갑스
럽지 않은 차분함이라고 보기에는 어딘지 허망한 발걸음이었다.

최선지의 앞에 선 이성계는 여전히 종이로 접어놓은 마냥 표정이 없
었다. 본래 무뚝뚝한 성품이라 할지라도 확실히 반가움을 표하는 기색
은 아닌 것이다.

"그래서 뭐 어쨌다는 것이오? 며칠 굶은 듯한데… 구걸이라도 하려
는 게요?"

"……!"

이성계는 피식 비웃음을 흘리며 돌아섰다.

치이잉.

어떻게 된 일인지 아무도 본 사람이 없었다. 그러나 새하얀 광채를
머금은 환도가 거짓말처럼 공간에 불쑥 나타나 이성계의 뒤통수에 겨
누어져 싸늘한 검명을 흘리는 장면은 분명히 현실이었다.

"고려에도 제대로 된 물건이 하나 나왔나 싶었는데… 역시 소문은
믿을 것이 못 되는군."

김성은의 음성에 실린 진득한 살기. 한 치만 환도를 밀어 넣으면 이
성계의 뇌호혈이 갈래갈래 찢어질 상황이다.

“베어라.”

“…….”

“손끝에 조금만 힘을 주면 된다. 어서 베어라.”

김성은의 환도는 여전히 음산하게 울어 대고 있다. 김성은의 막대한 내력이 당장이라도 도신을 뛰쳐나가려 발버둥치고 있는 것이다. 웬만한 무인이라면 도기를 감당치 못해 제대로 서 있지도 못할 상황이거늘, 이성계의 음성에는 동요조차 없었다.

천천히 돌아서는 이성계. 여의 무표정은 변함이 없으나 무채색 동공에는 불길이 지펴져 있었다.

“베라 하지 않았느냐!”

맨손으로 환도를 잡아 자신의 이마로 끌어당기는 이성계. 날카로운 날에 베인 손은 이미 피범벅이었으나 그는 개의치 않았다.

“부원배들을 쳐내니 간신들이 득세하고, 간신들을 쳐내니 웬 중 놈이 나라를 쥐락펴락 한다. 도적 떼들에게 도성을 내주더니 왜구들에게 백성을 내주고 있다. 그 순간에도 제 배에 기름칠하는 것 외에는 관심이 없는 자들이 지배하는 나라다. 한진회라고 하였느냐! 그들이 나라를 집어삼킨다고 하였느냐! 그래서 달라질 것이 무어냐 말이다?!”

갈아붙이듯 쏟아내는 이성계. 고려의 기병들도 고개를 떨구었다. 이성계와 더불어 수많은 전장을 누비며 삶과 죽음의 호흡을 나누었던 그들. 가슴에 꾹꾹 눌러 담았던 한이 분노가 되었고, 이제는 지독한 무기력감이 되어 그들을 휘어감았던 것이다.

“이 나라는 희망이 없다. 희망이 없는 나라에 무장이 무엇을 지킬 수 있으리오. 지킬 것이 없는 무장이 살아서 무슨 소용이리오. 베어라.”

김성은의 환도가 한차례 부르르 떨더니 힘없이 가라앉았다.

그 역시 그랬다. 안에서는 희망이 없기에 밖에서 찾으려 했다. 그래서 주어진 배경을 버리고 최선지를 따랐다. 그 결과가 바로 지금의 모습이다.

지독한 침묵이 북마군과 고려 기병을 막론하고 퍼졌다. 무력감과 패배감이 만들어낸 침묵은 쉽사리 깨지지 않을 것만 같았다.

"못난 녀석들!"

심장을 뒤흔드는 쩌렁쩌렁한 노호성.

동시에 한 필의 기마가 오국산성으로 들어섰다. 그 위의 장수, 허연 수염을 나부끼며 용의 눈을 번뜩이는 전신(戰神)의 위용이다.

최선지의 눈이 번쩍 커졌다.

"수, 순위사 어르신!"

군신(軍神), 최영이었다. 오연한 시선으로 장내의 군사들을 한 번 훑어보던 그의 시선이 이성계에게 고정되어졌다.

"찾으려니 없는 것이다."

"……."

"만드는 것이다, 희망은! 이 늙은이도 포기하지 않았거늘 네 녀석이 주저앉으려느냐?! 내 진정 너를 잘못 본 것이냐?!"

이성계의 눈가에 습기가 배어 나왔다. 통렬한 질책에 대한 깨달음이 아닌 울분이다.

"저는 누구를 위해 칼을 들어야 하는지 아직도 모르겠습니다."

"너를 위해 들어라. 너의 아들을 위해 들어라. 아직은 희망을 버릴 때가 아니니라."

이성계의 고개도 떨어졌다. 모르는 것이 아니다. 당장 모든 것이 추악하고 절망적으로 보이지만 보다 나은 세상, 보다 강성한 고려를 위한 반석이 될 것이라는 믿음을 저버리지는 않았다.

하지만 말이다. 고려는 정의라는 이름이 모난 돌 취급을 받고, 정을 맞아 깎여 버리는 세상이다. 진정 희망을 만들 수 있는지 도무지 확신이 없다. 차라리 권력을 가진 이들을 모조리 베어버리고 새로이 시작하는 것이 가장 빠른 길일지도…….

환도를 잡은 손을 부르르 떠는 이성계를 걱정스러운 눈으로 바라보던 최영이 나직이 한숨을 내쉬었다. 이내 최영은 최선지와 북마군에게 시선을 돌렸다.

"늦었구나."

"죄송합니다, 숙부…….."

최선지의 눈에는 어느덧 자욱한 물기가 올라왔다.

최영의 우려를 저버리고 한진회와 손을 잡았다. 나름의 확신이 있었지만, 결과적으로는 조국과 황실을 집어삼키려는 자들을 도운 꼴이다. 자신들도 모르게 조국의 배신자가 되어버린 것이다. 눈물이 아니 날 수가 없는 일이었다.

"너희 북마군이 선봉이다."

최선지의 눈이 번쩍 커졌다. 동시에 오국산성의 성문으로 일단의 병사들이 쏟아져 들어왔다.

삼엄하고 절도있는 군기와 일치된 복색. 국왕친위대인 이군(二軍)과 함께 중앙군의 주축인 육위군(六衛軍)이었다.

그러나 최선지의 얼굴에 언뜻 실망의 기색이 떠올랐다. 최정예라 하나 일견 기천을 겨우 넘기는 정도의 숫자였다. 귀면묵인대가 격파되었고, 백차성과 남궁천명이 한진회에 등을 돌렸다고 해도 그들에게 아직

뭐가 남았는지 모르는 상황에서 이 정도의 군사로는 분명히 모자람이 있는 것이다.

"여기 병마사의 기병대를 합쳐 도합 천이백. 서북면에서 동원할 수 있는 전부다."

즉슨 도성에서도 모르는 일이라는 것. 혹여 도성에 숨어들었을 한진회의 간자에게 정보가 들어가는 것을 우려한 것이리라.

그렇다면 방법은 있다.

기습전이다. 은밀하게 이동하여 야음을 타 기습을 감행하는 것이다. 다행히 적진은 천지밀궁이 미리 파악했으니 시도해 볼 만한 가치는 있는 작전이었다.

북마군과 최선진의 얼굴에는 새로운 투지가 불타올랐다.

제7장

불길, 하늘에 이르다

아련히 보이는 밤하늘의 별빛.

나는 별빛 아래 고즈넉이 서 있는 고목의 나뭇가지 사이를 스치는 바람이다. 나는 나무가 뿌리내린 대지이고, 바위이며, 개울이다.

나는 온전히 자연이다. 그러므로 나는 세상의 전부이자 또한 아무것도 아니다.

뭔가가 손가락 끝을 짓누르고 지나간 듯도 하다. 그러나 나는 아무것도 아니기에 그들에게도 아무것도 아니다.

셋… 넷……

더 있다. 좌후 삼 보에 둘, 우 사 보에도 셋이 있다.

신중한 녀석들이다. 더도 덜도 말고 한 호흡에 한 걸음씩, 까치발을 세워 걷는 품이 제법 훈련을 받았다. 이런 종류의 보법이 무한보(無限步)였던가? 역시나 남궁세가의 녀석들이다.

벌써 열흘째다.

죽이고 또 죽여도 끊임없이 밀어닥친다. 천하제일가라 하여 내심 기대를 했건만 생각보단 미련한 자들이 아닌가?

저돌적이라 함은 또 다른 의미로 전략과 전술이 없다는 말이다. 즉슨 머릿수로 밀어붙이는 것 외엔 다른 대안이 없다는 말이고, 또한 그만큼 저들에게는 시간이 없다는 의미도 된다.

남궁천상의 말대로다.

남궁천명은 천명패(天命佩)인가 뭔가가 없다고 했다. 그리고 천명패가 없는 남궁가의 주인 역시 남궁세가가 개문한 이래 삼백여 년 동안 한차례도 없었다고도 했다.

남궁세가의 혈족은 대륙에 퍼져 나름의 삶을 영위하고 있으면서도 체계적이고, 유기적인 조직망이 구성되어 있었다. 가주는 오직 한 사람만의 몫이고, 이 경쟁에서 밀려난 형제는 일평생 그의 곁을 보필하던가 따로 분가해야 하는 남궁세가의 불문율 때문이었다.

이 과정에서 불복하여 가끔 형제 간, 혹은 부자 간에 칼부림이 일어난 일이 종종 있어 왔다.

그런 후레자식을 가문의 이름으로 당연히 쳐 죽이지 않느냐고?

남궁세가의 역사는 피로 물들어 있다. 입술 뒤집어 간 채 턱 꼿꼿이 세우고 시건방을 떤 결과로 천하제일가의 명성이 얻어졌던 것이 아니라는 말이다.

굳이 구분을 하자면 남궁세가는 정도에 가까운 혈족 문파지만, 안을 들여다보면 칼바람 타고 핏물 뿌려 대는 강호 사파 못지 않은 힘의 논리로 지배되고 있는 살벌한 곳이다.

이러한 문화를 가진 집단은 통상적으로 성공한 반란은 반란으로 취급하지 않는다. 특히 남궁세가에서는 혈족에 한한다는 조건이 붙기는 하지만, 간계한 음모가 아닌 순수한 물리력과 정치력을 바탕으로 주도권을 쟁취한다면 인정한다는 의미가 된다.

그것을 증명하는 것이 바로 천명패다.

당대 남궁세가의 가주가 자신의 피로 수결한 천명패를 석 달 내에 장로회에 제시하면 군소리없이 천하제일가의 가주로 인정되는, 정도문파에서는 보기 힘든 다소 무식한 율법이 존재하는 것이다.

그러나 남궁천명은 아직까지 천명패를 장로회에 제시하지 못하고 있었다. 당연하다. 애저녁에 소가주로 낙점받은 남궁천상이 두 눈 시퍼렇게 뜨고 살아 있으며, 그의 묵직한 엉덩이 밑에 천명패가 깔려 있는 것이다.

앞으로 남은 시일은 불과 한 달 보름. 그때까지도 천명패를 얻지 못한다면 남궁천명과 남궁세가 일족, 둘 중 하나는 세상에서 지워질 때까지 싸워야 하는 개 같은 상황에 직면하게 된다.

남궁천명이 이렇듯 병력의 극심한 소진을 감수하고라도 밀어붙여야 하는 이유다.

하지만 노백은 긴장의 끈을 놓지 않았다. 적에 대한 평가는 전투에서 완전한 승리를 쟁취한 이후에나 내리는 것이다.

그렇기는 한데…….

뭔가 이상하다. 지금까지의 녀석들과는 분명히 뭔가 다르다. 조금은 조잡하다고 할까? 호흡에 묻어 나오는 기감에는 정심함은 담겨 있으되 거칠고 불안정하다. 쉽게 말하자면 보초나 세우면 그만일 이류급 무인의 냄새가 짙다는 게다.

찜찜하다. 그냥 흘려보내고 후의를 칠까?

그것도 여의치 않다. 동선의 허리를 끊어놓으려다가 자칫 포위당해 오도 가도 못하는 수가 생기기 십상이다. 거기에 아직 위치를 파악하지 못한 비각과 귀면묵인대가 섞여 들면 꽤나 피곤해진다.

결정했다. 친다.

칠정기의 묘용에 따라 폭풍처럼 진기를 일으켜 온 신경을 일시에 깨우는 노백.

'빠르고 깊이…….'

스스슥.

묵직한 질량감이 세 번에 걸쳐 손끝에 전해졌다. 확실히 베었다.

세 명의 검수가 불신 어린 눈을 치켜뜨고 목을 움켜쥐었다. 손가락 사이로 슬그머니 새어 나오는 핏물. 기능을 상실한 성대는 답답한 비음만을 뱉어낼 뿐이다.

같은 일이 오 장여 내에서 일시에 벌어졌다. 모르는 이가 보았다면 겨우내 수북히 쌓여 있던 낙엽더미가 잠시 미풍에 들썩이는가 싶더니 난데없이 남궁세가의 검수들이 목을 움켜잡고 피를 분수처럼 뿌리며 쓰러지는 것으로 보였을 정도로 은밀하고도 빠른 급습이었다.

그러나 한 명이 살아남았다. 도철이 맡은 구역이다.

못난 놈. 두 명을 맡겼거늘 한 녀석을 놓치다니. 돌아가면 연무장으로 내몰 것이다. 한동안 잔소리를 안 했더니…….

노백의 생각은 끊겼다. 도철뿐 아니라 다른 음양대원들의 분위기도 이상했던 것이다.

"이, 이게 뭐꼬?"

도철은 하얗게 질린 채 부들부들 떨고 있는 녀석을 차마 베지 못하고 안절부절못하고 있었다.

"흐음……."

노백은 미간을 찌푸렸다. 시큼한 지린내가 사방에 진동한 탓이 아니었다. 노백은 남궁세가의 검수에게 성큼 다가갔다.

"몇 살이냐?"

"여, 열다섯… 입니다……. 사, 사, 살려주세요……."

바지에 오줌을 지린 녀석은 치기도 채 벗지 못한 어린애였던 것이고, 도철은 이를 알아채고 살검을 쳐너지 못한 것이었다.

그리고 보니…….

널브러진 검수들을 둘러본 노백의 안색이 빠르게 굳어졌다.

솜털도 빠지지 않은 애송이들뿐이다. 남궁세가에 이토록 사람이 없던가? 그럴 리 없다. 남궁천명이 다 쳐 죽이고 권력을 움켜쥐었다지만, 그럼에도 모래알마냥 수많은 고수들이 남아 있기에 천하제일가라 한다.

머리 속에서 시끄러운 경종이 울려 댔다.

이들은 소모품이다. 자신들을 끌어내려는 미끼인 것이다.

동시에 사방에서 벼락같이 쏟아져 오는 무시무시한 살기.

'벌써?! 젠장. 이건 너무 빠르잖아.'

노백은 전력을 끌어내 발끝에 밀어 넣으며 낭랑한 일성을 내뱉었다.

"총원 전속 퇴각하라!"

산 아래를 굽어보던 목여염은 벌떡 일어났다.

멀리 장일봉 아래 삼부 능선에서 웬만한 주의력을 가지고는 구분하기 힘든 물안개 비슷한 연막이 숏아나는 것을 시작으로 음양대가 매복했던 일곱 곳에서도 어김없이 피어오르는 것이다.

"벌써?! 이건 너무 빨라."

목여염은 해뜰 무렵인 묘시초(卯時初)경에 총공세가 시작될 것이라 예상했다. 그러나 한 시진이나 빠르게 공격을 시작한 것이다.

어둠은 방어하는 입장에서도 그렇지만 공격하는 입장에서도 결코 반가운 존재가 아니다. 저쪽에서도 음양대와 진이 결코 만만치 않은 상대임을 알고 있는 이상 최대한 위험 요소를 배제하리라는 예상은 보기 좋게 빗나간 것이었다.

깊숙이 끌어들이는 것이 본래 목적이기는 하지만 그전에 수세에 몰리기 시작하면 끝장이었다. 음양대는 강력하지만 적들이 수십 배가 넘는 인원으로 차륜전을 감행한다면, 결코 좋은 결과를 예상할 수 없는 것이다.

"조금 이르군."

"어지간히 급하게 되었지 않소."

난데없이 들려오는 묵직한 사내들의 목소리에 목여염은 화들짝 놀라고 말았다.

"기척 좀 흘리고 다녀요! 애 떨어질 뻔했잖아… 요……."

뾰족하던 목소리가 급격히 흐려졌다. 진이 옆에는 남궁천상 말고도 석양동도 함께 있었던 것이다. 처녀의 순결을 실은 배는 지금쯤 태평양을 건너고 있을 터이지만, 그럼에도 목여염은 석양동 앞에서만큼은 정숙한 여인이고 싶은 것이다.

평소 차가운 이성과 냉철한 판단력을 보여주던 목여염이 석양동 앞에서는 어김없이 무너지는 장면이 심심치는 않다는 듯 남궁천상은 미소를 잠시 비추더니, 이내 피어오르는 미륵홍기의 신호를 보고는 다시 굳어졌다.

“목 궁주, 시간이 얼마나 남았소?”

“해돋이는 두 시진. 그리고 동풍은 이후 대지가 적당히 달구어지고 동풍이 불어오려면 대략 한 시진은 걸릴 거예요. 앞으로 세 시진을 막아야 하는데… 백차성과 이덕쾌, 그리고… 남궁천명이 섞여 있다면 음양대만으로는 쉽지 않을 거예요. 안전가옥은 임시 거처일 뿐이에요. 그래서 탈출구를 그리 많이 단들어놓은 것이고. 아직 늦지 않았어요. 지금이라도 여기를 빠져나가야…….”

“빠져나가고 그 다음엔?”

진이 목여염의 말을 끊고 어두운 음성으로 물었다.

“그 다음엔…….”

“지리한 공방전이 이어지겠지. 무수한 피를 흘려야 할 터이고, 거기에는 저기 멍청한 녀석들의 피도 섞여 흐를 테지.”

“당신 계획대로 되지 않으면 여기서 다 죽어요! 돌풍이라구요? 당신이 그토록 끔찍이 아끼는 수하들의 목숨을 하늘의 뜻에 맡기고 도박을 할 작정인가요?”

느릿하게 목여염을 바라보는 진.

“도박이 아니다. 과학이지. 예정된 시간에 불을 놓아라. 그것이 나와 스스로를 돕는 유일한 길이다. 천상, 가지.”

진은 한 마리 비조처럼 몸을 날려 단애 밑으로 떨어져 내렸다.

“믿어보시오. 저 친구… 가끔 기적을 만드니까.”

남궁천상도 진을 따라 몸을 날렸다. 석양동도 몸을 날리려는 찰나, 그의 팔을 목여염이 잡아챘다.

“가지 마.”

슬프게 젖은 음성. 석양동은 자신의 손목을 잡은 곱디고운 목여염의 섬섬옥수를 물끄러미 쳐다볼 따름이다.

"가지 마. 제발……."

"난 너와 달라."

목여염의 두 눈에 당장에 눈물이 가득 차 올랐다.

"복수를 했어야 했어. 난… 당신의 사부를 용서할 수 없었단……."

"나는!"

"……."

"나는 아무 말 없이 사라지는 짓 따윈 하지 않아. 반드시 돌아온다."

석양동의 손이 목여염의 얼굴을 감싸더니 투박한 엄지가 눈물을 훔쳐 냈다. 이내 석양동도 날아올랐다, 희미한 미소를 머금은 채.

쩔걱!

크게 벌어진 미간에서 피를 뿜어 대며 물먹은 짚단처럼 흐물흐물 무너져 내리는 백의 검수.

스물셋… 넷인가?

그럼에도 쓰러뜨린 적보다 멀쩡히 서서 원독이 가득한 눈빛을 쏘아 보내는 녀석이 몇 배는 많았다.

"젠장, 엄청나게 퍼질러 놨네."

혈족 문파가 다 그렇다. 오죽하면 남궁세가에 시집온 여자들이 자식 셋을 오 년 안에 낳지 못하면 사리문 밖으로 내쳤을까?

아니, 이 녀석들은 떼로 덤벼도 콧방귀만 뀌어주면 될 정도로 칠정기의 공능은 굉장하다.

그러므로 문제는 저런 허섭스레기들이 아니었다.

저기 뒤에 서서 자신들을 볼레 보는 양 경멸의 시선을 흘기는 자들. 남궁용민, 남궁청룡, 남궁뇌룡의 용자(龍字)배 혈족들과 안신, 조문. 그야말로 당대 남궁세가가 어째서 천하제일가 인지를 천명하는 기라성 같은 고수들인 것이다.

남궁세가의 본가는 남궁천상의 텃밭이었다. 남궁천명이 본가를 장악하기 위해 처음에 한 일이 남궁천상의 팔다리를 부러뜨리는 일은 상식적인 수순인 것이다. 그러나 부러뜨리고 잘라내다 보니 남아나는 게 없는 것이 당연한 노릇. 그래서 저들을 끌어들인 것이리라.

특히 용자(龍字)배 돌림의 친족들은 남궁세가에서 밀려난 혈즉 중에서 현 남궁천상의 체제를 가장 불만스러워했던 자들이었으니, 남궁천명의 호출에 버선발로 뛰어왔을 것이다.

어쨌든 상황은 최악이었다.

노백은 무조건 퇴각하라는 대장의 명을 따르지 않았다. 따르지 못했다는 말이 좀 더 정확하겠지만 일이 그렇게 됐는데 어찌하랴.

시간을 벌어야 했다. 여기까지 끌어들인 것까지는 좋은데, 더는 저들의 발길을 허용해서는 안 된다.

내력은 슬슬 파탄을 드러내는데 남궁세가의 절정고수들은 손속 한 번 부딪쳐 보지 못했다. 내일 해가 서쪽에서 뜬다고 해도 이곳에서 두 발로 걸어 나가지는 못하리라.

"훅, 훅."

도철의 숨결은 어느새 거칠어져 있었다. 먼저 빠져나가라 했거늘, 기어이 고집을 피우더니 팔 하나를 잃고 말았다.

"도철, 괜찮나?"

"우데에? 문제없심더. 후욱……."

“왕달.”

“헉, 헉… 얼마든지 오라고 해! 몽땅 갈라 버릴 테니.”

이렇게 셋이 남아 시간을 벌고 있었다. 하지만 더 이상은 무리였다. 빌어먹을 해는 언제 뜨나…….

그러나 걱정은 되지 않는다. 대장과 남궁천상이 있으니 어떻게든 될 것이다. 련아도 대모가 잘 돌봐줄 것이고…….

‘크크크, 아무도 알아주지 않던 음양대원이 천하제일가의 절정고수들을 상대로 한 시진이나 버티고 있다니… 저 자식들, 앞으로 음양 자만 들어도 자다가 벌떡벌떡 일어나겠지. 그것이면 무인으로서 후회없는 삶이 아닌가?

노백이 통쾌하게 웃어젖히자 천풍당(天風堂) 당주 남궁용민의 노안이 당장에 일그러졌다.

남궁용민은 남궁무연의 사촌동생이다. 젊은 시절, 한때는 차기 소가주로 지목될 만큼 무의 재능만큼은 단연 발군이었으나 손속이 잔인하고 성정이 포악하여 일찌감치 가주 후보에서 탈락해 따로 천풍당을 꾸린 자였다.

“안신, 저 빌어먹을 놈의 목을 가져와라.”

“식기 전에 가져다 올리지요.”

기괴한 모양으로 틀어진 커다란 도를 뽑아 들고 앞으로 나서는 안신.

“드디어 한 분 납시었군.”

노백은 여전히 비릿한 미소를 입에 걸고 이죽거렸다. 그러나 내심의 사정은 달랐다.

뇌전도(雷電刀) 안신, 천풍당의 외당을 담당하고 있는 남궁용민의 오른팔이다. 도를 다루는 자가 닿지 않은 남궁세가이지만 안신이 저 번개 모양의 도 한 자루를 들고 천풍당 산음지부를 털어간 정신 나간 절강수로채를 반나절 만에 초토화시킴으로써 천하제일가가 도법이 없어서 도를 다루지 않았다는 사실을 증명시켜 준 자이기도 했다.

과연 형형한 안광에서 느껴지는 기도는 굉장하다.

평소라면 굳이 사생결단을 각오하지 않더라도 어렵지 않게 제압할 수 있었을 터이지만, 지금은 여러모로 암담할 수밖에 없었다.

"왕달, 내 말 잘 들어라."

"씨발… 듣기 싫어도 잘 들린다."

"저 두 놈을 되도록 오래 잡고 있을 터이니, 너는 도철을 데리고 빠져나가라."

"무슨 개소리야!"

"여기서 다 개죽음당할 작정이냐?! 혹여 남궁천상이라도 들이닥친다면… 군소리 할 것 없다. 셋을 세겠다. 하나……."

"너, 이 자식. 너는 련아가 있잖아. 여기는 내가 남는다."

"둘."

"꿈도 꾸지 마. 저 빌어먹을 늙은이들은 내 거다!"

노백은 이미 귀를 닫았다. 매서운 눈으로 안신을 노려볼 따름.

"셋!"

쿠과광!

장내를 휩쓴 무시무시한 경기. 일거에 천풍당을 비롯한 남궁세가의 무사 다섯이 산산이 부서져 흩뿌려졌다.

그뿐 아니다. 뇌전도로 얼굴을 틀어막은 안신이 눈을 부릅뜬 채 동상처럼 굳어져 있는 것이었다치이잉.

뇌전도의 두툼한 도신이 중간 어림부터 반질반질한 면을 드러내며 토막 났다. 이내 그의 얼굴을 가로지르며 슬그머니 드러나는 혈선(血線). 쩌저적, 하는 섬뜩한 소음과 함께 안신의 머리 절반이 미끄러져 떨어져 내렸다.

멍청한 표정의 남궁용민. 예사로 넘길 놈들이 아니라는 것쯤은 지금껏 봐왔기에 알고 있었지만 이건 대체…….

그러나 지금 무슨 일이 일어난 것인지 모르기는 노백과 왕달도 마찬가지였다. 그들이 한 일이라고는 뛰쳐나가려 발가락 끝에 힘을 줬다가 난데없는 폭풍에 놀라 다시 푼 것밖에는 없는 것이다.

의문은 오래 가지고 있지 않아도 되었다.

"오랜만이군요."

채 가라앉지 않은 먼지구름 사이로 드러난 거대한 존재감, 남궁천상이었다.

"흐음……."

성근 눈썹 밑에 파묻혀 있던 남궁용민의 눈이 일순 커졌다가 이내 다시금 사라졌다. 놀라움을 표현하는 그의 오랜 습관이었다. 그러나 그뿐. 그는 물론이고, 용자배 남궁세족들과 조문에게서 더 이상의 동요는 엿보이지 않았다.

"지금껏 어디에 숨어계셨습니까? 이 늙은이는 셋째 공자를 못 보고 돌아가야 하는 줄 알았소이다."

격장이다. 소가주라는 칭호도 사라졌다. 그러나 남궁천상의 반응은 차분했다. 아니, 차라리 무시에 가까운 무반응이다.

그저 널브러진 남궁세가의 무인들을 고즈넉한 시선으로 일별할 뿐이었다.

"저는 더 이상 가솔의 피를 묻히고 싶지 않습니다. 그만 돌아가시지요."

"허허, 사내가 대의를 품었다면 베지 못할 것이 없어야지요. 셋째 공자께서는 듣던 대로 소심하십니다."

"대의… 대의라……. 세상을 구하며 정의를 실천하는 자가 대협이요, 민초의 불편함을 살피고 선정을 베푸는 것이 대의라 배웠습니다. 남궁세가에서는 형제의 피와 살을 뜯어먹는 놈은 잡놈이라 하지요."

다시 커진 남궁용민의 노안에는 노기가 차 오르기 시작했다. 시종 포악한 눈을 뜨고 남궁천상을 노려보고 있던 천무문의 남궁청룡이 발끈하며 나섰다.

"이 어린놈이 새끼가……! 어디 다시 한 번 지껄여 보아라."

남궁천상은 남궁청룡의 시선을 정면으로 받으며 부드럽게 입을 열었다.

"특히나 시류를 틈타 한몫 잡아보려는 시러배들은 따로이 개잡놈이라 부른다오."

"이, 이……."

남궁청룡의 숨소리가 거칠어지는가 싶더니 아니나 다를까 거검을 뽑아 들었다. 뽑아 들었다 싶은 순간 폭풍 같은 거력이 담긴 일검이 당장이라도 남궁천상의 머리를 양단할 듯 쏟아져 내렸다.

퍼억!

남궁청룡은 의문이 들었다. 난데없는 썩은 호박 터지는 소리는 어디서 들려오는 것인가? 어째서 얼굴과 목덜미에서 뜨뜨미지근한 액체가 흐르는 것이 느껴지는가?

빌어먹을, 어째서 세상이 이렇게도 급격히 어두워지는가.

털썩!

남궁청룡은 머리의 반이 터져 나간 채 흐물흐물 무너져 내렸다.

차차창!

자신들도 모르게 한 걸음 물러서며 병기를 뽑아 드는 용자배 남궁혈족들. 좀처럼 표정의 변화가 없던 남궁용민의 얼굴에도 한가득 경악을 담고 있었다.

남궁천상은 천천히 검을 갈무리하고 있으므로 분명히 뽑기는 했다는 말이다. 그러나 아무도 검을 뽑는 장면은 보지 못했다.

"이, 이놈이 사술을 부리는구나!"

남궁천상의 얼굴에서 미소는 사라졌다. 어찌 되었든 자신도 혈족을 베었으니 웃을 수가 없는 것이다.

"본가에 왕래가 없으시더니 이제 제왕검형(帝王劍形)도 몰라보십니까?"

"제, 제왕검형?"

제왕검형은 변과 쾌를 포기하고 단숨에 적을 부수는 패력검법이다. 이렇게 빠를 수가 없단 말이다.

"그럼 다른 것을 보여드리지요."

남궁천상의 오른손이 일순 사라지는 듯한 환영.

그리고…….

"이, 이게 뭐야……."

황당한 표정으로 자신의 가슴을 내려다보고 있는 조문. 쩍 벌어진 갈비뼈 사이로 박동질 치는 심장과 꿈틀거리는 장기가 적나라하게 드러나 있는 것이었다.

“뇌, 뇌전검법……..”

남궁용민이 꿈결처럼 되뇌는 가운데,

“으아악!”

조문은 끔찍한 비명을 내지르며 본격적으로 흘러내리는 내장을 수습하려 발버둥쳤다.

쉬익. 빠각!

조문의 비명은 그쳤다. 어디선가 날아든 돌멩이에 머리가 완전히 터진 사람은 비명을 지를 수가 없는 것이다.

돌멩이가 날아든 방향을 향한 남궁천상의 눈에는 지독한 살기가 담겨 있었다.

“개구리와 전갈 이야기를 아느냐?”

남궁천명이었다.

“큰비가 내려 물이 불어나는 바람에 전갈은 꼼짝없이 빠져죽게 되었다. 그래서 전갈은 지나가던 개구리를 독침으로 위협해 마른 땅으로 자신을 태워 달라고 했지. 개구리는 어쩔 수 없이 전갈을 태우고 불어난 개울을 헤엄쳤다. 그런데 둑이 무너지며 갑자기 큰 파도가 덮쳐들고 만 게다. 전갈은 너무나 놀라서 개구리의 등을 독침으로 찌르고 말았지. 개구리는 죽어가며 전갈에게 물었다. 나를 찌르면 너도 죽고 마는데 어째서 그런 짓을 하는 거냐고… 그래서 전갈이 뭐라고 했는지 아느냐?”

“……..”

“나는 원래 그래. 그것이 전갈로 태어난 내 운명이야. 너는 어리석은 개구리가 될 셈이냐?”

“개구리라… 당신이 모르는 것이 하나 있는데 말이외다. 개구리 중에는 전갈을 잡아먹고 사는 녀석도 있소이다.”

시종 남궁천명의 얼굴에 걸려 있던 잔잔한 미소가 썩은 그것으로 바뀌었다.

“형님을 대하는 태도가 영 시건방지구나.”

“후후, 형님이라… 이번 건 꽤 재밌었소이다. 노 대협, 우리는 못 다한 이야기가 있으니 자리를 비켜주시지요.”

그때까지도 멍청한 얼굴로 멀뚱히 서 있었던 노백과 왕달 등은 그제야 정신을 번쩍 차렸다.

“아, 알겠소이다.”

노백과 왕달이 도철을 부축해 사라지자 아직까지 멍청한 표정이던 남궁용민과 남궁뇌룡에게 남궁천명의 창노한 일갈이 쏟아졌다.

“한 놈이라도 놓치면 돌아올 생각일랑 마시오.”

“아, 알겠소이다.”

마침내 남궁세가의 무인들마저 사라진 어두운 숲에는 두 형제만이 남아 비극일 수밖에 없는 결말을 향해 한 걸음을 내딛었다.

*   *   *

“이럴 리가 없는데… 이래서는 안 되는 것인데…….”

최선지는 비 맞은 중처럼 혼잣말을 중얼거렸다.

“무엇이 잘못되었느냐?”

최영의 물음에 그제야 최선지는 화들짝 놀라며 상념에서 깨어났다.

“아, 아닙니다.”

아닌 것이 아니다. 모이란. 한진회의 본거지가 있는 곳이며, 이곳을 근거로 고려를 치고 나라의 기틀을 세운다 하였다.

일 할. 기천도 안 되는 군사로 한진회에 상당한 타격을 줄 확률이었으며, 이것마저 자신이 없었다. 야습뿐이다. 북마군을 선두로 곧장 종심을 타격해 한진회의 수뇌를 사살한다. 필경 병사 전부를 잃을 것이며, 북마군도 살아남지 못할 것이지만, 고작 기천의 군사로 할 수 있는 전부이리라.

그러나 결과는 최선지를 어안이 벙벙하게 만들었다.

초전에 저항이 생각보다 강하지 않았을 때에는 단지 기습이 성공한 것이라 판단했다.

그러나 성문을 열고 적진의 종심부인 신전(神殿)까지 진격한 지금 병력의 손실은 백여 명의 사상자뿐이었으며, 그나마 대부분은 경상이고, 사망자는 단 열다섯 명뿐이라는 보고가 들어왔다.

이래서는 안 되는 것이다.

한진회를 모른다면 모르되 귀면묵인대를 봐왔고, 이덕패를 봐왔으며, 그들의 강력한 정보력과 듬력을 피눈물을 흘리며 목도하였다.

이렇게 허망하게 무너질 한진회가 아니란 말이다.

"투항한 적병 오백여 명과 적장을 생포했습니다."

오백 명? 사살한 병력이 또한 그쯤 되니 도합 일천의 군사다. 이것뿐인가? 미리 병력을 빼돌렸다고도 볼 수 없었다. 정예라 하나 육위의 군사 역시 숫적인 우세는 없으니 병력이 있었다면 되받아 쳤으리라.

"야인족 포로는 필요없다. 무기를 들 수 있는 자들은 모조리 참수하되 여자와 아이들은 본국으로 압송한다."

최영의 추상같은 명이 떨어지고 나서야 최선지는 현실로 돌아올 수 있었다.

"적장! 적장은 제가 직접 추문하겠습니다."

"무엇이 더 알고 싶은 것인지 모르겠다만 그리하고 싶다면 그렇게 하거라."

최영의 어조는 다소 비틀려 있었다. 최선지의 으름장에 단단히 각오를 하고 달려왔건만 이토록 허무한 싸움이 되었으니, 별 싱거운 놈 다 보겠다는 눈빛도 내비쳤다.

최선지의 앞에 엉망으로 뭉개진 사내가 꿇어 앉혀졌다.

유창한 야인어로 최선지가 물었다.

"이름과 직책."

"카, 카이얀… 망루장 직을 맡고 있습니다."

"망루장 직? 지휘관들은 다 어디 가고 네놈이 병력을 지휘했다는 말이냐?"

"지, 지휘관이라뇨?"

"고얀! 이실직고 못할꼬!"

최선지가 환도를 빼 들고 당장이라도 목을 도려낼 듯 들이밀자 카이얀의 얼굴은 하얗게 질려 땅바닥에 넙죽 엎드리고 말았다.

"어이쿠! 나으리, 살려주십시오! 소인은 아무것도 모르옵니다. 얼마 전 총사령관님이 검은 군대를 끌고 중원 토벌을 나가신 이후로는 아무도 돌아오지 않았습니다요."

급기야 오줌까지 지리며 절규하는 카이얀에게서는 거짓이 읽히지 않았다.

"맙소사, 그렇다면 귀면묵인대가 전부였다는 말인가……."

앞뒤가 전혀 맞지 않는다. 귀면묵인대는 모이란의 존재를 속이기 위한 소모품이라 하였다. 남궁세가와 백운세가가 떨어져 나갔다고 해도 한진회는 귀면묵인대에 필적하는 군사가 있어야 한다는 말이다.

"대체……."

"순위사 어르신."

신전에 북마군 몇과 들어간 이성계가 상기된 표정으로 돌아온 것이었다.

"아무래도 직접 보셔야 할 것 같습니다."

최선지는 먼저 신전의 거대한 규모에 압도되었다. 이만한 석조 건물을 올리려면 대체 얼마의 돈과 시간이 걸릴 것인가? 이 정도의 건물을 지을 능력을 지닌 한진회가 이토록 무기력하게 무너지는 것이 이치에 맞는 일인가?

신전에 들어선 순간 의문은 더욱 깊어만 갔다.

"음?"

최선지의 안색이 갑작스레 굳어지며 손으로 코를 막았다.

토악질이 치밀 정도의 지독한 고기 썩는 냄새와 함께 강렬한 혈향이 코를 후벼파는 것이었다.

이내 드러나는 장면.

한 무더기의 시신이다. 족히 오십 명은 되는 듯한 시신이 제멋대로 뿌려져 있는 것이었다.

시신들을 살피던 김성은이 최선지에게 다가왔다.

"모두 한 사람에게 당했습니다. 이쪽으로 와보시지요."

김성은이 안내한 곳은 거대한 철문 뒤에 마련된, 흡사 재단 같은 곳이었다.

그곳 역시 여섯 구의 시신이 널브러져 있었다.

"이곳의 시체 역시 앞서 시체들에 새겨진 자상과 유사한 것으로 보아 같은 자에게 당한 것으로 보입니다. 특히 저 두 노인은 한진회의 장로들로 보이고, 다른 자들은 장로회의 친위대인 비영무사들인 것 같습니다."

"대체 누가?"

"보여드릴 분이 계십니다."

어두운 저편에서 임근홍과 박경진이 누군가를 부축해 걸어 나오고 있었다.

마침내 밝은 곳으로 모습을 드러낸 그들을 확인한 최선지는 당장에 눈살을 찌푸렸다.

엉망진창인 노인들이다. 걷지도 못해 임명진의 등에 업혀 들려 나오는 노인은 그래도 낫다.

몸통과 머리만 덩그러니 남은 노인. 도무지 살아 있다는 것 자체가 신기할 지경인 처참한 몰골이었다.

"누구……?"

의문이 담긴 눈을 김성은에게 흘리는 최선지. 그러나 대답은 다른 곳에서 들려왔다.

"삼봉진인을 아시는가?"

박경진의 부축을 받고 모습을 드러낸 또 다른 노인의 음성이었다. 실눈을 뜨고 노인을 유심히 살피던 최선지의 눈이 점점 커지는가 싶더니 이내 경악으로 물들었다.

"시, 신검 대협?!"

그는 영호성이었다.

"진아를 안다고?"

영호성의 물음에 최선지는 얼떨결에 대답했다.

"진아라면 현진이라는 아이를 말씀하신 것인지……."

"맞네. 그 아이지. 저 친구는 진아의 사부인 공야숙이라는 자일세."

"……!"

"자네, 천지밀궁의 안전가옥을 안다고 들었네."

최선지는 얼떨결에 고개를 끄덕였다.

"나를 그곳에 데려다 주게."

"하, 하나……."

"시간이 없어. 두 사람을 만나게 해서는 안 돼."

"두 사람… 이라 하심은……?"

"한진회주와 진아. 그 두 사람은 절대로 만나선 안 된다는 말일세. 그 불쌍한 녀석들에겐 너무 가혹한 일이야. 너무나 가혹한 일이지……."

영호성은 망연한 시선을 허공에 두고 혼잣말처럼 되뇔 뿐이었다.

*　　　*　　　*

편가이는 허허롭게 웃었다.

두 다리는 깨끗하게 잘려 나갔으며, 침습한 한줄기 외력이 오장육부를 조각조각 끊어놓았음에 비명이라도 질러야 할 판에 어째서 웃음이 나오는 것인지는 자신도 몰랐다.

지난 삶이 주마등처럼 한순간에 떠올랐고, 그 과정이 사내로서 결코 후회스럽지 않았다는 안도감 때문인지도 모른다.

칼밥을 먹고사는 이들이라면 일평생 동안 단 한 번이라도 보고 싶은 무인을 두 명이나 보았고, 그중 한 명과는 손속을 부딪쳐 봤으며, 평생을 모셔온 다른 한 명은 슬프디슬픈 눈을 하고 자신을 바라보고 있기 때문일 수도 있다.

무엇이든 이 정도면 된 거다.

편가이는 마지막 힘을 쥐어짜 천천히 고개를 돌렸다. 사방에는 귀면묵인대가 뿌린 피가 내를 이루어 흘러내리고 있었지만, 미안하게도 편가이의 시선은 그들을 향해 있지 않았다.

차츰 거세지는 동풍에 장포자락을 흩날리며 서 있는 저 두 남자.

앞으로 무림은 저 두 거인을 어찌 기록할까? 무림의 중심에서 외따로 떨어져 있는 이 빌어먹을 산중의 대결을 알 수나 있을까?

다시 한 번 편가이의 얼굴에 미소가 피어났다. 적어도 그는 이 역사적인 대결을 볼 시간이 아주 조금은 남아 있는 것이었다.

"……."

전에는 괴물이라는 생각뿐이었다.

나름의 자신감이 있었던 차에 무당에서 만났던 이덕패는 그야말로 강렬한 충격, 이상도 이하도 아니었다.

그러나 이제는 알겠다.

놈은 철옹성이다. 태풍도 꺾지 못할 천 년의 고목이며, 만년석도 단숨에 부수어 버릴 성난 파도다.

서패? 아니다. 이 남자는 그런 수사로는 표현이 되지 않는다.

"휴우, 엄청나군."

서로 반 시진을 마주하고 나서 나온 이덕패의 첫 마디였다.

"사돈 남 말하기는."

"이봐, 나는 이 나이 먹도록 개고생해서 겨우 이 정도야. 하지만 네 놈은… 이거 너무하잖아."

"나도 로또 맞은 기분이다."

이덕패의 눈이 둥그렇게 커졌다.

"후후, 로또라… 오랜만에 듣는군. 그나저나 슬슬 시작해야지?"

"그래야겠지."

두 사내의 마지막 대화였다. 천 년을 그 자리에 박혀 있었던 바위마냥 미동조차 사라졌다.

그렇게 차 한 잔 마실 시간이 지나고 반 시진이 흘러갔으며, 마침내 한 시진이 흘러 여명이 밝아왔다.

잔잔히 불어오기 시작하는 등풍. 서쪽의 사막을 쓸어담은 희뿌연 먼지구름이 석천산을 휘어 감았다.

그러나 진과 이덕패가 존재하는 공간만큼은 아침을 맞이한 석천산의 청정 그대로였다.

목을 축이러 온 산새는 진의 머리 위에서 날개의 깃털을 가다듬었고, 바지런한 다람쥐는 이덕패의 발치를 돌며 언젠가 묻어둔 도토리를 기억해 내느라 애를 쓰고 있었다.

두 사내는 석천산의 일부였으며, 대자연의 일부였고, 그 자처로 천하였다.

치이잉.

스르릉.

천천히 뽑아내는 세영검과 금배대도.

단 한 번이다. 양패구상도 불가하고, 발악의 극치인 동귀어진도 불가하다.

일검승부(一劍勝負)!

단 한 번에 모든 것이 결정되는 싸움인 것이다.

푸드득. 찌지직.

그때까지도 분위기를 파악하지 못하고 머물러 있던 산새와 다람쥐가 갈가리 찢겨져 나갔다.

상대의 틈을 찾으려는 치열한 의기암경(意氣暗勁)의 첫 희생물이다.

그것과 동시에,

번쩍! 진의 귀안이 귀광을 토해내고 이덕패의 하나뿐인 눈에서 백광을 쏟아냈다.

"으아아악!"

"크아악!"

굉장한 괴성과 함께 흩뿌려지는 두 사내의 신형.

우위윙.

소리없이 스쳐 간 미풍 한줄기에 반경 십 장여를 둘러싼 고목들이 갈대마냥 힘없이 꺾이는가 싶더니 뿌리째 뽑혀 나가고,

쿠과광!

굉장한 폭음은 그 다음이었다.

휘이잉. 푸르르륵.

여전히 동상처럼 미동도 없이 서 있는 두 사내. 위치가 바뀌고 서로 등을 보이고 있다는 점을 제외하고는 처음과 다름이 없었다.

아니, 달라졌다.

동풍이 몰고 온 황사가 이제야 두 사내가 만들어낸 공간을 비집고 들어서 이덕패의 장포를 잡아 흔들었다.

그러나 진은 다르다. 그의 흑주 같은 머리는 몰아치는 광풍에도 여전히 고운 자태를 유지하고 있었으며, 헐렁한 장삼도 수줍게 가라앉아 있을 뿐이다.

변화라면 입가에 미세하게 그려진 혈선 한줄기.

"좋군."

이덕패의 음성은 담담했다.

그러나 그의 몸은 다른 말을 하고 있었다. 금배대도를 거두어 갈무리하려는 손에서 시작된 미세한 떨림은 걷잡을 수 없는 경련으로 이어졌고, 결국 금배대도는 도집에 걸치지도 못하고 바닥에 떨어져 버리고 말았다.

피슉. 피슉. 피슉.

수구, 유문, 기해혈을 시작으로 전신 요혈이 일제히 갈라지며 피 안개를 사방에 뿌려 대기 시작했다.

느릿하게 돌아서는 이덕패.

"뭐였냐?"

진도 돌아섰다.

"나도 몰라."

"후후, 무초식이라는 건가? 확실히… 네놈이 로또를 맞기는 했구나."

짙은 패배감이 스며 있는 한편 홀가분하다는 어조다.

털썩, 이덕패는 무너져 내리며 무릎을 땅에 박았다.

"우리가… 어째서 온 것인지는 아느냐?"

진은 고개를 끄덕였다.

"비검에게서 들었더냐?"

재차 고개를 끄덕이는 진.

"그렇다면 아직 끝나지 않았다는 것도 알겠군. 그분을 죽일 자신이 있느냐?"

이번에는 진의 고개가 침묵했다.

이덕패는 더 묻지 않고 고개를 들어 멀리 시선을 던졌다.

서쪽 하늘이 붉다. 진정 해가 서쪽에서 뜨기라도 했는가? 아니다. 온 하늘이 모두 붉어졌다.

석척산을 뒤덮은 화마(火魔)다.

"동풍과 화공이라… 보기보단 잔혹한 구석이 있구나."

"누군가 반드시 죽어야 한다면 그것은 나의 적이 되어야 한다."

더욱 거세진 동풍은 석천산의 굽이쳐 흐르는 계곡을 타고 변질되기 시작했다.

휘감아 도는 바람의 줄기가 한데 엉키고 설켜 하늘로 솟아오른다.

거대한 선풍(旋風).

선풍은 화마가 공급하는 뜨거운 원기를 공급받아 더욱 거대하고 강력한 괴물, 용오름이 되어갔다.

기기기깅.

고목은 뿌리째 뽑혀 나가고, 수천 근 거암마저 들썩거리는가 싶더니 둥실 떠오른다.

푸아아아악!

거대한 용오름과 화마의 조우. 석천산 계곡의 물줄기에서 공급되는 신선한 산소는 마침내 지옥의 불기둥을 재림시켰다.

"화이어스톰… 화염의 폭풍이라는 것인가? 이로써 시간을 연결하는 터널의 한 구석이 사라지겠군."

더불어 남궁세가의 멍청이들과 비각들도 깨끗하게 증발할 것이다. 그 멍청이들은 음양대를 찾아 깊이 들어가 있다. 천하의 고수라도 피할 수 없다. 타 죽기 전에 산소가 고갈되어 질식해 죽을 테니까.

지금쯤 음양대는 화염 폭풍을 피할 수 있는 유일한 곳으로 숨을 죽이고 있겠지? 계곡의 물속이나 호수쯤 되는 곳에서…….

얼굴에 열기가 전해졌다.

석천산을 통째로 집어삼키는 화염 폭풍은 곧장 이곳을 향해 달려오고 있었다.

이덕패는 그럴 수 없을 것임에도 몇 번을 휘청거리더니 기어이 일어섰다. 예정된 죽음을 앞두고도 강인한 무인의 의지가 만들어낸 작은 기적이었다.

"백차성이 남궁천상의 동생들과 시끄러운 계집 하나를 잡아두고 있다. 서둘러야 할 거야. 그 빌어먹을 놈은 필경 일을 내고 말 터이니……."

진은 깊이 가라앉은 눈으로 이덕패를 내려보았다.

"동정할 필요 없다. 외롭고 추운 죽음만을 생각했는데 따뜻한 저승길을 녀석들과 함께하게 됐으니 그리 나쁘지 않은 결말이다."

이덕패는 비실비실 힘겹게 한 걸음씩 앞으로 걸어 나갔다.

거대한 지옥의 불구덩이 속으로…….

제8장

대미(大尾), 그리고 새로운 시작

화염 폭풍은 주위의 산소를 모조리 소진하고 짧은 생을 마감했다.

그러나 그 짧은 시간 동안 석천산의 지형을 바꿔놨으며, 살아 숨 쉬는 모든 생명체를 파괴했다.

석천산의 초입에 자리해 화염 폭풍의 직접적인 세력권에 속하지 않았던 낡은 도관도 재앙에서 온전할 수는 없었다.

그나마 남아 있던 전각도 까맣게 타고 앙상한 뼈대만 덩그러니 남아 을씨년스러운 광경을 자아냈다.

진은 형체만 남아 있는 시립 문턱을 넘어섰다.

"네놈의 작품인가?"

들끓는 분노가 담긴 음성. 백차성이 한 손에는 술병을 들고, 다른 한 손에는 흐느적거리는 사람의 형상 같은 것을 질질 끌고 나타났다.

진의 귀안이 크게 흔들리며 이내 극도의 분노가 실렸다.

백차성의 손에 맥문이 잡힌 채 늘어져 있는 사람의 형상.

연화였다.

"이 멍청한 계집이 되돌아왔더군. 어때? 인생이란 참 묘하지?"

진은 난생처음 입술이 타 들어간다는 말을 이해할 수 있었다.

아직 살아 있다. 미동조차 없었지만… 가늘고 미약하나마 숨결이 느껴진다.

벨 수 있다. 저 빌어먹을 팔부터 잘라내면…….

진의 손이 세영검의 검병에 슬며시 얹어졌다.

그 모습을 본 백차성이 연화를 번쩍 들어 올렸다.

"과연 이년의 목을 비틀어 버리는 것보다 네 검이 더 빠를까? 그럴지도 모르지. 그렇다면 이건 어떠냐?"

백차성이 술병을 둔 손으로 오십여 장 떨어진 전각의 지붕을 가리켰다.

네 명의 비각이 남궁영과 남궁취, 그리고 숙연연의 목에 협봉검을 겨누고 있었다. 슬쩍 밀어 넣기만 하면 당장에 그녀들의 목에 입이 하나 더 생길 정도로 가깝다. 진이 제아무리 천하의 고수라 할지라도 모두를 구할 수는 없을 것이었다.

"어때? 도박을 해볼 셈이냐?"

진이 세영검에서 손을 떼며 같아붙이듯 쏘아 뱉었다.

"지저분한 놈인 줄은 익히 알고 있었다만 이제 보니 아주 엠뱅할 잡놈이었구나."

"이런, 나 같으면 주둥이부터 조심할 텐데 말이다."

백차성은 연화의 팔에 일장을 쳐냈고, 그녀의 팔은 수수깡처럼 부서져 버렸다.

"까아악!"

혼미한 정신임에도 연화는 고통에 찬 비명을 질러 대더니 기어이 혼절하고 말았다.

극도의 분노를 이기지 못하고 세영검을 뽑아 들려는 진.

이번에는 전각의 지붕 위에서 비명이 들려왔다. 비각의 협봉검이 남궁영의 목을 손가락 한 마디나 파고들어 핏물을 뽑아내고 있는 것이었다.

결국 이번에도 진은 세영검을 뽑아내지 못했다.

"크크, 잘 생각했다. 이젠 검을 풀어서 이쪽으로 던져."

달리 수가 없다. 진은 입술을 배어 물고 세영검을 풀어 백차성에게 던졌다. 비릿한 미소를 흘리는 백차성. 이내 품을 뒤져 기다란 강침을 뽑아 들었다.

"피할 수 있다는 것은 알아. 하나 그러지 않았으면 싶다. 나 역시 이 예쁜 계집의 목뼈를 부러뜨리고 싶지는 않거든."

말이 끝나기가 무섭게 강침을 쏘아내는 백차성.

강침은 진의 양쪽 가슴과 배꼽 밑에 깊숙이 틀어박혔다. 당장에 죽지는 않겠지만, 폐인이 되고야 말 요혈이 자리한 곳이었다.

진이 부르르 떨며 기어이 털썩 무릎을 땅에 박고 무너지자 백차성은 연화를 저만치 집어 던져 버리더니 비릿한 웃음을 내걸고 진에게 다가섰다.

"왜 내가 너를 살려둔 것인지 아느냐? 먼저 네놈을 죽지 않을 만큼만 패줄 작정이다."

백차성은 진의 귀전에 입을 가져다 댔다.

"그런 다음엔 저 계집을 겁간하고, 겁간하고, 또 겁간하는 장면을 네놈에게 보여줄 것이다. 어때, 벌써부터 흥분되지 않느냐?"

진은 벼락 맞은 마냥 부들부들 떨며 식은땀을 흘려 대면서도 배시시 웃어 보였다. 굳어지는 백차성의 안색.

"웃어?"

빠악!

엄청난 충격이 뇌를 뒤흔들고 폭풍처럼 지나갔다 싶은 순간 다시 한 번 강력한 통증이 콧잔등을 휩쓸고 지나갔다.

아마도 코뼈가 주저앉은 듯싶다.

그러나 진은 웃음을 멈추지 않았다.

"이 개새끼가!"

백차성은 요혈에 박혀 있는 강침을 발로 밟아 더욱 밀어 넣었다.

"크아아악!"

이번만큼은 고통을 참을 수 없는지 진은 비명을 내지르며 자지러졌다. 쓰러진 진을 밟아 뭉개는 백차성. 그렇게 한참 동안이나 무자비한 구타가 이어졌고, 진은 온전히 한 덩이 핏덩이가 되어 구겨져 버렸다.

"어디 더 웃어보아라."

꿈틀꿈틀 몸을 굴려 겨우 몸을 일으키는 진.

"크크크……."

진은 여전히 음충스러운 웃음을 멈추지 않고 있었다.

"그래, 웃어라. 언제까지 웃나 보자."

백차성은 상의를 풀어헤치더니 저만치 구겨져 미동조차 없는 연화에게로 걸음을 옮겼다.

그러나 한 발자국도 옮기기 전에 백차성은 멈춰서야 했다.

"총구 속도 1200㎧. 음속의 대략 세 배. 중속 500㎧. 현재 온도에서는 음파보다 빠르지."

백차성으로서는 도저히 알아들을 수 없는 소리를 중얼거리는 진이었다.

"뭐가?"

백차성이 의문을 떠올리기도 전,

빠각!

전각 위의 비각 한 명의 머리가 느닷없이 터져 나갔다.

투아앙.

메아리치는 굉장한 폭음은 그 다음에 찾아들었다.

"7.62미리 윈체스터 308탄이."

엄청난 폭음과 동료의 머리가 난데없이 터져 나가는 장면을 목도한 비각이 잠시 혼란한 사이,

거대한 압력이 그들의 머리 위로 쏟아져 내렸다.

퍼버벅!

남은 비각의 죽음은 더욱 처참했다.

동생들의 목에 칼을 들이댄 빌어먹을 놈들을 용서할 생각이 없는 혈육의 분노가 쏟아진 결과였다.

"괜찮으냐?"

크고 작은 자상을 온몸에 아로새긴 엉망인 몰골. 그럼에도 남궁영은 단박에 그를 알아보았다.

"오, 오라버니……."

"되었다. 이제 안심해도 되느니라."

그는 남궁천상이었다.

그를 바라보는 또 하나의 애틋한 눈길.

"가가……."

숙연연은 눈물을 뿌리며 남궁천상의 품에 안겨 들었다.

그들의 모습을 멀리서 분노와 질시가 담긴 눈으로 노려보던 백차성이 주위에 떨어져 있던 협봉검을 집어 들었다.

"잘들 쳐 논다. 씨버럴 연놈들 모조리 죽여주마!"

그러나 백차성은 한 걸음도 옮기지 못하고 멈춰서야 했다.

"지금 남의 걱정을 할 때가 아닌 듯하다."

백차성의 얼굴이 순식간에 잿빛으로 변했다.

등 뒤에서 비롯된 엄청난 기세. 천천히 돌아선 백차성의 두 눈엔 경악이 담겨졌다.

"어, 어떻게……."

진을 중심으로 흐물흐물 흘러내리는 아지랑이. 깊숙이 박힌 강침이 슬그머니 밀려 나오더니 이내 바닥에 떨어져 내렸다. 쇠붙이가 있어야 시전이 가능한 검강과는 또 다른 경지. 강기(罡氣)다.

좀 전의 자신감은 온데간데없고, 백차성은 비 맞은 강아지처럼 부들부들 떨어 댔다.

한 발자국 내딛는 진. 그것만으로도 태산이 성큼 다가서는 듯한 굉장한 압도감이 전해졌다. 공포에 절은 눈, 비굴한 표정과 함께였다.

"오, 오지 마. 더 이상 다가오면 저년을 죽여……!"

쉭!

백차성이 연화에게 몸을 날렸으나 거대한 벽에 가로막혀 나동그라지고 말았다.

어느새 백차성을 앞서 길을 막은 진이었다.

"마음 같아서는 네놈의 뼈와 살을 발라내야 할 것이나, 그것은 내 몫이 아니겠구나."

선명한 자녹의 광채를 머금은 진의 시선이 멀리 사립문을 향했다.

봉두난발에 넝마를 걸친 노인. 가슴에는 새하얀 해골을 매단 모습은 절대로 잊을 수 없는 모습이다.

"아, 아버지……."

그는 백비운이었다.

"정말이더냐?"

혼탁하던 백비운의 눈동자는 제 모습을 찾았다. 그러나 그 안에는 깊은 슬픔이 한가득.

"정말 네놈이냔 말이다!"

백차성의 눈에도 습기가 차 올랐다. 그리고 이내 분노와 증오가 그 위에 덧씌워졌다.

"제가 아들입니다. 바로 아버지의 아들이란 말입니다! 그깟 씨도 모르는 계집 따위가 친자식보다 중했단 말입니까!"

백비운의 입술이 가늘게 떨리기 시작했다.

"그건 무슨 말이냐……."

"운혜는 아버지의 자식이 아니란 말입니다. 제가 보았습니다. 새어머니가 외간 남자를 끌어들이는 것을 제가 똑똑히 보았단 말입니다!"

급기야 털썩 주저앉아 버리는 백비운, 그가 허망한 음성으로 다시 물었다.

"네가 본 외간 남자… 혹여 백색 장삼에 섭선을 들었더냐?"

"아, 아버지도 알고 계셨던 겁니까?"

"미련한 놈… 저 미련한 놈……."

"아버지!"

"이 미련한 놈아! 그건 나였다. 네 어미를 그리 보내고… 도무지 이 모습으로는 새 여자를 받아들일 수가 없어 변복을 한 나였다. 운혜와 너는… 틀림없는 남매란 말이다! 어찌할꼬… 이 불쌍한 것을… 저 불쌍한 것을 어찌할꼬."

백비운은 해골을 쓰다듬으며 통곡했다.

그러나 백차성은 눈물조차 흘리지 못했다. 석상처럼 굳어져 버린 채 망연한 시선을 허공에 뿌리는 백차성.

이내 백차성은 손에 쥔 혐봉검을 마치 처음 보는 생경한 물건인 마냥 물끄러미 바라보는 것이었다.

"혜아야, 미안……."

누가 말릴 사이도 없이 제 가슴에 협봉검을 밀어 넣는 백차성이었다.

협봉검을 안은 듯 품은 채 천천히 무너져 내리는 백차성. 무릎을 꿇은 채 미소 짓던 그의 고개가 기어이 풀썩 꺾였다.

"참으로 박복한 놈. 참으로 둣난 놈……."

백비운은 백차성을 안아 들고 사립문 밖으로 천천히 사라졌다.

진은 그 모습을 한동안 물끄터미 바라보다가 누군가 소매를 잡아당기는 것을 느끼고 고개를 돌렸다.

연화였다.

"괜찮니?"

"이게… 괜찮은 것처럼 보여?"

그녀의 팔을 조심스럽게 살펴보던 진은 얕은 안도의 한숨을 내쉬었다.

"관절은 상하지 않았으니 치료하면 괜찮아질 게다."

“응.”

진은 미소 지었다. 난생처음 온 마음을 열고 짓는 미소였음에도 정작 진 자신은 깨닫지 못하고 있었다. 그러나 한 가지만은 확실히 알고 있었다.

이제는 그의 아내 세영을 지워야 한다. 이 꼬맹이에게 그 자리를 내줘야 하므로…….

“그런데 아까 우리를 도와줬던 사람은 누구야?”

“우리가 아는 사람.”

*　　　*　　　*

석천산은 온전히 파괴되었지만 여전히 아름다운 수풀은 남아 있었다.

진과 연화는 손을 잡고 천천히 숲 속을 거닐었다.

한 발자국 또 한 발자국.

새로이 시작된 그들의 삶처럼 조심스러운 걸음이었다.

“지금 어디 가는 거야? 처, 천랑…….”

얼굴을 붉히는 연화. 그러나 한가득 걸린 행복은 그녀의 바알간 홍조에 가려지지 않았다.

진은 대답하지 않았다.

그조차 알지 못하기 때문이다.

그저 이끄는 대로 갈 뿐이다.

부름이 있는 곳으로…….

마침내 울창한 수풀 사이로 한줄기 서광이 내리쬐는 아담한 공터에 다다른 그들.

그곳에는 백색 장삼을 머리까지 눌러쓴 신비로운 분위기의 인물이 작은 바위 위에 고즈넉이 앉아 있었다.

연화는 질겁하며 훌쩍 뒤로 물러서 대적세를 취해 보였다. 직접 보지는 못했지만, 그 특이한 차림새는 알고 있는 연화였다.

"한진회주!"

그렇다. 장포인은 한진회주였던 것이다.

천천히 고개를 돌리는 한진회주.

"보기 좋구나."

신경이 곤두서는 끔찍한 쇳소리. 그러나 그 안에는 설명할 수 없는 포근함이 담겨 있었다.

"이건 이곳에 있어서는 안 될 물건이라 부수었다."

장포인은 기다랗고 검은 막대기를 진에게 내밀었다. 막대기를 본 연화의 눈이 휘둥그레졌다.

"이, 이건……!"

진이 자신이 사는 곳에서 가져왔다던 천둥포다.

"이걸 어째서 당신이……."

천천히 눌러쓴 장포를 벗겨내는 한진회주. 이내 연화의 고운 봉목이 찌푸려졌다.

얼굴을 드러낸 한진회주는 나병환자처럼 얼굴 곳곳이 문드러지고 흘러내리는 흉측한 모습이었던 것이다.

그러나 진은 얼굴을 찌푸리지도, 고개를 돌리지도 않았다. 다만 슬프디 슬픈 얼굴로 한진회주를 바라볼 따름이었다.

"잘 만든 인피면구군요."

"후후, 그렇지? 양의 뱃가죽으로 만든 거란다."

거북한 쉿소리는 사라졌다.

그리고 연화의 얼굴이 경악으로 물들기 시작했다. 이 목소리… 그럴 리 없다. 그럴 리가…….

한진회주는 인피면구를 천천히 벗기 시작했다.

마침내 진면목을 드러낸 한진회주의 얼굴을 본 연화는 급기야 다리가 풀린 듯 힘없이 주저앉고 말았다.

인피면구 안에 있는 얼굴. 한시도 잊어본 적이 없는 저 인자하고 따스한 얼굴을 어찌 잊을 것인가?

"사… 사부……."

아아… 빌어먹을…….

의가당을 멸문시키고, 유체대침술을 부활시켰으며, 화산파에 잠입해 무공을 빼내고 장문인인 악영산을 끌어들였으며, 공야숙과 영호성을 유체대침술로 진기의 용기로 만들려 했던 장본인……

민초빈이다.

한진회주가 바로 민초빈이란 말이다…….

"옥체 무고하신지요."

진은 고개를 깊이 숙였다. 들키지 않기 위함이다. 그의 눈에서 비롯되어 뺨을 타고 속절없이 흘러내리는 눈물을…….

"그래, 너도 좋아 보이는구나."

진은 여전히 고개를 들지 못했다.

고개를 들면… 죽여야 한다. 고아로 자라난 그에게 난생처음 부모의 정을 느끼게 해준 은인의 심장에 칼을 찔러 넣어야 한단 말이다.

"그거 아니? 난 지독히도 운이 좋은 여자다."

"……."

"날 위해 모든 것을 버린 남자가 둘이나 있었다. 아들은 잃었지만, 영특한 제자를 둘이나 얻었지. 그리고… 이렇게나 훌륭하게 자란 모습을 보고 죽을 수 있잖니……?"

"왜였습니까?"

진은 울부짖었다.

"제가 누군지, 어디에서 왔는지 알았다면 절 죽이셔야 했습니다. 왜였습니까? 결국 성공하지 못할 것을 알면서도 굳이 이곳에 온 이유가… 대체 뭐였냔 말입니다!"

"우리는 실패하지 않았다."

"……!"

"한 줌도 안 되는 우리의 힘으로는 역사를 바꾸지 못하지. 그러나 고려는 우리를 통해 많은 것을 봤다. 당장 큰 변화는 없을 터이지만, 그들 중 몇몇은 가슴속 깊이 보고 들은 것을 간직하겠지. 그것이 바로 우리의 의도였고, 그것은 실패하지 않았다. 이 작은 변화가 후일 큰 힘이 되어줄 것이라 우리는 믿고 있다."

"용납할 수 없습니다."

진의 손이 세영검의 검병의 움켜잡았다.

"그래야만 하는 것도 없고 그래서는 안 되는 것도 없었다. 정해진 것은 처음부터 아무것도 없었다. 중요한 것은 결정과 그것을 실현하려는 의지였다."

치잉!

발검과 함께 극쾌를 머금은 세영검이 민초빈의 목줄기를 향해 일직선으로 그어졌다.

"까아악!"

그때까지도 이지를 놓은 듯한 표정으로 주저앉아 있던 연화가 비명을 질렀다.

그러나 그녀가 상상하는 일은 벌어지지 않았다.

민초빈의 목치에 머물러 부르르 떨고 있을 뿐인 세영검. 민초빈은 평온하게 감았던 눈을 슬그머니 떴다.

드러나는 깊은 슬픔.

진은 세영검을 떨어뜨리고 돌아섰다.

"그것도… 이곳에 있어서는 안 될 물건입니다."

연화의 손을 꼭 잡고 어두운 숲 속으로 사라지는 진.

민초빈은 그들의 모습이 보이지 않을 때까지 하염없이 쳐다볼 뿐이었다.

"그래서가 아니야… 네가 죽일 필요가 없어서가 아니었어……. 난 이미 지쳐 있었다. 너무 지쳐 있었고, 그 사람과 너희들만이 내 안식처였어."

민초빈도 일어섰다. 세영검을 집어 들고 비틀비틀 위태한 걸음을 어두운 숲 속으로 향하는 민초빈.

그녀가 앉은 바위는 붉었다.

그녀의 옆구리에서 쏟아져 내린 무수한 피를 머금은 바위는 언제까지고 붉을 것만 같았다.

『귀안』6권 終

그동안 귀안을 사랑해 주신 모든 분들께 감사드립니다

청 어 람 신 무 협 판 타 지 소 설

제1회 신춘무협 공모전에 『보표무적』으로
금상을 수상한 작가 장영훈의 신작!!

일도양단(一刀兩斷) / 장영훈 지음

한 겹 한 겹 파헤쳐지는
음모의 속살을 엿본다!

『일도양단』
(一刀兩斷)

그의 이름은 기풍한.

천룡맹(天龍盟) 강호 일급 음모(一級陰謀) 진압조(鎭壓組)

질풍육조(疾風六組)의 조장이다.

임무를 위해 출맹한 지 사 년이 지난 어느 겨울날 새벽,
돌아온 그에게 천룡맹 섬서 지단 부단주가 말했다.

"질풍조는 이미 해체되었네."

그리고…
그의 존재를 알던 모든 이들이 죽었다.

무한 상상 · 공상 세계, 청어람 신무협&판타지

『초일』,『건곤권』,『송백』!! 신무협 소설의 성공 신화!
작가 백준!! 그가 쓰는 새로운 강호!

청성무사(靑城武士) / 백준 지음

강호를 뒤덮은
마도의 피바람을 잠재워라!

『청성무사』
(靑城武士)

"우화등선하거라… 나의 마지막 소원이다."
사부의 소원이 무섭다.
떠나버린 사매가 야속하다.
하지만 소초산은 개의치 않는다.

망해버린 청성의 마지막 장문인 소초산!
그러나 망한 문파에서도 천하제일인은 나온다!